◎ 阜阳师范学院文学院汉语言文学专业“国家特色专业建设”项目之子项目“文学课堂的拓展：经典的光辉与学生的成长”成果之一
◎ 阜阳师范学院学术著作出版专项经费资助

立在经典岸边

张晓东 著

合肥工业大学出版社

小　引

从书名说起。这本随笔体学术小著取名为《立在经典岸边》，表达的基本心愿就是向经典致敬。

我也曾想在这本小册子里就只收自己对经典的肤浅阅读；可转而又想，既是想给自己此段生命留下一点纪念，何不就芜杂些，如此也符合自己一向顺其自然不刻意为之的意念。再说，如此呈现，也更能体现我对“汉语言文学专业‘国家特色专业建设’”项目的个人思考特色。

这就说到了这本小书诞生的缘起。

这部以随笔体写作的学术小论集（个别论题稍稍溢出人们心目中的传统定义，但问题意识是非常明确的。第五辑《句子》里的几篇文章当然不是学术文字，却和项目思维紧密相连，小引最后有说明）是意料之中与之外的“共谋”之获。2010年，我供职的阜阳师范学院文学院获得了一个国家级的项目“汉语言文学专业‘国家特色专业建设’”。任务被分解至各个研究所或研究中心，我依托自己所在的现当代文学研究所提出了一个子项目“文学课堂的拓展：经典的光辉与学生的成长”参与其间。经典是人类民族文化、文明的集萃，语言、文学这两个核心要素的精华也常常是在一个民族的经典中表现得最充分。以经典的阅读、写作、思考为中心来设计专业特色是再自然不过的题中之意了。在今天高等教育面临全面改革的大背景下，虽说专业转型几乎是必由之路，但专业转型又绝不能只是应时应景，糊成一个花架子——任何一个学科的成长是需要时间来涵养的。那么另一个方向的努力就可能仍有可为之处：认真挖掘老学科、老专业的内涵和潜能，使它真正重生。我想，这也正是当初我们文学院选择“汉语言文学‘国家特色专业’建设”课题并能成功获批的缘由之一。回望改革开放以来的中国教育改革，固然有逐步从意识形态禁锢下解放出来的欣喜，但也有因过于追求急功近利反而与目标渐行渐远的遗憾。

具体地说，汉语言文学专业在今天有它的两面性，既底蕴深厚，也难免滞重僵化缺乏新鲜活力。但，是否就到了“不突围就等死”的时刻？从面对问题的心态上来说，盲目乐观与盲目悲观都是不可取的。深层次地看，专业取舍也是教育方向的取舍。高等教育不能完全为短视的实用功利所左右。从专业角度看，“汉”“语言”“文学”这三个词，哪一个不是分量沉甸甸的？如果对这样一个蕴有民族之根、之本的专业都没有坚定的自信，那我真不知还能说什么。真需要讨论的问题是如何把它建设得更好，我想这才应该是“‘国家特色专业’建设”的真正用心所在。

我对“文学课堂的拓展”的理解具体而微观。所谓课堂的拓展，并非是赶时髦地在表面形式上“走出围墙”，而是真正地潜入课程深处，做切实有效的课程教与学的探究。首先是教学形态的改变。现当代文学研究所的一个基本举措是，我们根据教育部教学大纲指导意见，恢复了中断多年的“中国现当代文学作品（经典）选读”课程；在教学方法上，也改变了由教师“满堂灌”的教条方式，以学生为主，让学生先读、先查、先写、先讲，然后师生共同研讨。更本质的是对课程理念的具体解读和实施。经典的光辉与学生的成长是怎样的关系？如何才能看到它的成效？这是必须回答的问题。

汉语言文学专业的内涵粗线条地分为两块：语言，文学。文学首先就是语言的艺术。而在它的外围，还有一句流行语可能更重要：“文史哲不分家。”所以，任何一所高校的汉语言文学专业不会说只开两门课：语言和文学。但话说回来，“牛鼻子”还得是“汉语言文学”。说白了即是，立足汉语言，心怀文史哲。融会贯通才能真正培养学生的人文素养。而如上面简要分析所言，经典阅读则是个必然而重要的入口。

怎样读？要读、思、写三位一体。读而不思则惘，思而不写则殆。思，是线，可以把零散的读的感受串联起来；写，则是进一步地加工、固化，使之条理更清晰。不仅好记性不如烂笔头，好灵感、好思绪如不写下来，也会消失无踪。写还可以积少成多，慢慢成篇成部，慢慢形成自己的园地，慢慢锻造自己的风格。所以，没有写，读、思的成果就无法真正保证。

从更深的内涵来说，在读写中，思更是核心。经典阅读，从阐释理解的层面上论，没有思想的凝结，只能停留于印象式感受，就不可能对经典有深入的参透。在具体面对“思”的问题上，我认为在方法论上我们一直没有很好地解决，我们太注意思想（内容），却有意无意忽略了在“思”之前，对“思之路径”的关注。在对思想的追求中，要想有思想，得先学会思想，要有好的思想范式。

所以读经典，第一，不仅仅是读文本，还要读理论，在经典阐释中还得能够用适宜的理论去融会贯通于作品的欣赏评论中才行。第二，经典是真，是善，也是美。文学首先是语言的艺术，对于一个汉语言文学专业的学子来说，写好句子恐怕是最基本的童子功；真正好的艺术欣赏评论文章也应该是美文。所以，基于以上认识，经典阅读就不仅仅是对经典文本的单纯阅读，可以说是一个综合性的工程。围绕着经典阅读，要培养学子的感受、理解、分析、书写能力。收录在这本集子里的文章被编为不同板块的原因就是希望读者看到我在这方面的努力。

这部以随笔体写作的学术小品集又是在报纸的专栏里成长起来的。因缘巧合，2013 年 6 月，我应《阜阳城市周报》主编李生正之邀，参与报纸的编辑工作。我设计并主持了一个栏目，名叫《经典欣赏与争鸣》，之所以如此设计，目的就是给我们的课题提供一个有益的平台，把文学课堂的拓展更具体地落到实处。

这个集子中的文章大都在栏目中发表过。因了这样的情形，体系严密就稍打折扣，题材选择上的随机性时有表现，这是我前面所说的有些论题稍稍溢出的原因之一。现在把它汇集成册并没有按发表的顺序排列，而是按大致类别重新做了编排。这样就便于从中看出其内在的理路，由这理路可以看见我们对“特色专业建设”内涵的具体理解，但在血脉的正统上也确实多少不够纯粹。

第一、二辑注目的是我对一般艺术理念的具体阐发以及对经典的个人化阐释，这当然突出的是“汉语言文学”该有的“专业特色”，其中绝大多数就来自于“中国现当代文学作品选读”课堂上给学生的讲解与示范，而另一册里学生的作品便是课程实践的结果（从编排的对应性上可以看见这两册间的呼应关系，另有出版社出版）。过去我们文学教学的进度设计里也有让学生在学期中期做一篇小论文的要求，但其不足是很明显的，一是少，二是泛，缺乏强度和针对性，效果恐怕就较微弱。我们现在所做的显然有利于改善这两方面的状况，学生不仅读，而且写，且是较为大量地写，这是仅仅泛泛而读不能望其项背的。亲身实际地“写”看起来再普通不过，没有炫人眼目处，但“写”的过程中对学生的综合性训练非那些花架子的创意所能比拟，至少在文学教学上是卓有成效的吧。

第三辑是有意选择对眼前本土作家创作的分析批评。学以致用，本分所在，毋庸赘言。所以选择本土作家还说不上经典的作品作为批评对象，一可以给学生更富有质感的对象感，二也是对本地报纸该有的使命的一个具体交代。第三、第四、第五三辑扣住了课题的理念，做的是外围拓展工作。

第四辑是一些真实问题的争鸣。关于问题争鸣，我有几个认知：

其一，问题争鸣是很好的思维训练，所以，我主张汉语言文学专业的教育不可拘泥于僵死的学科边界以内，而要兴趣广泛，文史哲打通，而且，学生学习要有现实感，不能仅仅纸上谈兵、坐而论道，贯彻这一理念便要要求学生对现实问题进行思辨。

其二，争鸣问题，问题是否真实是基本，要避免以“伪问题”阻断、回避对真问题的争鸣。

其三，我一向对把思想看作完全理性的想法不以为然，鲜活真实的思想是，而且一定是带有感情、体温的。

其四，我对思想争鸣的一个期待是，要以现代理性为前提，心平气和地说话。不管什么观点，发言者都该阐明：此话怎讲？何以见得？带着狭隘的道德情感动不动给他者贴标签的干法是我极其厌恶的。人文学科的教学永不可放弃思想的启蒙、思维的训练。

第五辑里的几篇，或叙述或议论或表情，侧重练习句子对情境的捕捉，想传递给学生的理念是，作为一个文科生，写好句子是基本功，决不可偏废。

所谓教学改革，所谓“国家特色专业建设”，顶层设计当然要有宏观视野、清晰理念的引领，但落实到微观，说一千道一万，总离不开“如何教”“如何学”两个环节。从以上所叙这册小著及另外一册（学生及同事所作文本汇集而成）的诞生过程，可以看出我与同人的努力，得与失的总结当然不会止步于这两册小著，我们仍将尽力拓展新路。

是为小引。

目　录

第一辑　理　念

第二辑 经 典

第三辑　批　评

第四辑　争　鸣

第五辑 句 子

第一辑 理念

立在经典岸边

——写在《经典欣赏与争鸣》前面

何谓经典?

以前、目前专家们一直在争论，以后也将继续。据说，至今，中外古今，关于经典的定义已有100多个。可见，这世界多么繁复，人心多么复杂。你也可以拥有自己的经典定义：只有他人的经典变成了“我的经典——一个人的圣经”，经典对于我们才具有确实的意义。在我自己的词典里，经典是思想上让我震撼、心灵上让我感动的一切存在。它不一定非得是一本书，还可以是一个表情、一段经历，抑或一次体验。

“经典与我们”为何及怎样联系在一起?

这问题最自然的表达是：经典是生命的必然寻求。人与其他生命的根本不同，在于人是追求意义的生物。人与万千生命一起从远古原始的深处走来，可是，唯有人在向自己的生命发问：我是谁?从哪里来?到哪里去?我们对着造化要一个存在的理由。如果谁能帮助我们回答，他的答案就会成为我们生命的经典。如果你是一个真实的人，你也就必然而宿命地要去寻求你的生命经典。比如，就是一个目不识丁的山民吧，他也许不会说子曰诗云，也不会上台与人论辩，可是，在一天的劳作之后，抽着自己的旱烟管，面对着夕阳下的群山，此时，他的心头也会有一阵甜蜜的忧伤伴着袅袅的音乐油然而生吧。可是，他无能言；可是，即便此刻换上一个夫子样的人物，此时无言不更自然吗?此时就是人生命的经典时刻，虽然混沌，可是人已在意识。是的，存在，你只是一个生命；开始意识，你才是一个人。你的经典并不是摆在案头的装饰品，而是你生命的安魂曲。这就是我说的经典是生命的必然寻求的基本理由。

一个人的一生大多时候是平淡无聊的。如果你的终生都是如此，那你的生命真的很不堪。还记得莫泊桑《项链》里的玛蒂尔德吗，她为一夜的辉煌几乎付出了整个青春。有人悲悯，也有人讽刺，却少有人理解，更说不上欣赏。换个角度说，玛蒂尔德有过属于自己的快乐和幸福时刻，相较于连这一刻也从来没有的人，她并不是最不幸的。作为一个人，玛蒂尔德身上最宝贵的是她拥有对生命的激情与梦想。虽然也许你又会说了，玛蒂尔德的梦想并不高明，甚至庸俗。也许吧。可是她生命的激情和梦想的质地与你我并没有什么本质的不同；何况何为庸俗，何为高尚也还是一个可以继续探究的问题。我倒觉得，人们普遍缺乏的诚恳使得他们在对待玛蒂尔德的问题上，表现了太多的媚俗与虚伪。面对着可怜的玛蒂尔德，“小资产阶级的虚荣心”这样的话脱口而出，说明许多人说话从不过心。这样的人当然不能体会莫泊桑的感叹：“人生是一件多么奇怪的事情。一件小事可以成全你，也可以败坏你。”当然也不能明白巴尔扎克“偶然是最伟大的小说家”这句话里的深意。仅仅读出经典里的道理是不够的，更要明白的是经典里的慈悲。

在一份城市周报上开设《经典欣赏与争鸣》这样一个栏目，编者的用心并不是要做专业学者书房里那样单纯的高头讲章，当然更不是茶余饭后的简单消遣，编者期待的是，在“中国语境”里关注我们真实的生命问题。只要你有眼睛，你当然看得到在我们的生活里存在着太多的让我们痛心疾首无法漠视的问题，而在这一切的问题之上，我们需要思维、观念的革命。而一切伟大的经典就是把我们渡到彼岸的渡船之一。作为一个中国人，我太多次地看到我的同胞在面对我们的生命问题时，总是用盲目的感情代替清澈的理性判断；而更糟的还有，在虚情、滥情抒发的背后，打着正义的旗号却行着龌龊之事。让我们诚恳些吧，让真正的经典照彻我们的灵府吧，让我们的生命散发出它应有的光华吧！期待你在创造自己的经典或在诠释他人的经典时呈现你温暖、美好的生命世界！我们期待着你加入我们的行列！

情色与艺术

——关于巴塔耶的《色情史》

说“情色”不言“色情”，因两者间确有区别，主要还是忌讳他人内心里面的惯性。这样也便于心平气和地说话。

一个无味无色无动无静的世界不是一个美好的世界，岂止！连正常都说不上。色，好东西；情，好东西。可是合在一起在许多人心里怎么就变味了？这里面当然有着有趣的逻辑。这逻辑可以用明朝张岱的话来做注脚，他说这世上两种人最无聊：无趣之人与伪君子。前者无人之性情，后者变态了人的性情。

在现实的生活里，人们对色情所指的具体情形采取批判的立场，我对此并无异议。道德在某种程度上可以成为社会调节的制衡器。但是我厌恶他人“认真、诚恳”地皮里阳秋着。说到人类的艺术生活，我的判断很简单：没有情色，就没有艺术。艺术当然源于生活。生活里热着的、烫着的是你我的生命。问问自己：让我们生命热着的烫着的又是什么？拜伦说：哪一个诗人的灵感不是来自于他心中的女神。朱光潜则说：艺术创作同于孔雀开屏。这些话不是他们殚思极虑得来的，他们只是“发现”了自己心中真实的体验而已，而体验正是艺术得以展开的原动力。

在中国，很多事情从来都不是智力问题，而是心灵问题。一个最常见的表现即是我们好像不能、实际上是不愿心平气和地说话，不是义正词严，就是狐假虎威，那一个个道貌岸然的样子真是“装”相威严。张爱玲说中国人就喜欢关起门来做自己的微型慈禧太后。手法则是鲁迅说的闭着眼睛“瞒和骗”。这二位实在是中国的解人。王小波也曾感叹：我们的脸皮真够厚的，在别人已经创造了无数美的世界上，如果我们还没有分清美丑的能力，也不该腆着脸皮装纯真吧。王小波说，之所以要从“沉默的大多数”中站出来说话，就是要坚决反对无趣和愚蠢。而我要说的是，无趣与愚蠢是一对孪生子，它们的生父是虚伪。

本篇要谈的是情色与艺术，这两件事情距离我们的生命最近，一个人的生命观会从根本上影响其艺术观，所以谈心灵问题不算跑题。不过还是让我们回到巴塔耶这里吧。我要介绍他的《色情史》给大家。他的观点当然是重要的，可在我看来比他观念更好的是他的说话状态。摘录书中的一些话语作为结尾吧。

“倘若涉及色情生活，我们当中的许多人满足于最普遍的观念。他的肮脏表象是一个鲜有人不落入其中的陷阱。这种表象成为心安理得地蔑视色情生活的一个理由。或者他们否定这个可恶的表象，从蔑视转为庸俗：他们宣称，本性中没有任何肮脏的东西。我们千方百计地以空虚的思想来取代天穹的顶点似乎向我们开启的那些时刻。”

“人的思考不能不加区别地脱离与其密切相关的对象，我们需要一种在厌恶面前不会瓦解的思想，需要一种在将可能性的探索进行到底的时刻不回避自身的自我意识。”

“我”写作此书“我的意图不限于消弭人们回避他们内在的真实且逃避这一事实带来的耻辱。这里要杜绝一些看待问题的方式，它们造就了奴性的形式”。

“我”想“我对人类的全体——具体的真实的整体——进行质疑的决心，在我踏入受诅咒的领域那一刻令人惊异”。然而，这是不得不的。因为“一向在恐惧面前准备后退的人能够解决现今时代给他们提出的问题吗？尤其是这受诅咒的时代”？

情色深植于我们的生命之中，你能想象没有情色的艺术吗？当然，情色自身还不是艺术；接着要问的：我们如何把情色转化为真正抱慰我们生命的艺术？

文学的德行

——关于米兰·昆德拉的《被背叛的遗嘱》

中国当代女作家张洁在出访美国时，于一文学研讨会上结识了美国垮掉派大诗人——艾伦·金斯堡，就是那位写出《嚎叫》的金斯堡。张洁语金斯堡云，你该好好为美国人民写作，不该放纵身体去吸毒。金斯堡呢，只是报以微笑，没有发声。

怎么解金斯堡的微笑呢？我想是有着诚挚的感谢的！可是还有隔膜吧！如细细一想，味道挺复杂。从文学上说，张洁与金斯堡还真不是来自同一星球。与西方作家比，中国作家更习惯于从生活中提炼观念，特别是关于修身的道德律；而西方人则倾向于听从自己生命的呼唤。我们常常是西装革履地“端着”，人家则是一身牛仔地洒脱自然。

又记起一则轶事，当年冰心在一封给梁实秋的私人书信中说到了徐志摩，她表达了自己的困惑，说，徐志摩是有天才的，不明白他为何不把天才更多地用在作诗上，而要用在追女人上。“你瞧他那个劲！”冰心如此立论，难怪她的晚辈张爱玲不喜欢，直说：“冰心的温婉之中多少有些做作。”难道道理不是简单地就如和尚头上的虱子，明摆着吗？

文学有自己的德行。它比生活纯真。文学不只是摹写生活，更是在深味生命的底色：生命里面的激情、愿望、想象、寻求，也即关于生命的一切思想。审视既有的，创造新鲜的。就某种话语圈——比如艺术——而言，我觉得有两种人、两种理念、两种心灵一直在对峙着：哲学家与小说家。我尊敬那些诚恳追寻人类命运并试图为人类命运寻找出口的哲学家们，比如尼采、叔本华、马克思等等，当然，这名字还可以开出一长串。然而，我对哲学家中的一个特异品种——道德家——却始终不能心生敬意。很多时刻，他们是鹦鹉学舌者、道貌岸然者、胆怯不敢直视生命的诡辩者，而最最让我不能忍受的是他们常扮演着口是心非的伪君子角色。然而，即使是伟大的哲学家，把他们放在伟大的小说家面前，我还是更尊敬后者。就像伟大的哲学家马克思评论伟大的小说家巴尔扎克时那样的喜欢和尊敬。为什么？当然是因为他们在思索人类存在时所表现出来的我力所不能及的智慧。

我读过的小说评论中，昆德拉的让我最为倾心。他的《小说的艺术》特别是《被背叛的遗嘱》是最富有智慧与激情的陈述。他雄辩地回答了文学的德行问题。他说，小说的精神就是“复杂的精神”；小说并不是为了证明它身外的任何理念而存在，不管这理念被鼓噪者鼓噪得如何玄妙；小说只为自己的使命存在，小说的使命就是对存在的勘探。文学要你投入全身心去深味生命自身的存在，而不是坐而论道。我特别欣赏昆德拉的小说家“不是一种职业，而是一种生活方式”的说法，就像苏格拉底时代说哲学家不是一门职业而是一种生活方式一样。以小说的方式存在，才是真正的小说家的生活。昆德拉立足现在、放眼未来，呼吁小说家们回应“时间、思想、游戏”的召唤。昆德拉疾言厉色地斥责“媚俗”，反对在艺术神圣的殿堂之上搞庸俗的道德审判，他说，道德审判应该被“悬置”或“无限地向后推延”。“谁不懂得开心，谁就永远不懂得艺术。”对于中国文学来说，这是最对症的一味丸药。

“一切坚固的东西都烟消云散了”

——关于现代性的体验

美国马歇尔·伯曼所著的关于“现代性”研究的书《一切坚固的东西都烟消云散了》一直摆在我书柜的上层。当初买它我心里就清楚，也许这是一本我不会打开的书，但买它，不是要收藏它；当时我买的是一种状态，一种生命的感觉。伯曼的书名直接击中了我，看到这一行字，我当时有一种眩晕之感。我立在这本书面前，外表如木雕泥塑，内心却波澜迭起。

伯曼的这一句抒情感叹说出了现代世界“现代性”的本质：现代的世界是一个破碎的世界，一切都不再坚固，一切都将碎片化，一切终会烟消云散。连着伯曼的，也还有我的无言的忧伤。

我沉醉在自己的忧伤里，它已经含融一切。无须再打开书看伯曼慢条斯理的陈述，我相信，伯曼越是沉静、越是理性，他内心的忧伤就越深。

马克思写《共产党宣言》时，说有一个幽灵正在欧洲的上空盘旋。今天，另一个幽灵盘旋在整个世界的上空，这就是虚无。我一向都不喜欢在“虚无”两个字后加上“主义”。虚无不是圣贤头脑风暴中的产物，它和哲人创造的诸如“理念”这样的概念不同，虚无就是我们对自己生命世界的彻悟，来自于我们灵性的直觉体验，根本无须学者们研究，然后郑重其事地来告知我们。人类很脆弱渺小的时候对虚无的意识也许是薄弱的，那时的人需要拼尽全力和自然对抗，才能赢得生存的空间，这样的境况使人内心不得不充满了坚定、悲壮、激情、勇气、向往，唯独可能没有虚无。而在人慢慢强大起来后，人类拥有的东西越来越多，拥有的能力越来越大，人反而清醒地意识到了自己存在的命运竟然就是虚无。这就是存在的辩证法。人类在开辟无穷的疆土的过程中，终于慢慢地和虚无面对。越虚空就越虚无，即便人不把自己和他所在的星球毁掉，即便人真正成为这个星球的主人。然后呢？他离开地球奔向星际空间。再后来呢？为了奔向而奔向，无论我们的身体能触及多么无穷远的地方，总会有对无穷远外的虚空的恐惧。老问题就会一次次在一代代人的心头回响：我是谁？从哪里来？到哪里去？

对于一个生命个体来说，孕育虚无感诞生的触媒更可以说无处不在，无论是现象的，还是本体的，虚无就弥散在我们的世界里。“我”太渺小了，更遑论在宇宙的面前了。人生短暂，时空永恒，无须其他，单是这不成比例的对比就让我们俯首称臣了。

问题来了：人如何在虚无的世界中存在？最自然的回答即是：顺其自然。不然还能如何？但是，正是在“顺其自然”上我们要做出“人义”的回答。顺其自然，并不是完全地听之任之；“顺其”是凭着勇气来面对、认知，然后承担不得不承担的命运，但绝不是低眉顺眼。我们知道我们的存在终将遁入虚无，我们终将失败，可是，人还是要反抗不可反抗的命运。这也不是要用反抗来向谁证明什么，而是我们生命中的反抗在要求反抗。

在虚无来吞噬我之前，我将坚定地表达我对存在的执着。我将铭记我经历的美好。我会一直用我悲欣交集的双眼注视我眼前那些曾坚固的东西慢慢烟消云散，包括我自己。我是多么渴望有来生，来让我不愿结束的美好能再继续。可是，我知道……现在，泪水正模糊了我的双眼……

美学的生活

美学的生活是感性的生活。确定无疑的，儿童是最完美的美学家，因为儿童完全生活在瞬时的欢乐与痛苦之中。有些幸运儿，长大成人之后，在他的身上还保留有这种儿童似的直接反应，这种只在瞬时存在的能力。正如哲学家克尔凯戈尔所言，观察这些保留直接反应的人是非常美妙的，他们在对某些简单而美好的客观事物做出反应时，凝聚了天性中全部的优秀品质，而且爆发出生命中最美的热情绚烂。无论是欢乐还是悲伤，他们在一瞬间仿佛已倾尽了自己生命的全力。除了孩子，这类人无疑更多地存在于艺术家与美学家或具有类似气质的人之中。在人类已迈过了漫长文明历史的现在，能够在这种得天独厚的快乐时刻中吟味生活的人其实并不多。

我自己很喜欢这种生命状态，如果它能在“我的有限”中永恒保持，我愿放弃自己同样喜欢的理性沉思。但我很悲哀地明白，正由于理性的存在，情感的美学生活不可能成为人的单一的存在时态。正是在理性的沉思面前，让我沉醉的生命美学状态最终还是要崩溃并使人陷入绝望。古代的伊壁鸠鲁主义鲜明地显示出这一点，它被绝望的阴影纠缠着，那种绝望正是伊壁鸠鲁主义企图从其思想中清除出去的。希腊人和罗马人的最优美的享乐派的诗篇也总是笼罩着悲哀：鲜花的后面是龇牙咧嘴的头盖骨。伊壁鸠鲁主义的最伟大的诗人卢克莱修具有疯狂的激情，他在快死时疯了。生命伴随鲜花结下如此之多的快乐种子，然而，越快乐就越悲伤，就像唐·璜在搜寻新欢时陷入绝望一样。沈从文说：“美丽的东西使人愁。”可是我还是要说另一句：“即便发愁，我也要用我的双眼注视、双手触摸美丽。”这是我先天的人性指给我的生命方向，让我把绝望保留到生命的终点再去释放吧。

有人会说，你这是揣着明白装糊涂，也许吧。在对生命的沉思方面，我尤其是个不喜欢完全抽象思辨的人，在生命意义的终极问题上我是绝望的。但也正因此，我才更倾向于美学的生命态度。我承认，美学的生活态度片面，谈不上完整、正确。可是，我搜寻这世间一切的言说，我也从没看见哪一种言说是完整、正确的，我只看见硬做的冷静、超然、自欺，为了宁静，人在硬撑、回避。

在终极上，人注定是个失败者。人只能成为一个现世主义者。终身把自己囚禁在修道院中苦修苦行以待来世的生命立场，在我看来是匪夷所思的。我宁愿听从本能的召唤，也不愿听所谓圣贤的胡说八道。在伦理学诞生之前，原始的人类生活在单纯的痛苦和欢乐中，不管是痛苦还是欢乐，生命总是热情洋溢的。可是，人在我诞生前，还是早已成为伦理的生物，在由生到死的生命轮回里，自觉和责任使生命如牛负重。尼采不堪重负，开始反抗，在《悲剧的诞生》里，他要驱逐“日神”（清明的理性），呼唤“酒神”（狂欢的感性）。尼采说：“上帝死了，什么事情都是允许的。”这里藏着我们应该明白的真相。我喜欢沉思，但我也明白米兰·昆德拉的话：“人类一思考，上帝就发笑。”既然上帝已经死了，我们就别期望自己会有上帝的德行与能力。

伦理的生活

人终于已是伦理的生物。人在进化中获得的灵性使人能对自己的生命感受进行反省。伦理的立场表明的便是生命面对生活的态度。它最浅显的表现便是“对与错、应该与不应该”的判断。伦理诞生的动机应该是人希望从繁难的生活中找出便捷的通道。然而，事情往往出乎意料，人遭遇了自造的“伦理的艰难”。

有一条伦理准则大概可以称为“元准则”，即：所有的人应该在某某情况下做某某事。按照字面上的推理，这当然是顺理成章的事。但生命世界里的真相是：伦理的人和活生生的个体的人是冲突的。伦理的人是一般性的人，伦理的一般法则不能把具体的个人的“我”整个包括进去。作为抽象的法则，伦理要求的往往和我内在的自我所要求的恰好相反。一个具体的生命，其存在永远不能归入任何一般概念乃至一般概念的学说。概念的世界清楚、明白，可是，把它变成一个具体可以触摸的世界并不容易。

比如，即使最平常的人也常被要求去做出对其一生影响重大的决定，在这样的危急时刻，人必会面对“伦理的悬置”时刻，人在这种情况下所做的选择不是基于彰明较著的善良与邪恶，因而可以全凭理智做出；相反地，是在善的对手之间做出，在那里，不管怎么说，一个人必定要做某些恶的事。而且，在那里，连我们自己也不清楚最终的结果乃至我们自己的动机。面对这种情形，人会体会到恐惧与战栗，人的本能是要逃避这样的抉择，大多数人都很惊慌，所以，只要能把自己从自我选择中搭救出去，他们就极力隐蔽到任何适用的一般法则中去。美国的弗洛姆在《逃避自由》里曾精辟解析过人类这种因恐惧而逃避的心理。不幸的是，在大多数情况下，找不到这样的一般法则和妙方，个人无计可施，只好马马虎虎地自行对付解决。我们的生活实际就是这个样子，尽管我们有各式各样的伦理准则，但没有一条准则可以让我们毫不犹疑地方便使用。就像孟子遭遇的，他说，男女授受不亲，可嫂子落水小叔子不救则是禽兽。两害相权取其轻，所以只好从权。这就是存在的具体性，一种情况根据几条法则一下子出现了，我们不得不在法则之外或从我们的内心做出选择。就是罗马天主教会自己制定的详尽无遗的伦理道德蓝图，在实践过程中，教会还时常不得不用诡辩术和忏悔加以补充。

伦理法则是抽象的，人性却是活生生的。人类已为自己构筑了一个庞大而具有精密结构的社会，没有一定的法则它就不能有效地运转。然而，一切按法则设计运转，人终将成为机器；在法则与人之间，需要我们有更大的耐心与智慧来协调。我们既要明白理性伦理一般性的必要，也要懂得叙事伦理为个体所争取的弹性的个性的空间。托尔斯泰的《安娜·卡列尼娜》中的卡列宁是个完全理性的人，一个冷静到冰冷、好用权术的知识分子，按一般法则，他确实是个好人，特别是作为丈夫；然而，他失掉了自己妻子的爱。人类现代社会的抽象性法则导致了人的情感普遍遭到压抑，特别是那些被称为“消极”的感情。然而，什么爱情不知道恐惧的痛苦？什么欢乐没有遗憾的味道？一个理性技术的世界如果被推到极端，人最后将成为非人。

宗教的生活

宗教的生活是信仰的生活，是要寻求心灵的皈依。美学的生活是放飞自我，伦理的生活是警戒自我，宗教的生活是找寻自我。

宗教的生活是生命存在的一种状态，宗教所涉及的真理，并不是教义的或信仰的客观真理。宗教不是一套信仰者同意的智力命题的体系。信仰者同意智力命题体系都是由于确信其正确而加以同意，如同确信一套几何命题正确而加以同意一样。就存在而言，对于个人，信仰对信仰者的最本质的要求，不仅是理解，更是虔诚。客观真理是容易接受的，在今天这样的时代这几乎成为这一名词的唯一含义。我知道二加二等于四，但这一知识根本与个人无关。一旦我知道，就知道了，不要继续努力，把它变成我自己的。它是精神楼阁中一根可靠的立柱，只要有必要，随时可以用手去依扶。然而，宗教的真理却完全不是这样，那是必须把我的个人存在渗透进去的一种真理。这里成为真正问题的是“一个人对真理的个人占有”。严格地说，主观真理不是我“拥有”的真理，而是“我所是”的真理。如果有上帝，对于你，你得把他理解为你“一个人的上帝”。

信仰不是来自于外部的命令，而是来自于你内部的渴求。人类原初的宗教诞生于心灵上对大自然的恐惧、智力上渴望对神秘不可解的事物进行理解，这两个方向上的要求其共同点在于人类需要解释。解释自己、解释外面的世界。能解释，神秘的就变为清晰的，心灵上的恐惧也会归于平静。到了现代，随着知识的进步，原初宗教因智力不足而存在的神话因素已在慢慢消散，但到目前为止，并没有完全消失。尽管人已经很强大，但人还是很渺小、肤浅，几千年前苏格拉底的话还是适用：我只知道我一无所知。我们还是会时常处于生命困惑难解的境地，宗教仍是一个现代问题。心灵悬浮不知所终时，那困惑即是宗教要面对的。

我说宗教，并不是要为已有的宗教作教义宣传，我吁请关注的是对宗教的理解方式。宗教是个人的，每个人都可以也应该有自己的宗教。我很少说“应该”这个词，那是基于对别人的尊重，但每个人一定要清楚自己的“应该”。宗教的生活是心灵的生活，是对自我的寻求，宗教要你认识然后认同自己，没有这个“应该”是不行的，但我在“应该”的具体解释上并不寻求标准答案。寻求你自己的理解，然后虔诚地对待。只要是你自己寻求的，你当然会虔诚地对待。

学者说，中国没有宗教传统，没有宗教知识体系的传承。从情形上看是如此。有没有宗教的形体或外衣没有什么，但心灵有无安置却是极端重要的问题。当年鲁迅忧心忡忡地说，中国人什么也不信，当不能解释时，中国人就会说“这是命!”没有敬畏，也没有热爱。我不做痴妄的宣传，但我主张个人要有自己的宗教寻求，特别是寻求虔诚的品质。我们对自己的油滑沾沾自喜，把它称为生活的智慧，生活就成了躲猫猫、捉迷藏的游戏。且不说很少有人心痛在这其中我们耗费了多少宝贵的精力，更要命的是在这样的生活哲学背后衍生了多少烂污，腐蚀毁坏着我们的心灵。

比兴：奇妙的中国式思维

——兼说“呈现”比“判断”重要

此文思绪散漫无章，有些像当年徐志摩的“跑野马”，用意却是关注问题。就从文题开始。

比兴思维是人的智慧发明，比如，自中国最早的诗歌总集《诗经》始，就有所谓的“赋比兴”，文学嘛，虚拟、移情、想象、天马行空，还行；可是，我们的中医好像也喜欢，什么金木水火土对心肝肺脾胆之类，天那，这可是科学啊！我们就有本领把并不玄妙但也不易探寻的科学说得如此浅显直观，甚至恨不得诗情画意，也难怪西人要对中医侧目而视。还有历史，中国史书里的大人物篇，往往不像人物传记，倒像神魔鬼怪荟萃，比如当年的流氓刘邦后来成为汉家“天子”，他的出生在史书里也便神奇起来：又是“五色祥云”又是“真龙天子”的。中国的历史其实也是政治，比如，后来我们还喜欢说谁谁像日月星辰之类，可也没想到太阳温暖是温暖，如果过于温暖也能烤死人，以致小民发出“时日曷丧，予及汝偕亡”的呼喊；甚至，还可以加上哲学，老子的《道德经》“道可道，非常道”及什么“谁生谁”之类，端的是气象万千，可也真如堕五里雾中。宋代的朱熹看着刚出壳的毛茸茸黄灿灿的鸡雏，又不由地感慨：此即“仁”啊！真是意气神色俱全，可到底什么是“仁”呢，也叫人难以明白。现代理性的“此话怎讲、何以见得”似乎从没在国人的意识里留存。有专家一言以蔽之地总结：中国文化即感性文化，关键在一“悟”字。但“中国”在哪？何谓“文化”？岂是一个“感性”所能了得？可再转念一想，也是，连这总结都是如此“写意”，谁说不正感性着呢。嘿！又一个“中国特色”。

儿子上幼儿园的时候，老师讲“龟兔赛跑”的故事，最后免不了说一番坚持如何、骄傲如何的话语。这深刻迷人的大道理就在黄口小儿面前以如此简洁形象的方式解决了。看到此种情形，我又一次愤愤不平地想：我们的生命从开始到结束就是被各式各样的道理裹挟着的，而要命的是，讲的那么多的是“道”之“理”吗？我不得不和儿子再讲道理，孩子！真实的存在如下：乌龟跑不过兔子，是基因问题，与努力与否无关；要想让乌龟跑过兔子，除非改变它的基因。儿子不懂基因，那就继续解释。如果是道理，总有解释明白的时候。你明白不明白，道理总在那里。后来我给儿子买了一本法国法布尔的《昆虫记》，我想告诉儿子，咱们不打比方了，认识这个世界不是从判断开始，而要从观察起步。兔子就是兔子，与“洁白、善良”无关，狐狸就是狐狸，也与“狡猾、谄媚”无关。

诗人于坚曾经感慨：在中国，“看见要比想象困难”，实在是一语中的啊，如此热衷于打比方、想当然、瞎浪漫，折射出我们懒惰的民族特性。于坚的“我还没见过一只真正的老虎”再形象不过地呈现了中国人面对存在的方式，我们只是、总是在“广场、图书馆”与世界谋面，我们看见的永远是我们愿意看见的世界，所以，于坚说，要想与一只真正的老虎面对面，就得“远离文化中心，远离图书馆，越过恒河，进入古代的大地”，那时，才有可能与一只真正的老虎碰面，也就是与真实的世界相遇。而图书馆里的文化已落满了遮蔽我们双目的灰尘。

那一个人，就是整个世界

——关于生命、艺术与爱

人世间最好最美的事，是爱。你曾有过的那些让你心神摇荡、痛苦狂喜且刻骨铭心的时光，谁也无法替代。我无数次地猜想过，在天荒地老，生命即将消散的弥留之际，不管是处在沉沉黑夜般的深渊，还是灼灼日光般的寒荒里；也不管你是心怀平静还是身处连神经都在震颤的恐惧中，在你内心向这个世界挥手告别的那一刻，留在你脑海里的最后意识会是关于她/他的吗？那一个人，他/她曾经就是你的整个世界啊。

我从不相信永恒，却相信“爱情是文学的永恒主题”。我生命的成长经由艺术中的爱的滋润为多。想到死，我的内心是如此荒凉；想到爱，我的内心又是如此温暖。在哭里笑着，在笑中哭着。每每念起张爱玲的“因为懂得，所以慈悲”，内心就充满着苍凉的温暖。我虽与佛无缘，却对慈悲为怀心向往之。我对自己的徒子们说：人间的事多是悲哀的，你们懂得了，便是虔诚。

“我和谁都不争，和谁争我都不屑；我爱大自然，其次就是艺术；我双手烤着生命之火取暖；火萎了，我也准备走了。”这是英国人蓝德的诗，宁静，温暖，美丽。可是那余音该是多么不舍而忧伤。

在我的记忆中茨威格这个名字永远与忧伤的爱情连在一起。《月色朦胧》《象棋的故事》《一个女人一生中的二十四小时》等等。《一封陌生女人的来信》读得几乎让我窒息。那样柔弱的躯体如何拥有那样持久的激情？盲目？早就明了自己爱的那个人是个登徒子，仍然情不自禁，这是真的盲目啊！痴迷？还在少女时代呢，冥冥中好像就已明白自己存在于世，就是要耗尽自己的终生来爱这个人。这是真的痴迷，还是宿命？那么多的痛苦和屈辱，却仍是那样柔情，那样慈悲。由一个优美的女孩到一个沧桑的女人，为的只是一个从一开始就明白一定是绝望的爱情。生命，你让我如何懂得？我就是这样学会了叹息、静思，然后满怀了慈悲。

《“O”的故事》的阅读，是我经历过的最奇异的心灵历程，想走入那个世界，却找不到路径。可是，它仍让我的神经不由地震颤，心生对未知的生命世界的悲悯。经由小说中的“虐恋”，我一下彻悟了人性中的“痛并幸福着”的丰富。一个个生命就是一个个深渊。

杜拉斯的《情人》于我具有重大的生命意义，在我还是一个懵懂无知的少年时，是它在我内心引爆了生命的核弹，埋葬了我的短暂的少年时代，我急速地进入了自己的青春时期。可那又是怎样的青春时代啊！那样地苦闷、混乱、无助、乱撞，在内心撕扯、审判，突破禁忌的狂欢是和《情人》拥抱在一起。还是李承鹏说得对：我们只有青春，没有青春期。可是话说回来，有与没有又如何，那是我的青春的生命史，谁人可以替代？

如今，在生命的路上我已走过了几十年，酸甜苦辣咸后，虽未到终点，却已可做出自己的结案陈词。在我的生命意识里，如果生命有意义，那就只有在艺术与爱中。我从无自信说自己是懂得爱与艺术的，却可以坦然承认，我是热爱“爱与艺术”的。王小波在小说中说：“我要抱着草长马发情的伟大真诚去做一切事，而不是在人前羞羞答答地表演。”爱，不是信念，它是生命的存在方式。

有关恶心

——萨特、琼瑶、肥皂剧

最近，“恶心”一词在我的言语里泛滥。我曾和自己的徒子说，作为一个现代人，如果你从没体会过“恶心”，你就不是一个真实的人。现代的人类已经强大到让我们自己瞠目结舌的地步，我们对自己对世界的认识是如此深入全面，我们与世界的好与不好尽收眼底，怎么可能还如远古时期的人类活在宁静、静穆、和谐的心灵氛围中？

我不惧怕恶心，也说不上讨厌，甚至我有时还“享受”恶心。我意识到，恶心是我们生活生命最真实的一部分。举个例子，不记得周星驰的哪部电影，里面有一个场景，一个臭男人挖出自己的一坨巨大的鼻屎把它像炮弹一样向观众砸来，看得我恶心得直想呕吐。可是，我不得不承认，周星驰的喜剧电影用怪诞的方式通过审丑、审恶呈现了人类生活的真实景观。对周星驰电影里“变形、变态”的人物我们并不陌生，如果撕下我们的伪装，他们正是我辈中人。

我坐在电视机前，看各式各样庸俗、恶俗的肥皂剧、相声、小品，有时破口大骂，有时傻笑，有时撇嘴挤眼怪叫。老婆特别不理解，我告诉她，我在体会恶心，同时锻炼自己对这个世界的承受力。老婆说：“神经病！”我特别反感老婆的评价，因为我非常真诚。我没有使用反语。老婆经常看琼瑶剧看得如痴如醉，我有时也陪着看。但我知道，我们俩的感受完全不同。她是完全地认同，我是极端地排斥，除了不讨厌女影星们的美色。我是这样来猜测琼瑶奶奶的善意的：她用看起来美妙无比、实际虚假无比的东西来麻醉我们，让我们在暂时的黄粱美梦里逃避一下生活里的悲苦，用替代性的满足来意淫生活。我不知别人如何想，反正我不领情。我看琼瑶和看那些庸俗恶俗的东西一样，是为了让自己体会恶心——另一种恶心，看一看被包装得很美好实则丑恶无比的表演，以此提醒自己不是活在天堂里，而是在人间。有必要说明，我热爱这人间，虽然这人间有许多让人恶心的所在，但这人间也有许多美好。

但我还是要保持对这世界的恶心感，它不仅是我们生活的一部分，而且它已是我生命的一部分。对恶心的体验，一方面让我更丰富了对自己存在的触摸，另一方面它让我在和身外世界的对话中有一份警醒。

我至今记得第一次读到萨特的《恶心》时所带给我的震撼。其中的一段是：生活在这座小城的所有人都知道，早晨七点二十，第一班公交车从市府广场开往市府花园，所有人都知道，最末一班车晚上 8 点 40 分从市府花园开往市府广场；这座小城的所有人都知道，水在 100℃时会沸腾，铅在 365℃时会熔化，春天在树身上刷上石灰是为了防虫；所有的人都知道，回到家里，一拉开关，灯管就会发出亮光，一拧水龙头，水就会流出来。他们从不会把星期一打扮得和星期二不一样，把星期二打扮得和星期三不一样。人们活得很平静、自在、从容，他们觉得这样的生活会、也愿意它永世长存，有点类似于一句歌词：平平淡淡、从从容容才是真。

对此，萨特的结论是："这一帮蠢材们!"当年我立即作出判断：我就是这蠢材中的一员。萨特证明了恶心的无处不在，它就包围着我们的生活，渗透在我们的生命之中。玩味恶心，我们会更明白自身。

艺术世界里的爱

——萨特、海明威、张爱玲

这世上所有的誓言我都不相信，我更不相信的还有当众誓言这样的方式，也许这和我的天性有关，我是个害羞的人。最好的誓言应该是咬着牙对自己说，那就是无声。这世上大多的誓言都诞生于激情之下，有时我们可以相信誓言者的诚恳，但既是激情产物，理性就难免缺失。古人说“一诺千金”，誓言确实不该轻率发布。

相对来说，面对爱的誓言，我可以放弃自己的理性立场。爱本来就是激情，这世上最适宜发誓的对象就是爱。然而，我仍然不喜欢当众示爱。你说出一万条理由，我都认为是在作秀。爱是羞涩的，在月亮底下比在太阳底下自然。

爱是艺术，是身体和心灵一起翩翩起舞，情语就是它的背景音乐。在爱的激情中，恋人间相互说一些昏热、发烧的话语，是多么令人身心沉醉。爱本来就是发昏、盲目而痴妄的啊。想想古中国《上邪》中的那女子的爱的誓言：“上邪！我欲与君相知，长命无绝衰。山无棱，江水为竭。冬雷震震，夏雨雪，天地合，乃敢与君绝！”这样地痴狂到已没有理性。除了爱，只有爱。生命如此单纯而美丽着！

也还有别样的爱。在爱里爱者体会的却是痛苦、委屈，甚至屈辱。神奇的是，在这样的爱里也仍然有誓言，只是这誓言并不只是面向对方的告白，还包括对自己生命所经历的悲欢离合的铭记。张爱玲的《沉香屑——第一炉香》里的葛薇龙本是个清纯的女学生，后来在姑母家，终因浮华世界的耳濡目染，慢慢地放弃了自己的情感原则，成了一个交际花。而且她无可救药地爱上了纨绔子弟乔琪。葛薇龙毕竟本来质地洁白，连乔琪在她面前仿佛都有了不忍与诚恳。薇龙的眼睛看到了乔琪眼里的景深处，微笑着说："我喜欢你，是我自己的事情，要怪也怪不到你身上。"这句话对着乔琪是强作欢颜，对着自己怕只有满怀凄苦。爱永远是在痛中尝乐。爱不仅让心灵触摸忧伤，更不堪的是还常伴着痛苦与屈辱。被你爱了，他或她就成了你的"敌人"。这个敌人可以对你肆无忌惮，而你却只能默默承受他或她赠予你的一切，辛酸与甜蜜俱在其中。萨特在《恶心》里也说过关于爱的体验：你知道站在悬崖边上，下面就是万丈深渊，你还得往下跳。海明威《太阳照常升起》里的杰克对勃莱特也是这样，他逃脱不了对勃莱特的爱，他只能一次次承受对方给他的伤害与耻辱。在这样的爱情文本里，爱情不是花前月下的缠绵私语，而是两颗心灵的搏战与征服。

读张爱玲关于爱的文字，非得带着深度的身体体验才能走进她的世界深处。《色·戒》里的王佳芝，是在具体的身体体验后，才明白自己是一个女人，而一个女人如何与自己的身体构成一个同一体的学问并不是教书先生在课堂上传授给她的，而是她和一个有血有肉的男子之间有了刻骨铭心的体验后才明白的。在那生死攸关的紧急时刻，王佳芝眼前的易先生早已不是一个抽象的符号，他有形有体有温，他无数次地"洞穿"过她，给了她言语所不能形容的复杂混乱的身心体验，真的是"剪不断，理还乱"。相较而言，她身边的同志对她而言好像熟识，其实陌生。没有爱，没有誓言，只有残酷真实的生活中还在挣扎着的腔子里的一团热气——生命，蕴含着苍凉的况味。

在莫言获奖的身后

——我如何理解莫言

莫言获诺奖，引发热议的自然之中也有出乎意料之处。褒贬不是问题，只要有理有据。在抗议、指责者中，我看见一些不好的情形：借机宣传、宣示自己者有之，好像只有自己这一类才是精英，这次正好拿莫言做垫脚石或祭品；媚俗乃至别有用心者有之，只不过这次媚的是西方的“反媚俗”罢了；等等。

我们可以学学马克思对歌德的论述：歌德身上，既有别人难以企及的伟大，也有与众生一样的难以避免的庸俗。在这点上，莫言倒是在小说中早已给出了答案：他的小说人物从来都是，既是英雄好汉，又是王八蛋。就小说而言，这正是莫言所以是莫言的标志所在。

其实我在一些基本观念上与那些批评甚至指责莫言的人并不冲突，我所不喜欢的是他们的说话方式。在公众视野中过于义正词严地审判别人，我总觉得有作秀的嫌疑。就像2008年出了一个“范跑跑”，这可给了很多人展示自己道德标高的机会，我看见最为恶心的一个评议是：“我见过无耻的人，还没见过如此无耻的人。”这令我想起20世纪90年代，我在上海华东师大时听见夏中义老师的一句话：“那些始终只揪住周作人‘汉奸’之名不放不顾其他的人，如果他们处在周作人的位置，我相信他们做汉奸的速度比周氏还要快。”这真是诛心之论。我也认为，那些在道德论坛高地整天喋喋不休的家伙没准背地里最无耻。

我不同意对莫言获奖致辞“避重就轻”的指责。你可以期待莫言成为你心目中的一个符号，可你也得尊重莫言把自己当作一个活生生的人，他就活在他所处的世界里。而最关键的一个道理是：你不能期待更无权要求别人做英雄，你自己则可能躲在后面装孙子。萨特说：“你想成为英雄就可以成为英雄。”这句话的潜台词是：“你想成为王八蛋就可以成为王八蛋。”但萨特最起码给予了选择的自由。而在我们这里，总是有各种各样的借“正义”之名的“绑架”发生。就此角度而言，莫言就像当初鲁迅《祝福》里的祥林嫂，不仅仅是鲁四老爷，还有柳妈那样千千万万的“无名杀人团”，为了举行自己的正义大典，让多少无辜的“牺牲”成为祭台上的贡品？

莫言自己承认在现实中从来不是一个斗士，而是一个“乖孙子”，可是他也明确地说了，在小说的天地，他天马行空、独来独往。他的小说可以给自己做很好的证明。我想起当年在北大，面对传统保守派对陈独秀的汹汹攻击，蔡元培以犀利而充满现代理性的言辞戳穿了攻击者以“求全责备”的正义嘴脸想致陈独秀于死地而后快的险恶用心，而让我更为难忘的是蔡先生的一句“人才至为难得”的感慨，我听得见蔡先生内心深处的深深叹息。

杜勃罗留波夫斯基说：“我们不能指责一个作家为何不这样写，只能分析他为何要那样写。”莫言主要是作为一个“小说家”存在着的，对他的评价也该以此为主要立足点才对。

感性、理性、思想、观念

——致我们栏目的作者与读者

《经典欣赏与争鸣》在交替中已出到了22期，作为报纸编外的栏目主持人，对栏目的走向我一直处在审慎的摸索中。套用一个流行的句式来说，即，没有不明确，只有更明确。

当初之所以接受朋友的委托来做这件事源于两个缘由。一是除了在高校教书之外，自以为还算得上一个业余的文字工作者，在读书写作中闻书香是我喜欢的事。而且，做栏目主持更添了一个与同道中人切磋的机会，何乐而不为呢。二是由于对现实的痛感和一个公民的使命意识。在栏目的开版之际，我写了《经典与我们》的开篇词，表述了我的基本理念："在一份城市周报上开设《经典欣赏与争鸣》这样一个栏目，编者的用心并不是要做专业学者书斋里那样单纯的高头讲章，当然更不是茶余饭后的简单消遣，编者期待的是，在'中国语境'里关注我们真实的生命问题。只要你有眼睛，你当然看得到在我们的生活里存在着太多的让我们痛心疾首无法漠视的问题，而在这一切的问题之上，我们需要思维、观念的革命。而一切伟大的经典就是把我们渡到彼岸的渡船之一。作为一个中国人，我太多次地看到我的同胞在面对我们的生命问题时，总是用盲目的感情代替清澈的理性判断；而更糟的还有，在虚情、滥情抒发的背后，打着正义的旗号却行着龌龊之事。"

我心中设定的标准是在我们栏目出现的好文章，除了"文"与"章"的好外，一定要有清晰的问题意识，不管你关注什么样的题材，都要有"现实的存在感"，特别是"争鸣"，要做社会文化、文明的批评者，而不止停留于现象，最好深入本质，总之不是为文而文，要的是文中之意。

接着便是如何面对的问题。首先，提出的要是真问题。在我们这，我常看见人们一本正经地讨论伪问题，它有许多变体，诸如，大而空、不着边际、玄妙、不论而骂而贴标签等等。如何面对真问题成了第一个真实的问题；如果我们没有智慧与勇气面对真实，文辞再好，也不过是雕虫小技自得其乐的文字游戏。

再有就是面对问题的立场，这是我最感痛苦乃至由痛苦达到愤怒的地方。当年，尼采面对僵死的欧洲愤怒地咆哮：理性、理性、太理性了！而今，我则要对着我自己的故土大喊：感性、感性、太感性了！太多人太多了不思而言、而做的情形，连在茶余饭后的闲聊中，你都会看见只为争赢而不问一切逻辑常识的情景，不过求逞强的痛快罢了，何曾有认真讨论以求明白的心理。我们从不认真，正因这样的立场，几千年来我们的生命才一直处在蒙昧不清之中。我曾和报社的同人说：我知道我们人轻言微，可我们能做要做的还是“启蒙”——一讲常识，二讲理性，合一起即老老实实讲道理。讲道理不过是回答“此话怎讲”和“何以见得”而已。梁漱溟先生曾说：“有话好好说，有路好好走，有饭好好吃，是为敬。”真有用的道理从来就是简单明白的。

可是要把道理讲好，需要我们思维、观念上的洗心革面，正如刘瑜所说：“观念的力量可不能小瞧。”思维的革命、观念的启蒙正是我们栏目要做的事。

扭曲的灵魂

——我们生了什么病?

我在大学教“中国现当代文学史”课，对近百年中国知识分子所经历的心路历程稍有认识。在相关的学术论文中，我努力地去冷静阐释、论证；其实从我的心理感受来说很难做到完全平静。

“五四”一代在“新”与“旧”的对抗中成长起来的知识分子是多么有风采，就如鲁迅的话语形容：“真的猛士，敢于直面惨淡的人生，敢于正视淋漓的鲜血。”他们说话做事直言无忌、痛快淋漓。曾几何时，这种热烈大勇的气质却不知不觉在后来的知识分子身上慢慢地消失了。想来就令人怅然若失。

赵丹在临终前说过一句：“我现在没什么可顾忌的了。”所以，他说了一些“痛快”的“真话”，诸如管得太具体，文艺没希望之类。就是这样平常的话在当时就算石破天惊了。赵丹之后，巴金是最早提倡说真话的现代文人，可是看看他的《随想录》里面所谓的真话，大多说得含含糊糊，欲言又止，很不痛快。在反思的层面，也说不上对历史有何真正深入地思考。而就是这样一本才情思想都很平常的书我们却不惜溢美之词赞之又赞，可见我们说真话的勇气和深度到底有几许。

巴金在《随想录》里也谈到过赵丹的临终话语“我现在没什么好顾忌的了”给自己带来的震撼，在文章里发出了“让我说吧!”“让我说出来吧!”的吁请。一方面可见在当时的环境下说真话何其艰难，一方面不也说明我们不还是没有说真话的勇气吗?说一些留一些，这种有保留的真话，其实已不是真话，就如鲁迅所言：真中有假，比假还坏。说真话，要有勇气，也要有智慧，我得赶紧加上一句，此处的“智慧”不是察言观色，而是指思想穿透存在的能力。可惜《随想录》在这两方面都属平常，我从不认为这是一本杰出的书，只承认它的象征性意义。

其实这篇短文不是要讨论《随想录》，也不仅是论证如何说真话。而是吁请思考：中国现代知识分子前后为何判若两人？现实的曾经的苦难、严酷的环境，是外因；内因则是心灵的腐坏。两方面都很可怕。可是，不公，黑暗，你不反抗，它就永远存在，而且会变本加厉。选择很难，或反抗，或同流合污，或极力置身事外。很可惜，我看见的反抗者少，妥协者乃至依附者众。中国有一门课程在各阶层都大行其道，课程的名字叫“生存的智慧”。过去是，现在也是。我担心将来仍是。

真话的价值在于它出现在需要它及时诞生的语境中。时过境迁，在没有什么可顾忌后补说当初该说的真话，虽不能说此真话毫无价值，但一定是大打折扣的。

说真话需要智慧、勇气。在中国，更难的是后者。智慧不足，可以孜孜以求。勇气则是一种气质，一种生命信仰。信仰需要信仰者有一种不顾一切的劲头。而中国普遍流行的“生存的智慧”则是杀死勇气的最致命毒药。鲁迅曾感叹：在中国，聪明人、奴才太多，傻子太少。西方只有一天玩愚人节游戏，愚人节在我们这儿却成了日常人生，我们玩得上瘾，玩了几千年仍然乐此不疲。书写过《荒原》的艾略特也曾感慨：人类世界的终结不会是在充满激情的“嘭”的爆炸声中，而是会在“嘘嘘”声中无聊收场。如果这是一个真实的预言，我们可能就是这预言的最好证明。我希望我的这个预言是个谎言。

小说家的小说学

——致中国当代作家

读莫言，不由地想着当代小说。小说家不一定非得发布他的“小说学”，但一个优秀或伟大的作家一定“有”。莫言虽没有像昆德拉那样系统地发布过自己的小说学，但从诺奖致辞，以及上海文艺出版社“茅盾文学奖系列莫言卷”上的代序《捍卫长篇小说的尊严》中，还是可以读出他的小说学的。当然，作为一个“讲故事的人”，莫言的小说学更多地在他的小说里。

一个好的小说家一定得有自己的哲学，要有属于他自己的、完整的看待世界的立场。文学是人学，如何认知人，对于小说家来说是重中之重。当年高尔基在给青年作家讲课时说：“人并不纯粹，既不是黑色的，也不是白色的，他是杂色的。在人的身上，既有好的东西，也有坏的东西。作为一个作家，你们要时时记住这一点。”莫言倒像是高尔基的中国传人，他小说中的“人，既是英雄好汉，又是王八蛋”。中国文学中的人物常过于纯粹，莫言则模糊了好坏间的界限，他的小说世界是一个混沌的世界。所谓混沌，不是朦胧，更不是模糊。这世界本就是混沌的，莫言只不过还其原色。昆德拉曾感慨地说：“人希望有一个世界，其中的善与恶泾渭分明。”然而，“它们不能与小说调和”，“小说的精神是复杂的精神”。而太多的人们从来没有体会过一个相对性的世界，他们喜欢绝对，因为它方便、简洁，可以给懒人、庸人们提供一个不费心思就可面对世界的柔软靠垫。太多的人们不依赖一个“最高法官”就“无力直面一切”，因此，“小说的智慧（无把握的智慧）难以被接受和理解”。在中国，昆德拉所说的此种情形比西方更甚。莫言一类人的孤独可想而知。

讲故事最要讲的并不是故事中的道理，而是故事行进中时间、空间里的人性成长。有的人看见的永远是结果，而真正懂得艺术与人生的人看见的则是过程。莫言的小说就是把存在的过程像展开一幅画轴一样缓缓展开，他让你先去看、感受，然后再去思考这个世界。读莫言的作品，脑袋里不大会出现精致的概念，而只觉得汪洋恣肆、美丑交融的生命世界扑面而来。他充满肉感的文字把你引进亦幻亦真、有形有质、有色有香的世界时，恍惚间你也许真会有庄生梦蝶之感：是莫言的小说唤醒了我们对生命世界丰富而难言的记忆，还是我们丰富难言的生命记忆让我们趋向认同莫言？莫言的小说从《透明的红萝卜》始就专注于内心体验的“过程性”“弥散性”，可以说莫言的小说是和他的人物同步诞生的。比如，《檀香刑》中县令钱丁，开始一心想做为民请命的好官，德国人滥杀无辜，拳民孙丙造反，朝廷下令捉拿，钱丁出于正义，也因自爱孙丙之女孙眉娘，满怀激情夜奔莱州府陈情请愿。可是，经历了严寒、荒野、野狼、伤痛的折腾，“知县心中的激情，渐渐地消退，身体上的热度，也慢慢地降低”。后来，钱丁终于没有成为一个为民请命的好官，只是那个制度下不好也不坏很难说好坏的千百个官员中的一个。莫言写人，从不硬性拔高或贬低，他是把人放在“场”里如工笔画一般地精雕细刻。作为“讲故事的人”，他讲得细腻、具体、深入，此时、此地、此身、此意，宏观写意，微观工笔，有纵深，有前景，神形兼备，文理清晰。还要画蛇添足地判断吗？

期待"及物"的文学研究与批评

很多人的文学研究与批评总多瞩目宏大的外部历史对文学的渗透影响，注重阐发其社会、历史、文化、道德、理性意义的一面，文学的本体研究被忽略较多，导致许多重要的文学问题实际被悬置。而即便在注重文学本体的研究中，太多的阐述却又往往漠视我们的感性与身体。这或许就是作家与批评家成为"死敌"的症结之一。当年面对左派的"没有思想与灵魂"的批评，沈从文就曾傲然地说：你们所说的"思想与灵魂"是什么意思我不明白，我也不想明白。面对别人的先有理念后有生活，沈从文坚定地表达了自己的桀骜不驯。无独有偶，胡兰成在谈论张爱玲的文字时也曾说出一个精彩的认知："她这样破坏佳话，所以写得好小说。"虽只一句，已足可看作一篇精彩的张爱玲论，胡兰成不愧张爱玲的解人也。另在别处，胡兰成又有一段自我反省的话，简直可以看作对某一类文学批评风格的隐喻："我小时看花是花，看水是水，见了檐头的月亮有思无念，人与物皆清洁到情意亦即是理性。大起来受西洋精神对中国文明的冲击，因我坚起心思，想要学好向上，听信理论，且造作感情以求与之相合，反为弄得一身病。"

许多人的文学批评不就是这样的"一身病"？面对着描述生气淋漓的感性生命世界的艺术文本，不用自己同样活色生香的生命去面对，而非得用矫揉造作的教条去抽象，比如柯灵的《遥寄张爱玲》，说："中国新文学运动从来就和政治浪潮配合在一起，因果难分。五四时代的文学革命——反帝反封建；三十年代的革命文学——阶级斗争；抗战时期——同仇敌忾，抗日救亡，理所当然是主流"，"偌大的文坛，哪个阶段都安放不下一个张爱玲"，上海沦陷，"新文学传统一刀切断了"，"这就给张爱玲提供了大显身手的舞台"。这样的论断实在是气魄宏大，端的是高屋建瓴，可是，也真的让人困惑，当年自身也不过是偏安一隅的一介书生，如此指点江山，激扬文字，论者真的有心吞八荒的胸襟，囊括宇宙的视野？20 世纪 30 年代只有阶级斗争？那么沈从文这样的人物怎么还能成为京派文人的领袖？抗战时期钱锺书的《围城》又作何论？巴金的《寒夜》又何以自处？上海沦陷，就会导致“传统一刀切断”？只要一读张爱玲的文本，谁不体会到其中的传统气韵生动？文学批评可不是自炫才学。

可以看看林语堂的“苏东坡论”，那才真是别具一格。林氏在他的《苏东坡传》中称苏东坡为千百年来中国人中的“第一人”，而其立论的根基不同流俗，不仅说到作为诗人、政治家、书法家、散文家的苏轼，更说到他是一个美食家，一个伟大的情人，一个寄情山水的漫游者等等，而所有的这一切之所以如此光辉灿烂，乃是因为苏轼是一个“独立无惧，群居不依（苏轼语）”的大大的人。林语堂论苏轼的特点，一是他的“全视野”，一是他的“及物性”。特别是第二点，尤为值得我们关注。坏的文学创作与批评，常常表现出的就是它的“不及物性”——总是在抽象的、玄妙的精神领地高蹈，漠视人的自然、素朴的实在。当年胡塞尔提出“回到事情本身”，也是劝告哲学家不要总是带着先入之见来“经验”存在。文学理论家、批评家们早就该从这样的话语中得到启示了。

文学批评应该如何？

——我们要有怎样的文坛（1）

列夫·托尔斯泰和屠格涅夫曾是极好的朋友，后来却出现了不睦。据说是托尔斯泰伤了对方的自尊：在一个公开场合，托尔斯泰表达了对屠格涅夫作品的不屑，而且口气轻率粗暴，嬉笑嘲弄意味明显。屠格涅夫闻此，生气难过乃至愤怒自在情理之中。即便是逆耳忠言、苦口良药，托尔斯泰的行为难道不是对友谊的背叛吗？难道不是文人相轻恶习的又一次现实表演？它对文坛又有何益处？

从一般情形看，上述发问当然有道理。可是我们也不要忘了，人们也常常就是用这个“一般”回避了对更深层次问题的追问。

从人性之常，托尔斯泰的行为显然太过傲慢；但如果撇开浮面的人情只就问题本身而论呢？屠格涅夫固然是个优秀的作家，可在托尔斯泰面前，他们显然真还不是一个等级。如果托尔斯泰是带着诚挚的关怀来表达对朋友的关注，除非对方是一个不允许别人批评的人，那么事情就不会像我们如今看见的这样。但说到底，站在托尔斯泰的位置，他所言并无大错，只是用错了说话的方式。虽不是正式的书面表达，只是文化沙龙里的随意闲谈，但对他人人格的尊重和对他人行为出于真心的真实评价，二者之间应可以永远并行不悖。当年鲁迅就说：“辱骂和恐吓绝不是战斗。”梁漱溟也说：“有话好好说，有饭好好吃，有路好好走，是为敬。”

所以提起这件旧事，却又不是为了上述感想而发。近年参加过本地文艺界的几次聚会，总体感觉氛围不对，并不是有类似托尔斯泰的傲慢无礼，恰恰相反，倒是过于彬彬有礼了；虽然说不上是相互吹捧，但说的多是无关痛痒、轻描淡写的虚空之词，庸常而乏味，现场不免让人昏昏欲睡。按道理说，从事艺术之人应多属性情中人，可在我所经历的场合，我没看见一个充满生机的文场，倒隐隐觉得自己到了一个你请我让的官场。

也曾写了一点真是少而又少的有关本地作家的批评文字，在明面和背面我所听到的反映有点冰火两重天的意思。自己年近半百，从不自诩不食人间烟火，自己也就一小俗人，人情世故也常放心间掂量呢；但我又认为，凡事都有个自己的“场域”，到什么山唱什么歌，讲的不是见风使舵，而是到了这个“山”就要唱这个“歌”。说文学，就要以文学的名义来说，把文学和人情世故搅在一起还谈什么审美？弄不好，“丑”倒可能被审出来了。

托尔斯泰说屠格涅夫不好，说的是他的作品。屠格涅夫碍于面子的反应当然也可以给予人性难免之举的理解。如果托尔斯泰不是这样傲慢粗暴，屠格涅夫能虚怀若谷且精益求精，当然最好。可惜对于既往，这只是我们的一厢情愿，不说也罢。那今天呢？老话说，难得诤友敢批评，是真朋友就要说真话，即便一时不能理解，那就该相信时间的力量，日久见人心。再退一步说，该取怎样的立场来判断一个说辞，总不能以对我好不好作为标准吧；人情既然这样复杂，那不讲就是。自私不是问题，不承认、回避、粉饰、唱高调才是问题。我觉得在中国，人们常常用貌似诚恳的“好不好”来代替“真不真”作为自己的思维方式，表面上的温情脉脉却遮蔽了对真问题的审视。

我所在的这个小城，如果真有一个文坛在的话，真正热爱文学艺术的人们就该用自己的真心来维护。还有一句话与同道共勉：自己干净了，就会看见一个干净的世界。

雅与俗：跳出三界外，还在五行中

——我们需要怎样的文坛（2）

雅俗之争似乎一直是文学史中很热闹的问题，放在具体的历史语境中，不管所争为何，它对人们认知文学多少会有厘清或启示的作用。但一涉及批评家或理论家们所论，话题就复杂起来了，雅俗不仅成了题材问题，还是趣味甚至立场问题。而对于过于纯粹的理论抽象之辩，作家们又常会异口同声地表达隔膜。如此虽不能说势同水火，终究对文学也无所裨益。

如果没有既往，倒不妨说，所谓雅俗并不是问题；或者说，因为有了过往，雅俗成了一个历史问题。从文学创作本身来说，即便为了方便，做约定俗成意义上的雅俗之分，但在价值论上却不应有贵贱之别。文学本质的呈现不在“写什么”而在“怎么写”。雅、俗其实首先只是一个人为的概念。如果非得把“雅”定为好、高、美，“俗”说成坏、低、丑，那也得在审美的意义上来论。相对于暧昧不清的雅俗之争，萨特、米兰·昆德拉们提及的“媚雅、媚俗”倒更是个真问题。雅俗至多属于机械分类，“媚之态”才是问题，刻意地迎合，趋雅也好、媚俗也罢，终将丢掉作家的独立人格与创新精神，而此两点一失，文学的城堡即被攻陷。前不久，与《周报》主编李生正闲聊，他提及一个话题：“谁来扛阜阳文学这面大旗?”这是个不错的题目，可我沉吟许久，不能给出自己的答案；心中着实有许多茫然与疑问。那如果先不来回答这个问题，而来考问我们阜阳文坛的现状，是否能理清一点思路？比如，我上期说的批评问题，现在说的雅俗问题，以后或许还可以说说文学中“大与小”的辩证、作家如何自处、文学如何突破生活关注生命等等？

雅依俗而在。生活或艺术中，世俗都是一个极其重要的范畴。“脱俗”

是高雅之人言不离口的，有道理。但要说明“脱”的是什么“俗”。张爱玲从不避谈“俗”，甚至常常以“俗”自白，但人们读了她的作品，知晓她的为人后，就不由感慨：她是能俗能雅，俗中见雅，大俗至大雅。还有一个关节处，张氏许多地方与世俗常不相容，但她并不轻视他人之俗，即使有时嘲讽，也是笑而不噱，包裹在同情悲悯之中。她自说最喜欢西方的“地母”形象，已足可看见她悲天悯人的菩萨心怀。很多人却只看见她的小女子气。在世俗这个题目上，好作家能出得其外，入乎其内。

人首先就在自然的世俗之中，作家也是俗世中人，大可不必奢谈“跳出三界外，不在五行中”，自扮自演世外高人之角色；但话又说回来，世俗是人间平凡之界，丰富而多彩，又不可一视同仁，“庸俗”不仅是对生命的污染，更是艺术之大敌。虽一字之差，境界天与地也。面对过去的崇高、审美、唯雅，有人提出崇低、审丑、唯俗，确实有拨乱反正之功，但自身先需正本清源，特别是在对“俗”之认识上面，不可不审慎而明辨，切不可借“俗”之名而堕入“庸俗”之泥淖。

就阜阳作家而言，从写作到生活，他们倒是很能融于世俗之中，那就要说到另一面：作品以世俗摹写为本，但从中提炼出了怎样的趣味倒要细细考量。写作本质上不是职业，而是一种生存方式；你可以放你的身子在世俗中，写作时却是你的灵魂在飞翔。一个只是黏着于世相浮绘而不能深味生命之真味的写者终究不能成大气象。

作家的修养

——我们需要怎样的文坛（3）

作家别号文人，那所谓作家的修养，两个：文的修养，人的修养。孔夫子说："言之无文，行而不远。"又说："彬彬有礼，然后君子。"都是清白的大实话。

这两年侧身阜阳文坛，眼见耳听，多少生了一些杂想。年近半百，差不多在学校的围墙里度过，理解事情难免书呆子气，比如，"文坛"，不就是文人聚集的地方吗？而文人不就是以"文"证"人"的人吗？可现在如果在它前面加上一个修饰语"阜阳"，就会有些恍惚。

古时候，也就是阜阳叫其他名字的时候，此地真是人杰地灵；到了"阜阳"时代，仍然人才辈出；就说文坛，连我这个外乡人都可举出一串响亮的名字：徐瑛、梁如云、戴厚英、亓龙、崔波、李兴武、王秋生、雪涅、苗秀侠、闫红，他们都曾各领风骚，有些仍风华正茂。往下还有：丁友星、邢思洁、高境、张殿权、朱东坡、张雷、岳金友等等，他们也早已是大大小小的文人，甚或他们就是现在阜阳文坛的中坚。可是，我的另一个感触是，越往下数越觉底气不足。

阜阳文坛不乏忧患之士，文坛耆宿徐瑛先生就在欢呼之余冷静呼吁："我们必须再往前迈上一步。"殷殷期待，历历可感。据说最近又有文联副主席更"动人"之举：闻言他于微信圈中表示，如果今年阜阳作家能在安徽拿奖，小奖他学三声狗叫，中奖六声，大奖九声。听起来像个笑话，大有沉淀成将来文坛小逸事之趋势，引得大家嘴角上翘，也算一件功德。

文学永远不会是计划好的流水线生产。文联主席的"动员令"只是"位置意识"，其情可感，其心可解，其言可议。我们成绩不好，因由多多。从外围看，心浮气躁，重名重利，文人相轻，闻赞则喜，闻过则怒，尤其难辞其咎；向内看，一言蔽之，内功不够。

这两年读阜阳小说多一些，总体感觉平平。从先天禀赋说，乏天才；从后天修养论，多不足。文学是语言的艺术，可是在最近阜阳的作家里，唯有朱东坡的《渔人三章》让我觉得作家有了自己的“腔调”，高境的《一亩三分地》、苗秀侠《屋角的战争》、阵容的《底线》也见得出长足的进步。而在思想、情感表达的层面呢，我们实在乏善可陈——没有大思想大境界大悲悯，没有触人心魂的东西。

作家要禀赋甚或灵异，也要视野、心胸、才学，我们的格局太小。塞米利安说，艺术家不仅要有癫狂的激情，还要有对艺术法则的精确把握。我们是这样的世故，癫狂的激情早被杀死；我们是如此的孤陋寡闻，看看我们的阅读书目，就可知道我们的艺术修养到底几何。郁达夫说，在日本，读了1000多部小说，慢慢就会了写小说。林黛玉教丫鬟说，熟读唐诗三百首，不会作诗也会吟。曹禺自陈，在写自己的戏前，他已精心研读了300多部经典之作。也有不读而写的，那是天才，可遇不可求。假如我们不是，该如何？

阅读不只是读书；读生活，读生命也是；尤其要读自己：修炼内省之功。读己，要“诚”字当先，要拷问，要审判，要食肉寝皮，真正地和自己的身体灵魂在一起。所谓文的修养和人的修养只是为了表达的方便，它们不是分离的，文如其人，有什么样的人就会有什么样的文。古人说，宁静致远。作为人，就要有那么一份淡泊，所谓耐得住寂寞，并不是挂在嘴边的口头禅，它得真的深入到你的心神深处才行。

文人的序和跋

——我们需要怎样的文坛（4）

文人著书立说，前序后跋几成定制。内容多沿著作而言，或叙缘由，或叙过程，甚或絮叨自己，商榷、辩解、宣泄、阐释，不一而足。序、跋往往更率性而为。跋多为自撰，也偶有例外，以他人之言替代；序或自或他，缘于个人情境，也并无一贯之迹可循。我自己出过两册小著（我只是和文沾点边，算不上严格定义的文人），出第一本时，已距离在华师拜在恩师王晓明门下很久，恩师一直是我心目中敬服之人，我那时也是年少轻狂，不及细细思量，书稿一成，付梓之际，便修书一封，恳请恩师作序。结果遭恩师当头棒喝，云：从不给他人作序，弟子更在列。只得叩请恩师原谅鲁莽，自己写了一则三五百字短序作为收场。到第二本时，序很长，还是自己写的。寄了一本给恩师，算是汇报，也是感恩。

书成，请亲人、故旧、名人作序，为自己小作、大作锦上添花自属人性之常。为他人作序，有点类似祝寿，多说点门面话也属寻常。然换位思考，请人代书，实多让人为难，尤其你不是才高八斗，如钱锺书、王国维者学富五车。想当年自己请恩师为自己作伐实属厚颜无耻，说自己好，自己都免不了面红耳赤；说不好，让厚道慈爱如恩师者如何自处？今日早已了然：非恩师无情，实真情也。

自己虽非文人，却因趣味、爱好、职业原因，也时常在文人的圈子里打打转，时不时地就会接到别人赠送的大作。我读任何书必先序后跋再正文，时有先序后跋下来，正文也就不读了。以己陋见，序和跋类似一所宅子的前门后院，门脸后身都细细观了，宅子的里子也可猜出十之八九，就不必再登堂入室。开始还不敢完全自信，后来经数次检测，大致不离，也就当作私人宝典沿袭至今。

无论自序他序自跋他跋，一言以蔽之，面目可憎者，便弃之如敝屣。何为面目可憎？睥睨自雄目中无人其实又空洞无一者一，自吹自擂争名头抢排位恬不知耻者二，无知无识却大言不惭者三，庸俗无调还振振有词者四，从其所述看出相互吹捧、投机钻营者五，凭借地位打击报复泄己私愤者六，假借文坛谋权谋位身在曹营心在汉者七，等等。

以上牢骚非空穴来风，近来耳闻目见所在小城文坛各种奇谈怪事，又是天涯发帖，又是微信发声，更有告谁谁书，加上在自己大作的前序后跋中滔滔如江水的盛情告白，真是甚嚣尘上，热闹非凡，大有鬼出而神没之势。我们这座小城，先前因政界糗事而天下闻名，难不成我们已继承某种基因，要再闹它个文坛“风乍起，吹皱一池春水”？即便想，恐怕也是“蚍蜉撼大树，可笑不自量”吧。这种烂事滥调还是及早休止得好，文人靠作品说话，发宣言，拜门子，虚构演义，虚张声势，拉大旗，作虎皮，有何鸟用？出名正道多多，邪路歪道不走为妙。先前我曾因对小城文坛发了几句议论，招来“人未醉”的奚落挖苦，这我担得起，我不耐的是面上儒雅、背后冷箭的虚伪做派，也就出言不逊，二人便在私信中恶言秽语相向了好几日。当时只图骂得痛快，其实早已无品无调，事后念起，实在庸俗无聊。但若说起正题，我还是坚持已见，现在就更坚持了。

古语说：文人无行，文人相轻。鲁迅曾“论文人相轻”由一而至七，可见其至现代仍阴魂不散。我们小城文坛成绩渺小，缘由多多；而内功不修，外功入魔，此消彼长，恐为一重要缘由所在。

让思想贴近地面飞行

——思想的路径与载体

我要谈的不是书斋里的抽象命题，恰恰相反，这正是我要避免的。先说缘起。这学期我给学生开“现当代文学作品选读”课，授课方式是我选定或学生自选作品，他们先说，然后我点评。学生说完自己对作品的理解后，往往有一个自选动作——围绕作品设计或多或少或大或小的问题，然后议论。比如昨晚一个女孩谈的是根据非同名小说改编的电视连续剧《来不及说我爱你》，说得情、境皆出，可是当听众正沉浸在忧伤默思的氛围中时，她声情并茂地提出三大问题：如果你是男主人公，江山与美人你会如何取舍？如果你是女主人公，你会选择轰轰烈烈还是宁静素朴的生活？不管你是男是女，你认为爱与占有有何区别？

作为一个从教多年的教书匠，对如此提问颇不以为然，但对学生我有应有的耐心。先讲认知：哲人说“我思故我在”。思想可说是人的最基本最本质的特征。一个不思想的人简直可视若非人。而在人文领域，思想的第一要素是要思考真实的问题；第二要突破语言的魔障；第三要有清晰的路径与载体。若以上三者模糊不清，我们就会与伪问题遭遇。伪问题也有各种形态，最常见的或极端抽象，或不讲常识，或违背逻辑。

再说感受。学生的三个问题，第一个对于提问者来说简直近于伪问题，人在江湖，心往天阙，这般的雄心壮志当然可以有，况且史上有项羽“彼可取而代之”的榜样，可是江山、美人之事还是等到面临真实的选择时再对自己发问吧。芸芸众生有几个会真的面对？第二个问题听起来朴素实在，但仍然有纸上谈兵之嫌；生活固然可以设计，但你真实的人生一定是由主客观复杂的语境最终生成，绝不会是你的单边选择。沉醉于自我预设，表现出的是对存在的隔膜。第三个问题则又近似语言的魔术，诚如当年鲁迅所言，中国太多了“文字游戏党”。以我们对人性的认知、深度的身体与心灵体验为背景，恐怕只有我单纯的学生才会如此提问吧。总括起来，学生的提问所暴露出来的核心问题是思想的路径不清、载体不明、抽象（看起来好像很具象）、忽略常识（满足于很虚无的词语辨识，比如“爱与占有”，不去深味人性的复杂与深邃）、缺乏扎实的逻辑根基（往往不给出扎实的逻辑前提就展开议论，滔滔不绝却让人无所适从），俱在其中；而思想的载体——身体——近乎付之阙如，此点在中国却更常为人们所忽略。综上所述，仅有纸上的理解是不够的，仅有大脑的求索是不够的，从基本面上说，当人沉浸于自我道路的寻求时，是人的身体这个最重要的思想载体在思考；还有一个要点尤其该明白，关于人的生命世界的理解，一定不要忽略它的随机性，人不是活在概念中，更多时是在“此时此刻此身此意”的状态里。正是它的存在，为歌德的“理论是灰色的，生命之树常青”做了最好的注脚。

此篇短文真正的诉求并不是评述我学生的思想状况，而是拟请人们思考：我们到底该如何才能使我们的思想触及真实而生动的问题。去年此时，我曾在本栏目的开篇词中明确呼吁，崇尚思想，反对浅薄泛滥缺乏现代理性根基的抒情。而思想唯有具备了真正的问题意识才会有价值。所以如此提倡，当然是基于现实的观察，我们太多的时候是在用伪问题来回避或束缚或摧残我们自己。

聚光灯外的世界

这篇杂谈的关键词是：暗影世界、质感、回到现场。汪峰在《存在》中唱："我该如何存在?"我的答案是行动与表达。人存在的限度，其实就是表达所能抵达的疆域。人既是物质，也是意识。作为物质，人是存在的一部分；作为意识，人表达自己的存在。可是要让存在的图景在我们的表达中清晰如画却并非一件易事。

按一般逻辑，真实、完整的信息是我们拼接真实图画的基本元素。可作为一个生活在基层的小人物，在资信如此发达的今天，时常还是要带着恍惚，运用自己的微薄智力试着在信息的汪洋大海中打捞真相的黑匣子。比如有一段时间，我对印度产生了恐惧：那个国家的男子都是色魔杀人狂吗？整天不是奸就是杀，整天就是又奸又杀，而且还是虐杀？比如又有一段时间，全中国的老人好像多米诺骨牌似的在跌倒，好像就是为了要测量我们的道德水准到底有多低；或者说，我们又可以借此机会获得一次满足口腔言语狂欢的欲望?

那些报道不真实吗？应该不会吧！可是，这样个体真实的聚焦如果没有整体的背景意识，又会如何挤压排斥那"相框之外"更广大的处在暗影中的世界呢？印度肯定天天（"经常"不准确）有少女在受害，中国肯定天天有老人在跌倒。这些可以报道吗？当然。我只是祈求，即使是刻意的选择性报道吧，即使是要宣泄义正词严的道德情感净化这个世界吧，那能否也多一点点还原真相的分寸感，少一点点我们智力还不是那么低下的印象？老人跌倒要不要扶？已经这样提出问题的国家，道德水准几何还需讨论吗?

还有，为何在中国看新闻报道，很多时候，不是觉得自然接受就可以，而是要做猜谜的智力游戏？比如现在有一句：你懂的！我们发出的是会心微笑，我们不觉得我们一起在无耻吗！

好吧！不说这些伤心伤肺伤感情的事了，回到这篇杂谈所要理会的理念：聚光灯外的世界，一定大于聚光灯里的。仅盯着聚光灯里的世界是不够的，还要看见灯光外那个更广大的暗影世界，如果条件不具备，至少要有这个意识吧。比如，作为一个小小的读书人，我喜欢读野史杂记。因为它没有身外的牵牵绊绊，叙事直白、鲜活、细腻、质感，一句话，让你觉得“我在现场”。最初史官的职责本来就是“秉笔直书”，只可惜，这样的良知后来与我们渐行渐远，以致鲁迅会有“历史真实的魂灵存在于野史杂记之中”的感叹。

又据说，现在已是“大数据时代”。当然。可我有另外一方面隐忧：数据背后的理性、技术性如果缺乏了它该有的鲜活的生命质感，它就会慢慢湮灭我们的人性，人类所聚居的这个星球也将慢慢不再天蓝地绿，而是变成王小波笔下的“白银（般的）世界”，如那句广告词所形容：虽“晶晶亮”，可是“透心凉”。举个例子吧。南京大屠杀，30 万人。在过去了这么多年后，在人们口口相传了千百万次之后，你如何理解或如何触摸这个句子？我担心你的历史感里早已包裹的是漠然。如果你没想过这个问题，甚至潜意识里也没有，我建议你去看看南京大屠杀纪念馆。虽然不完全是现场，但是在那里，你会明白，30 万，不仅是一个数字，你该能这样理解，30 万，是，一个，一个，一个曾经鲜活的生命叠加而出的 30 万。唯有这样，你才能掂得出它真实的分量。

一双独特的“社会眼”

——读《罗辑思维》

看到书名，脑子里的第一反应是“逻辑思维”。但这本书就叫《罗辑思维》：是一个姓罗的胖子写的。无独有偶，这本书却真实地和逻辑思维有关，只是你向左，他向右而已。

在知识中寻找见识，是这本书封面上的一句话，却也正是将这本书的内容恰到好处地作了概括。书分为十九集，每集又分为三部分。其涵盖内容杂、丰、广，比如末日启示、拒绝逃离北上广、大国的“武器”、地域歧视、夹缝中的80后、房产税、U盘化的生存、地沟油、互联网时代的成名、慈善、民意、剩女、反腐等等各种和社会相对接的话题，他都在书中娓娓道来。我们茶余饭后也常常津津乐道如也，但，同样的话题在不同的人嘴里说出来的效果硬是各有千秋，罗胖子用一种幽默、嘲讽的方式将这些话题揭示在公众面前。

在本书中，罗胖子采用的例子都是我们已经学过的知识，他只是加以提炼，然而立即神奇地推陈出新。例如在论人类灭亡于电子游戏时，他过度地夸张了游戏的危害性，却又是如此的幽默，让我们找不到丝毫的破绽。比如他引用胡浩的《人类的最终结局》的一句话：“世界上最后一名女性刚刚死去，你一直在玩游戏，而忘了繁殖，对不起，人类灭亡，Game Over。”这些超级夸张的手法，给了我们一些惊醒，却没让我们感到恐惧，风趣中有智慧，不易，罗胖子却做到了！

这本书既让我们感到新奇，又让我们感觉有趣。现代社会的节奏是高速的，我们读书也在适应快节奏。在这样的阅读节奏中，文章短、有趣才能让更多人有看下去的心思。我们太忙了，忙得仿佛只有在零碎的时间才能拿起书，那些长篇在许多人的生活中已完全失去了吸引力。罗胖子的

《罗辑思维》应运而生。《罗辑思维》里多是小知识，非常适合在零碎的时间读。一篇文章一个知识点，用通俗易懂的“互联网体”讲述，还配有诙谐幽默的插图，而且书中包括人文、历史、科技、哲学、典故……基本上涵盖了社会百科，几乎适合各个阶层人的需要。这本书最大的有效性在于解决了人们对碎片时间的利用问题，不止读来有趣，而且收获颇多。罗胖子让读书不再变得枯燥无味，让分享变得无时无刻，其简洁的理论和观点带你全方位地搜集信息获取知识，在知识中寻找见识，不断地引发自我思考和反省。

夸张而不浮夸，让你惊醒而不惊讶，是这本书最鲜明的特点！那么作者罗胖子又是何人呢？他的本名叫罗振宇，因为长得比较胖，人们习惯称其为罗胖子。他是自媒体视频脱口秀《罗辑思维》主讲人，资深媒体人和传播专家。2012 年年底，罗振宇与独立新媒创始人申音合作打造知识型视频脱口秀《罗辑思维》。半年内，由一款互联网自媒体视频产品，逐渐延伸成长为全新的互联网社群品牌。

多年在媒体中的摸爬滚打使他们对万花筒一般的社会有了深刻的认识与反省，勤思好问又使他们的思维如此敏捷。就是这样的人让我们在几分钟的时间内不仅去感悟了一个道理，而且对生活更多了一些回味。

《罗辑思维》里说的都是常识，你也许只是不记得了，而有些人如罗胖子者不仅记得还能够当故事讲述出来，在他的讲述中我们一次次惊艳般地获得新的文化启迪。给罗胖子鞠躬。

鲁迅与朱自清：修辞与审美

修辞是人在话语活动中追求的一种审美行为，形式上看即俗话说的“把话说得漂亮”。但审美是主观的，把话说得漂亮的修辞行为不是单纯形式上的要求，更不是脱离实际语境抽象地坐而论道。在传统的中小学写作教学中，因为理念的偏差，许多从教者对修辞的理解与强调不免陷入了误区，其中最突出的便是其抽象性、机械性，比如，刻意地强调学生要多多运用修辞，而在论说上，又只是抽象地交给学生说比喻如何，排比、夸张、象征又如何等，然后要学生去模仿，甚至机械地背诵所谓名家的经典段落。这样的教学回避了一个最基本最重要的方面，学生远离了对语言质感的真实触摸。语言是用来表达存在的，我们却人为地切断了二者间的联系。古人在说到修辞的本质时，一言以蔽之，曰：“修辞立其诚。”斯是诚言。

好的修辞并不是堆砌辞藻、叠加技法；言语自身本无好坏之分，好的修辞就像一个好的统帅能把兵士放在最恰当的位置上去最大化地发挥他的战斗力，也即每一个单一的个体要和它身处的大世界和谐。修辞的功夫不仅体现在对语感的修炼，更重要的是对言语的具体“所指”能精确地掌控，也即从教者更修炼学生运用语言材料去准确表达实际存在的能力，而不只是一个蹩脚的学舌者。

要学生会写（说），先要教他学会看。曹雪芹说：“世事洞明皆学问，人情练达即文章。”当年，福楼拜教莫泊桑写作，开始强调最多的就是观察，一个著名的案例即是让莫泊桑观察他书房外的一棵树，然后写两篇观察笔记，叫“上午九点时的一棵树”和“下午五点时的这棵树”。而俄国文豪契诃夫出外时总带着纸笔，随时记录他在市场、酒馆、路旁对人和物的观察。沈从文虽没怎么上过学，却用自己的身心去摸、嗅、听、看身边这个五光十色的世界，他的小说才能那样充满真实的质感，他的语词才能那样地活灵活现而无丝毫学院派的匠气。这些例子在在说明，只有让学生的学习充满生活的汁液，他的语词世界才会新鲜饱满。书斋内外功夫都要兼修。

比如，从修辞的意义上说，朱自清并不适合充当初学写作者的模范。朱自清散文有两大特点，好用比喻与堆砌辞藻，最容易让初学者误入歧途。叶圣陶就曾说自己好友的文章辞藻繁复雕琢过甚，“见得不怎么自然”。可谓一针见血。“任何比喻都是蹩脚的”，从反面看，是我们的观察、直接表达的能力不够，才用比喻来遮盖我们才情的不足；而辞藻的堆砌更是反映出华而不实的坏文风。所以，对于中小学生的写作训练我以为不宜过多地强调通常意义上的修辞，而要培养他们观察存在、追求真实的品性，一个情趣、人格健康饱满的人，再辅以合理的写作技能的教育，他们慢慢地就会成为一个好的写作者，所谓根正则苗红是也。

在初期技能的培养中，我认为建立在观察之基础上的白描能力的培养最为重要。当年鲁迅先生提倡最有力的就是它，在写人方面，先生还具体地说到了他自己的独得之秘，所谓的通过“画眼睛”而“画灵魂”。最著名的例子便是他的《祝福》中祥林嫂的刻画。无须浓墨重彩，只需点睛勾勒，景象也好，人物也罢，皆都可以呼之欲出。当然它是建立在深厚的观察内功上的。

第二辑　经典

叛逆的美感

——阅读《雷雨》

文学课上，我与徒子们谈曹禺的《雷雨》，到周繁漪，静场了。周繁漪好像让大家很为难。我对台下说，这正是艺术的伟大之处，在大师的笔下，生活和人性呈现出比现实生活要丰富、真实、深邃的景观。而我们由此获得了难得的深入探究我们存在的机会。艺术帮助人们回归自身，即寻找如何从抽象的人回到具体的个人的路径。寻找的过程就是对人生悖论反抗的过程。叛逆常成为人生中最激动人心的事件。

当年曹禺的一位朋友看了《雷雨》后，跑来见曹禺，说自己爱上了繁漪，理由是："繁漪的'好'就在于她的'不好'。"这真是一位深谙艺术与人生精妙奥义的人，就像武林中的点穴高手，一下点中了要害处。不论艺术还是人生，当我们用生命来体验生活时，我们一下就醒悟了，"好"即是"不好"，而"不好"恰恰就是"好"。当年张爱玲说：世上的女人被分为好坏两种，一般都是好女人瞧不起坏女人；但如果让好女人有机会去做坏女人，没有一个好女人不跃跃欲试的。张爱玲指证了现代人的自我分裂。为了应付生活中可以预期的危机，生命不得不违心调整，现实中的人慢慢变成了理性、抽象、极力靠近正确的概念所描绘的人。但生命其实是不甘的，生活中本来就到处充满着显在的或潜在的叛逆者。即便你是一个乐天安命者，叛逆的生命也从未超出你能理解的范畴。而且，越是没有勇气反叛的生命，看见别的生命在反叛时，被激发的崇仰心情会更强烈。这是懦弱者对强悍者的崇拜，曹禺说《雷雨》中最具有"雷雨"性格的人就是繁漪，而她最能引发他的悲悯与崇敬，说的正是此意。

叛逆者通过叛逆不仅显现了自己的勇气，也呈现了自己的存在；还在懦弱者面前立了一面镜子，叛逆者以挑战的姿态昭告天下，一个人应该怎样通过说“不”把自己承担起来。在《雷雨》剧中，繁漪后来满含哀怨地审判周萍说：“是你把我从一个将死之人变成了一个又重新期待的活人，因为你，我成了妻子不像妻子、母亲不像母亲的人。”对此，繁漪是无怨无悔的，用哲人的话语来表达，这是因为繁漪发现了自己存在的使命，她宁愿对世界说不，也要做回自己。可是周萍的退却让繁漪的柔情变成了愤怒，最后因为不能承受的悲惨结局，繁漪发疯了。繁漪最终没有能完成自己，但她叛逆的姿态却深深地刻在了观看者的心上。

叛逆者带给我们的是心灵的震撼，在震撼中，我们曾经清晰的“好与坏”的标准一下变得模糊起来。界限的模糊，无疑扩大了我们生活的疆土，用心触摸，使人们明白，肤浅的观念在生命的存在深度面前是多么的虚无。这世界并不是由简单的对错正反构成，而是“正反合”的无限多重可能的组合。基于此，叛逆可以说正是生命对自己正义要求的呼唤，虽然“这正义”并不一定具有普适价值，但在其中却生长着生命突进新方向的可能性。叛逆者的行为对于观看者来说，可能伴随着复杂的情感体验：开初多是惊愕、震撼、理智上不由自主的否定、情感上的共鸣，继而体会越深，悲悯同情之感日甚。在理智与情感的双重作用下，通过“否定之否定”，叛逆终将成为我们生命之路上高歌猛进的进行曲。

附录

作为生命时态的“厌倦”

——莱蒙托夫《当代英雄》

王俊杰

在写下许多忧愤激情的抒情诗章后，莱蒙托夫毫不犹疑地死掉了。生前，他留给我最深的印象是在舞会大厅一角，一只脚懒懒地撑着，漠然地扫视着舞池里的男女，眼神忧郁，目光空洞，灵魂早已出窍。27 年对于万千的生命来说实在是太短暂了，可是对于他呢，难道还太长了？也许。有《当代英雄》为证。

自普希金起，沙皇俄国出了一批贵族精英。他们激情膨胀，却没有目标，据说是因为他们生活在黑暗的沙皇专制时代。我将信将疑。我信的是，在普希金那样的年代，君主贤肖如何，世界就会跟着如何贤肖。我疑的是，从身份上说，他们和沙皇是一伙的。他们不和沙皇同乐乐，难道他们天生反骨？好像有文为证，他们中的一些确实写过类似“这是一个糟糕的时代”的诗句。可是我的直观感受让我总怀疑那只是一句感叹句，不是陈述句。如果拿沙皇时代和我们刚刚经历不久的年代比，我简直要说他们是在无病呻吟。举个例子吧，车尔尼雪夫斯基被沙皇流放，可是沿途的民众在他所到之处夹道欢迎，这是中国的顾准、张中晓、胡风们永远无福消受的。

大学时代，我读普希金、别林斯基、莱蒙托夫、屠格涅夫、涅克拉索夫、车尔尼雪夫斯基、杜勃罗留波夫斯基、冈察洛夫……沙皇只是一个淡远的背景。我更多体会的是他们关于生命本身的描绘。在这其中，《当代英雄》与我共鸣最多。那是沉醉的阅读！这才是真正残酷青春的书，《当代英雄》呈现了一种生命时态：厌倦。

厌倦是青春生命的必然，而且猛烈。触媒无处不在。客观上因缺憾：

出身、样貌、机遇都是；主观上因贪婪：永不满足，厌倦其实缘自激情——欲望或理想的代名词，凡人烦人的厌倦不过如此。可是普希金、莱蒙托夫们到底与众不同。《当代英雄》里的皮却林锦衣玉食，却愁眉不展。他的愁苦是生命的愁苦。分水岭出来了。凡人追求的是生活，英雄追问的是生命。正是在此意义上，莱蒙托夫不管不顾世俗道德，坚定地把自己的皮却林称为"当代英雄"。问题出在内心，他觉得无聊，没有寄托。越过生活，直抵生命，这问题就会出现。顾城也曾感叹："我到处看见的只是生活，我看不见一个真正的生命。"说完，自杀了。沈从文要温和一些，只是愁苦地说："美丽的东西使人愁！"却还挺着。皮却林却满怀激情地和自己体内的激情、厌倦、虚无开战，类似于加缪的"西西弗斯"，可是，皮却林没有了加缪的"激情、正义、反抗"。他的激情已被激情本身耗散。他找人打赌，别人拿黄金，他以命相搏；他发狂痴迷地爱上了绝色美人，然而，不久，厌倦还是如期来临。美人最后死于爱情的忧郁，皮却林却说自己比美人还要悲惨，美人毕竟死于自己献身的爱情，而自己连献身的对象都找不到。作为"当代英雄"，皮却林（莱蒙托夫）重提了莎士比亚的"是生还是死"，后来加缪在《西西弗斯的神话》里又对此作了回应："判断人值得生存与否，就是回答哲学的基本问题。"可是在莱蒙托夫的时代，无人与他共鸣，他是孤独的当代英雄。

佯狂的智慧

——王小波《黄金时代》

爱的书写从来都是检视一个作家智慧最好的试金石之一。李银河称王小波为“浪漫骑士”，如果把它放到爱的语境中，这差不多等于说王小波是“情圣”。中外古今，情圣多矣，歌德、雪莱、济慈、哈代、贝多芬、毕加索、拜伦、李白、白居易、汤显祖、徐志摩……可是再多，把我们的王小波放在其中，他仍然是独一无二的。

打开《黄金时代》，对应的我会想起凡·高，爱的蓝色的忧郁曲调就在心头升起。是因为王二的故事发生在云南吗？那儿的天空多蓝、多高、多净？“我醒来时觉得阳光耀眼，天蓝得吓人。”就像凡·高的地中海的海水与天空？凡·高一生无爱，却向人类奉献了大爱；而在那样特殊的年代，王二与陈清扬的爱情是那样的奇异又令人愁肠百结。王小波书写的是“革命时代的爱情”，在“革”掉“命”的时代，爱情却在艰难而又蓬勃地生长。王小波岂止浪漫，他多么纯洁、坚定。在他胸中汹涌着的爱的蓝色忧郁的波涛是红色凶悍的火焰所扑不灭的。“我有好多奢望。我想爱，想吃，还想在一瞬间变成天上半明半暗的云。”王小波是现实的浪漫主义者。在中国，这太异数。

正因为太异数，王小波不得不以一种佯狂到貌似邪恶的方式来追寻他心中温柔的爱。借助佯狂，王小波表达着其锋利如刀片的智慧。陈清扬不明白自己没偷过汉怎么就成了“破鞋”？王二告诉她：“大家都说你是破鞋，你就是破鞋，没什么道理可讲。大家说你偷了汉，你就是偷了汉，这也没什么道理可讲。”如非得讲道理，道理是这样的：“你脸不黑而且白，乳房不下垂而且高耸，所以你是破鞋。”逻辑就是这样，道理就是如此。这就是传说中的诛心之论啊！

王二的佯狂还有“伟大友谊论”。朋友间既可作倾心之谈，当然也可作倾身之交。如果这是邪恶的伦理，萨特仍然不管不顾，直言不讳地说，人类身上的邪恶是不可拯救的。我想，王二也许会想，干吗要拯救于此？“我过二十一岁生日那天，打算在晚上引诱陈清扬，因为陈清扬是我的朋友，而且胸部很丰满，腰很细，屁股浑圆。除此之外，她的脖子端正修长，脸也很漂亮。我想和她性交，而且认为她不应该不同意。假如她想借我的身体练开膛，我准让她开；所以我借她身体一用也没什么不可以。”在中国文学里还从来没有过如此“厚颜无耻”的爱情表白。多么原始，没格调；可又是多么纯净，多么诚恳！

后来王二得偿所愿，他的成功当然不是来自他的诡辩，是美人陈清扬在他的神启下慢慢读懂了生命。他们慢慢地从性爱走到了情爱。初始，陈清扬一想到王二胯间那丑陋的东西如果插进自己的身体简直就是对美好的侮辱，然而，屁股上温柔的两巴掌，脐间的温柔触碰，让陈清扬始料未及地身心战栗，她向性命深处温柔的呐喊投了降。在天高地阔的云南，清风明月之间，王二与他的爱侣陈清扬尽性尽情地享受着属于他们自己的欢爱。那一份恣肆、率性，在中国文学中是罕见的。对于神经衰弱、心智猥琐的人来说当然太过震撼，他们病态的生命习惯不了这高亢的生命旋律。那就让他们泥雕木塑吧，目瞪口呆吧，抑或恼羞成怒吧。娇艳的生命之花终将开在这孕育我们生命的繁茂土地上。

权力这只背后的手

——汪曾祺的《陈小手》

陈小手的故事是成也小手，败也小手。因为生了一双“比女人的手还小，比一般女人的手还更柔软细腻”的手，他成了名闻四里八乡唯一的“男性产科医生”。物以稀为贵，陈小手的生活过得滋润：白衣白马四处游走，普度众生，受人礼仪，吃香喝辣加上银钱不菲，实在是春风得意马蹄疾，想不快乐幸福都不行。可是，福兮祸兮，厄运就那么随着联军团长的太太来了。这女人在陈小手的地盘上要生孩子了，“生不下来。叫来几个老娘，还是弄不出来。这太太杀猪也似的乱叫。团长派人去叫陈小手”。团长对陈小手交代：“大人，孩子，都得给我保住！保不住要你的脑袋！进去吧！”结果是“陈小手费了九牛二虎之力，总算把孩子掏出来了”。结果是“外边已经摆好了一桌酒席”，“团长拿出二十块现大洋”。可结果是“陈小手出了天王庙，跨上马。团长掏出枪来，一枪就把他打下来了”。小说翻了几个筋斗，淡然蔼然的汪曾祺和欧·亨利拼上了。

关于小说，汪曾祺有两句自己的话：“写小说就是写语言。”“写小说就是和你熟悉的朋友谈谈你所知道的生活。”汪曾祺的小说语言受古代笔记小说濡染最多，淡、清、神、准、丽——不是脂粉丽，而是味足。写生活则使汪氏小说结构如生活一样散文化。从他的小说里可以看出汪氏的立场：生活就在那里，等着有心人去呈现；生活存在着，却不是为你表情表意而存在的。汪氏总是把人物裹在生活里写，从不像信奉典型论的文人要把人物从生活中突出出来，实际是凌驾于生活之上，那不是写生活，而是表现自己虚浮狭隘的观念。汪曾祺却不议论、抒情，他只呈现。

汪曾祺把陈小手的故事放在“故里三陈”的名下。初看篇名，有文学背景的人，也许会自以为是地认为这大概是一个游子抒发对故乡依依之情的吧。实际上呢，只是讲了“故里三个陈姓人”的故事。汪曾祺似乎着意要剥去抒情的外衣，他超然在外，只是告诉你一个个“很久很久以前”其实也不是很久很久以前的故事。宁静致远，汪曾祺想让你安神静听。果然，你看见了似很久远，实在目前的世界。故事完了，余音还在你的心上袅绕着。

《陈小手》故事里的团长草菅人命，令人发指。汪曾祺却没开道德法庭。作为小说家，他说：“团长说‘我的女人，怎么能让他摸来摸去！她身上，除了我，任何男人都不许碰！这小子，太欺负人了！日他奶奶！’团长觉得怪委屈。”团长的委屈是真委屈，虽然他也许只是直觉，不明白自己撞上的是自己回避不掉的悖论（悖论就是“不得不”，它是我们生活的本质）。汪曾祺引领中国读者来到了一个关口：是媚俗审判，还是扪心自问。残雪说鲁迅《铸剑》里的国王的残暴恰是因为爱。可不是吗，人间多少恶，正以爱之名横行。然而，你我俱在其间。

团长的恶，不完全出于他天性残忍。并没有什么天然的人性存在，一个人的实际人性受制于他所处的环境。从某种意义上说，团长的恶是“团长”的恶，不完全是人之恶。如果他不是团长，只是草民，陈小手不会死。正是权力让人性异化。权力与意志的关系，并不是学者书斋里的高头讲章，它就活生生地且是无孔不入地渗透于我们生活的血肉之中。温和的汪曾祺偶尔也会表现自己足够凌厉的劲道。

“伟大的罪犯”

——有关陀思妥耶夫斯基

如果我和陀思妥耶夫斯基比邻而居，我一定不会认为身边住着一个天才，而会认为住着一个疯子。在太近的距离，他不仅让我恐惧，可能还很嫌恶。但是，在相当的时空之外，借助他的文字来注视他，却又是别样情景。欣赏这样一个人，需要适当的距离。这个被鲁迅称为“人类灵魂的拷问者”“伟大的罪犯”的人，自从我读大学，在书本里与他相遇，他给我带来的震颤至今仍在我内心回响。

他是被流放西伯利亚的苦役犯。他酗酒、恋童、虐妻。他的眼神虽温和深邃，但也阴冷灰暗。他的形体甚至也如黑色的幽灵周身散发着叫人惊悚的气息。他是病人——癫痫病患者。这疾病在他身上也像一个隐喻。

他著作等身，却是我唯一不乐意称他为作家的人，他实在是一个用文学来探寻人类心灵的探险家。同样高傲、病态的天才尼采说，陀思妥耶夫斯基是唯一一个在心理学上能给他惊吓的人。

陀思妥耶夫斯基是个深渊，一个关于人的深渊。他既是这个深渊的呈现者，又是这个深渊的探险家。他性格复杂、心理深邃、性格暴躁，既是罪犯，又是圣贤，邪恶与温柔聚于一身。如果真有上帝，我相信他是被上帝挑中的另一个使者——启示邪恶。他的书是他自己的见证，同时也是人类的见证，他是描写人类精神的痉挛处于最高点和最低点时的变态心理和病理的最为杰出的小说家。在他之前，人类中还没有任何一分子在勇气和洞察力方面达到他的高度和深度。列夫·托尔斯泰也曾非常厌恶他的喜怒无常，称他是“病态的平庸的人”。可到了晚年，《卡拉马佐夫兄弟》却成了托尔斯泰床边的书，被一读再读。

读陀思妥耶夫斯基之前，只有艾米丽·勃郎特的《呼啸山庄》给过我类似体验：读小说好像在经历苦刑。陀思妥耶夫斯基让我们面对自己非理性的一面，人是恶魔似的动物。《罪与罚》中的大学生拉斯科尔尼科夫是个理性的杀人者，饥饿和孤独使他在尼采之前从自己的理性内部就已编制出了一套尼采式的超人理论，这个超人借助于自己不寻常的勇敢和力量远远地超过了所有一般的道德规范。为了检验他的理论，他杀死了放高利贷的老妇人。只是他没想到他是承担不起这个罪过的，犯罪的内疚感使他崩溃了。他开始时也没明白，他杀人，更深的造因是出于软弱和缺乏安全感，而不是强有力。他以为杀人可以证明他的强有力，结果却恰恰相反。在貌似理性的求证中，陀思妥耶夫斯基却指证了人根本是非理性的存在。

陀思妥耶夫斯基通过小说向世人大声疾呼：在一个理性的乌托邦里，人可能死于厌倦；要不然，他就会因出于极端需要逃避这种厌倦而开始在他的邻居身上扎大头针。没有任何原因，只不过是表明他有这种自由。那些向往美好社会组织的启蒙思想家们所忽视的事实，陀思妥耶夫斯基用他小说家的眼睛看得十分清楚，人类社会不能被构造成齿轮环环相扣、一切均按设计运转的机器，否则，人总有一天会起来捣毁它。后来英国的奥威尔在 20 世纪 50 年代的《一九八四》中对此又做了经典的阐述。而人类自身的历史已不知多少次轮回式的印证过了这些伟大小说家们的发现。

巨大的托尔斯泰

形容列夫·托尔斯泰最好以山作喻，他的巨大不是一峰独秀，而是连绵起伏，总体看，雄浑壮丽；单个看，气象万千。就像喜马拉雅山脉，也许《战争与和平》是他的珠穆朗玛峰，《复活》《安娜·卡列尼娜》等等则是洛子峰、卓穷峰、马卡鲁峰比肩而立，甚至他的《木木》《月光奏鸣曲》《伊凡·伊里奇之死》这样的短制都有汪洋恣肆之势。托尔斯泰就是这样的一种巨大，坦然、无敌。有其他人在，托尔斯泰就像如来佛拈花微笑，孙悟空们腾云驾雾，却还在他的掌心之中。总之，概括他很难，除了比喻，只好描述，但也许只有感叹才最真实。有一点类似于李白当年面对蜀道的感受："噫吁嚱!"

不单是作为小说家更是作为一个人，托尔斯泰的目标是"不断直面生活"。人的真理就是不断直面生活。而且托尔斯泰认为这个真理是不可能从理智那里得到的，托尔斯泰说自己所追求的真理是用整个生命获得的。

托尔斯泰小说中的人生自然、丰富地铺开，一点也不像是经过作家的渲染和编造的。托尔斯泰依据小说向人们讲述的生活真理从来都不是抽象的。在他的广阔的小说世界里，人们出生、恋爱、结婚、吃苦，朝着死亡走去。但在这逐渐展现的全景画中央，总是有个人物，那就是托尔斯泰的使者——精神的旗手。这个旗手的故事夹杂在其他自然发展中，总是一个寻求真理的故事——寻求他自己的真理以及生命本身的真理。在《安娜·卡列尼娜》中是列文，《战争与和平》里是皮埃尔，《复活》里是聂赫留朵夫。

对"死"的体验、沉思是最重要的分界点。不管是谁，要完全直面生活，就必须直面死亡。托尔斯泰的《伊凡·伊里奇之死》可能是所有文学里说明何谓直面死亡最有影响的一部著作。一个个体生命只有在意识到

“有一天我会死去”时，才回归到了与外界完全隔绝的自我中来。高尔基在《回忆托尔斯泰》里讲述道：托尔斯泰步履稳健，日光浴把他晒得像只蜥蜴。可是有一天，他对高尔基说：“如果一个人学会了思考，不管他思考的是什么，他总会想到他自己的死亡的。一切哲学家也都是这样。如果存在着死亡的问题，那还会有什么真理可言呢?”《我的自白》是托尔斯泰讲述自己中年时期精神危机的书。自己本来是一个快乐的人，家庭财产名誉均有，体力健壮，精力充沛。然而，忽然意识到了死的存在，立即觉得脚底下一下子就裂开了一个万丈深渊。托尔斯泰陷入了绝望，他冥思苦想，试图通过科学和哲学从这个咧着大嘴的深渊里找出让自己心安的答案。可是理性面对死亡是拿不出答案的。古往今来的一切圣贤所告诉人们的不过是：在死的面前，生命就失去了意义，而且成了邪恶。

与此同时，千百万普通百姓对圣贤的思想一无所知，而他们却照样生活，生儿育女，传宗接代。托尔斯泰说，生命如果有任何意义，就只能在普通百姓身上找到，而不是在这个种族中的伟大智者身上找到。不管生命有什么重要的意义，它一定不是理性的。无知的农民其实较之彼得堡饱学的文人学士更聪明。

可是，这就是托尔斯泰的真理答案？如果是，一定也是无奈的。

“如果你们的手是干净的……”

——“一句话的经典”系列之一

那一年，那一天，天清气朗的日子，耶稣在街道上行走。天地宁静，万物各归其位。耶稣灰色的长袍曳过青石子铺就的路面，轻盈如风行水上。远远的一堆人，乌泱泱的，在街道的中心；近了，听见许多高低起伏的喧嚣，嗡嗡嗡，像蚊子和苍蝇。众生正围着一个女子，有人推搡她，有人唾弃她，还有人用石头打她。她是一个娼妓。众生要驱逐她。驱逐之前，还要行正义大典。神之子耶稣以悲悯之眼俯瞰，以悲悯之口发声：“众生！请举起你们的手，看看它；如果你们觉得自己的手是干净的，你们就可以打她。”众生听见了，一瞬间如泥雕木塑，面面相觑；然后，缓缓地举起自己的手；然后，都羞愧地低下了刚才还高傲地昂着的头颅，离开。

这是很久以前的故事。很久以后的我来到这个世界，想：如果这个故事发生在我们这呢？神啊！请宽恕我这个渺小者的不洁心思，也请你宽恕我所存在的这个世界里的众生。神！我敢和你打赌，如果你在我们这看见很久以前的那一幕，你那神启的话语会带来这样一幕：一定会有人，也许还不在少数，仍然会用吐沫唾、石头打那个娼妓。如此，他们就证明了自己的手是干净的。

那一年，冬天，快过年了，我带着儿子去超市买年货。大包小包提着回来经过一个三岔路口时，路，堵塞了。一大群人在天青地白间乌泱泱的，显得特别膨胀。我和儿子在人群外踮起脚观看。一个衣冠楚楚、油光满面、大腹便便、年约三十的男子，两只肥大不失柔软白净的手攥成了拳，手掌中是两只女人的手被紧紧地扣着。男子正在口沫飞溅地讲述，脸上泛着油光，眼里射出精光。我的眼光落在那两个女子身上：一个年近三十，头发、衣饰凌乱，眼神空洞漠然，双唇紧抿；一个才只十多岁吧，小女孩全身颤抖，眼神恐惧无助，嘴巴微张着，一抽一抽地无声哭泣。我心头抽紧，拽着儿子快快离开。

从男子的讲述，众生的议论中，我明了了两个女子的身份：小偷——罪人。男子，抓小偷者——义人。可是，看着那男子，我没有崇敬；看着那小女孩，我心生悲悯！回家的路上，我和儿子都静默。那个成年的女子早已被毁了，她的肢体语言在证明：那个女孩也要被毁了吧？那样耻辱的示众将会在身体里刻下怎样磨不掉的痕迹，她幼小的心不能体会温暖了吧？慢慢地荒凉、冷酷，然后该是仇恨了吧？“爸爸，那小女孩好可怜！”我望向眼神纯净的儿子，无法出声：我那时的儿子也是神之子。

人都曾是清净的神之子。可是个体生命对自身欲望的触摸与确认终究让存在变得繁难。人性孰善孰恶？此问题的提出其实折射出的是人企图回避繁难的心理。无关善恶，人其实更想要一个能让自己一劳永逸安身立命的准则。可是喋喋不休的词语之争不仅没让真正的问题现身，反而隐匿。人创造的自以为正义实际虚伪的有着明确是非善恶判断的词语世界，很多时候成了人自身的遮羞布。人常常把权宜之计自欺地当成永恒之真理。比如，人说：“不杀生，善。”可人做到过吗？宗教不是教你明辨是非，而是要你明了“恕之道”；它也要你“信”，不是用“脑”，而是用“心”。因为懂得，所以慈悲。

"劝诫与惩罚"

——"一句话的经典"系列之二

"罪犯往往是受害人的牺牲品。"这是黎巴嫩"先知"纪伯伦的话，我猜想，它很难被习惯于直线、简单思维的人理解。在世俗世界，"罪犯""受害人"有着明确、毫不移逾、词性鲜明的"所指"：或者法律规定的，或者约定俗成的。我却愿意替这句话说出自己的辩护词，但目的却不是论是非。

在我生存的这个世界，我知道不仅有"拜物狂"，还有"恋语癖"。作为一个靠词语为生的人，我对"词语"却从无膜拜情结，相反，我对"词语的魔力"始终抱持"不卑不亢"之立场。在我眼中，大多数的词语都是中性的，毕竟，词语刚诞生的时候，是"指认"，而不是"判断"，就拿汉字来说，先是有"象形"，后来才慢慢地有"会意"。我对修辞学上的褒贬的断然划分始终无法完全认同，它没有拓宽人对世界广度、深度的认知，相反，很多时候恰恰束缚了人自身的手脚。举个例子，作为一个以教文学为生的人，在讲曹禺的《日出》时，我说："在许多人眼里，陈白露是个'堕落'的人，可是，我偏要说，许多人是渴望'堕落'的。"如果你去掉这词语身上刻意的褒贬色彩，我所说的话并不难懂。关于认知世界，我有一个不移逾的立场：别在呈现"事实"之前就先"价值"判断。

我想纪伯伦之所以写下上面那个句子，其用意就是要跳出人们既定、狭隘、只是满足于"文字游戏党"（鲁迅语）的思维圈子，用真正具有智慧、勇气的目光来打量这个世界。解析纪伯伦这句话的逻辑并不难：没有受害人哪来罪犯？他们是相互的牺牲品。或者说，这世界从来都是相互依存的。还可以拓宽一点，我曾和徒子说，先有法律，后有罪犯，这是人间逻辑。徒子们大多愕然。我又说，那你们想想，在老虎、狮子的世界里，有罪犯、受害人之说乎？现在人的世界已非常精密复杂，可亚圣孟老夫子不还是有惑："人之所以异于禽兽者几希？"张爱玲感慨："去掉了一切的浮文，剩下的仿佛只有饮食男女这两项。人类的文明努力要想跳出单纯的兽性生活的圈子，几千年来的努力竟是枉费精神么？事实是如此。"

年轻时读《巴黎圣母院》，看到阴郁的福娄娄一步步逼近美丽的爱斯米哈尔达，口中念念有词"你不能怪我，你为什么要生的这么美"时，我想我是懂得的。雨果笔下的福娄娄并不是肤浅的卫道者眼中的"恶人"，雨果是在直面人身上的"罪"，显然雨果的悲悯大于批判。当年，我在内心还为福娄娄说出了他没说出的潜台词：我怎么就如此倒霉，非要和你的美相遇。我的这句虚拟可以拿罗素的自述来做注脚："我之所以在别人眼中还是一个绅士，也许只是因为我还没有受到过巨大的诱惑。"这才是诚恳的人啊！法国的福柯则在《劝诫与惩罚》中以他特有的清澈明辨的理性思维做出如下论断："法律在惩罚人身上的罪恶时，连同人与生俱来的天性、习惯也一道惩罚了。"福柯当然不是要否定法律的正义，但他也智慧地指出了所谓法律的正义也只是相对的。而且，更具有革命性意义的是，福柯在人们所习惯的不思而作的地方提醒人们，理解这个世界并不只有一个方向，在这一点上，他是雨果、纪伯伦的同道。

“认识你自己”

——“一句话的经典”系列之三

据说这是刻在希腊某神庙里的一句话，千百年来，口书相传，早已天下知晓。可是对于一个具体的个人来说，这并非易事。为何？因为人或多或少或深或浅地都有自我盲视症，或者说有意无意地都具有自大、自恋癖。“人不如己”早已是我们的无意识、潜意识。孔子述《论语》，我最心仪的是他关于君子当“日三省吾身”的提倡，唯有抱着虔诚之心多做向内拷问，或许我们才可以慢慢认清自己。

世人喜谈人生观，无可厚非，它确属重要——你一生的指南嘛。但许多人往往云里雾里，天马行空，心追八极；堂堂然，煌煌乎，甚至热血沸腾，直如入无人之境而入了神境。高谈阔论，居然心安理得，缺的恐怕就是揽镜自照的功夫。人生观不过是人对自己一生要怎样过的想法而已，千人千面，更属寻常，但要紧的是，“认识你自己”恰恰是你最基本的出发点。和自己清楚对话，才可以适当谋划自己情、身、思归何处。人生苦短，你过的是自己的人生，不向己而问而只模仿别人，当乎？作为一名教书匠，免不了时有徒子向我询问人生奥义，每当此时，我心中总有凛凛之感，无能轻松作答，而只告知徒子自己去承担自己。如果人生真有价值与意义，那也需加上“我的”这个修饰语。

就比如我自己，大学毕业时，有两个选择：做行政和教书。我选了后者。梁实秋曾言：这世上有两种东西最难看，一是上司的脸，二是犯人的屁股。所以他从没想过走仕途，因为一当官就免不了要和它们谋面。我当然不如梁先生洁身自好，我的选择只是出于对自己性情的判断。在椅子上磨屁股，低头抬眼看“大人”，想想就不寒而栗。

而今作为教书匠，我已教了20多年，难逃匠气满身。如此说，既是实情，也是自我提醒。这涉及我的职业道德。教书是很重要的事，特别是我从事的人文学科，它关涉心灵。人的心灵生活应该充满活力，我对自己的职业要求是做心灵生活更趋活力的助推器，而不是绊脚石。我虽没做到很好，但在努力。努力的一个表现就是承认自己还是教书匠。

有人称我为“学者”，如按正统理解，我很汗颜了。好在我有自己的一个解释：学者，学习的人也。在下有学习向上之心，不负学者之名矣。到现在，对自己也还是这样理解。

每个人都有自己的芯子，和职业、容貌、地位无关。一个人是怎样的，得看他的性情、思想、趣味。我的性格散淡，除了天性、祖宗遗传，一定和幼时与爷爷一起在乡野漫游有关，投身在大自然的怀抱，山的豪放、水的率性一点点地融进了我的心田。我的气性中定有爷爷流浪汉气质的濡染，我虽身处知识分子群中，最向往的却是罗宾汉。我讨厌中规中矩、繁文缛节，喜欢自由自在。率性的人在我眼里特别有光彩。三教九流我都乐意交往，但我还是我自己。在我心目中，思想自由是神圣不可侵犯的。如果在一个世界里，人会因为思想而犯罪，这一定是魔鬼统治的世界。

趣味很重要。明代的张岱说，永远不要和两种人打交道，一种是无癖好之人，这样的人无人之性情，无趣；一种是看来完美的人，这样的人一定是伪君子。一般来说，无趣的人，脑袋也不够聪明。王小波说自己终身都要反对两样东西：无趣和愚蠢。这话最得我心。

“人总是要死的”

——“一句话的经典”系列之四

看到波伏娃小说《人总是要死的》的篇名，我已全身战栗。自从少年时我的身和心触摸了“死”这个字后，再面对它，就没有过平静；唯有在身体极端疲倦时，我才体会过对它的麻木。在那些万念俱灰、心灵空虚的时刻，死的念头也曾从心间滑过，但偶尔的轻生之念与真正的死毫无关联。自杀，当然因为身、心一方绝望或两方同时绝望。可是，如果是精神绝望，它是怎样驱使肉体的生命寻求自我毁灭呢？人之死是怎样的精神之死和肉体之死的反复纠缠？其间的复杂与深邃也许只有等“自己的那一日”来临才能体会吧。死降临时，我的精神与肉体将偕亡，沉入万劫不复的虚无深渊。

自杀是西方哲学关注的核心课题之一。我对此种生命哲学爱怨交织，前者出于理智，后者出于情感。居间我看见的是自己的无奈，也是人的无奈：谈论不谈论死，我们都得面对它，且承担它。“纵有千年铁门槛，终须一个土馒头。”荒原、坟场、斜阳、衰草，这就是你我最终归去的地方。八宝山也不过是粉饰的坟场，时间会慢慢地去掉它的粉饰。《圣经》里说：人从土里来，还归土里去。说得也太宁静了吧。凝视这意象吧，你的身心都在发颤吗？这是怎样的造化弄人！

但还是让我来谈论它吧。我需要解释，一是给自己自欺的安慰，一是寻找一个当下我喜欢的生命运行方式来消耗我终将慢慢损耗掉的生命。

人终有一死，我们说得很平静，好像我们已练就了处变不惊的“功夫”。这是假象。它真的来临时，谁也不能安之若素。问题在这里，人终将死，死人的事每天都在发生，但对于一个个体的生命来说，真正面对死的问题是从“人死”向“我将要死”的意识过渡开始的。“我将要死”才是死对这世上无数个“我”的真正含义。死不是公共事件，它是我自己存在的一种内在的可能性。它也不是像我将要到达的大路尽头的某一点那样的一种可能性。我随时都可能死，死现在就是我的可能性。许多人不懂得人生其实就是一个向死而生的短暂过程，死一开始就在生中，而不是人们以为的在生之后它才大驾光临。死就像我脚边的万丈深渊。它是我所有的可能性中最极端、最绝对的一个。所谓极端，是说它是不复存在的可能性，从而斩断了所有其他可能性；所谓绝对，是说人能克服所有其他令人心碎的事，包括他所热爱的人的死。但他自己的死却要结束他的一切。因此，死是各种可能性中最涉及个人、最触及内心的一种，它只能由个体自己承受，无人能替代。让我替你死，只是一个情感誓言。

海德格尔说，认识到自己要死尽管可怕，但也是解放：它使我们摆脱对那些要吞没我们的日常生活的小小牵挂，从而使我们能实施关键的筹划，以便使我们的生活成为个人化的生活。海德格尔把它称之为“向死的自由”或“决断”。更有达利曾言：“因为人总是要死的，所以人并不幸福；因为人总是要死的，所以人可以做一切事情，包括应该做的和不应该做的。”腔调不一样，其实一样绝望。哲人姑妄言，我们就姑妄听吧。也还有别样的说法，如，有人死得重于泰山，有人死得轻于鸿毛。有些道理。但与哲学的话语比，这样的说法毕竟是第二性征的。哲学追问的是本体论。

“生命中不能承受之轻”

——“一句话的经典”系列之五

读到米兰·昆德拉的《生命中不能承受之轻》，内心有一份久违的喜悦，很像多年前读到加缪的《局外人》时拥有的体验。这种不重情节，在意生命体验、沉思的小说很对我的胃口。多年前，看见我如痴如醉地读《局外人》，我的一位同事表示极端地不理解，在他看来，《局外人》枯燥至极很难卒读。同事的反应使我明白，人间的生命在结构上是如此的不同。

有一次和一帮人聚餐，座中一位女孩问我如何理解《生命中不能承受之轻》文题的命意，我随口答道：不能承受，是因为有过真切体验并善于反省的人明白，很多时候，生命中的轻飘飘的“轻”比“重”还要重，所以难以承受。听了我的解释，那位女孩竟然当众流泪了。至今我也不知我的解释触到了她怎样的痛处，当然也可能不是痛而是喜也未可知。

读米兰这部小说的过程始终伴随着我主观的心理体验，在托马斯和萨宾娜这两位男女主人公身上我都产生了很深的认同感。宽泛地说，他们都算得上是知识分子，他们的生命状态是：不仅存在，而且要对自己的存在进行审视、反思。为何要把这种看起来像生命的苦刑加诸生命之上呢？这是因为托马斯与萨宾娜都不愿自己的存在处在晦暗不明之中，而且他们都不能承受因生命失去重力而轻飘飘随意漂浮没有方向的状态。也许这世上本来就没有什么方向，但对于他们两人来说，即便没有方向，他们也要从中找出方向，也许到头还是徒劳，但让他们更在意的是寻找的过程。更真切地说，是叛逆的过程。

一个人最深的本性可以从他选择的生活方式中体现出来。对于托马斯和萨宾娜来说，职业不过是最肤浅的外部特征符号，面对生命具体事务所表现出来的立场才是更本质的。他们是叛逆者。托马斯曾经是一个社会主义体制下著名的外科医生，他虽不像萨宾娜那样自我标榜，但作为一个热爱思想并从思想中获知真理的人，他后来命定地成了一个流落西方的流亡者。托马斯在西方世界的生活从表面形态看，像一个登徒子，他乐此不疲地以猎艳来填充也是损耗着自己的生命，但实际上他是一个存在主义者，他把猎艳上升到了自我存在使命的高度：猎艳使他介入存在并显示自我。他在一个个女人身上勘探她们独特的存在，并打上只属于托马斯的标记。他在女性的王国里恣意尽情漫游，享受身体的快感。但他对性爱事件的反思又使他的生活非同凡响。萨宾娜是一个年近三十美丽性感的画家，她不仅有令人散魂失魄的身体，而且长了一颗特别有主见的脑袋，意志的坚定更是少有人比。她在尘世间是个无往不胜的女王；在内心深处面对存在，她却是个绝望的失败者。愤怒和强悍意志的联姻让她祭出了叛逆的旗帜。她叛逆一切，包括叛逆“叛逆”本身。最终她发现自己叛逆得已无可叛逆，最后绝望浮上心头，她离开古老的欧洲去到处处都是“喧哗与骚动”的美国消耗自己最后的肉体生命。

托马斯和萨宾娜的叛逆并没带来最后的胜利，生命还是沉入永恒的黑暗虚无。但正如海明威所言：人可以被打败，不可以被战胜。在命定的失败面前，人的激情和勇气宣告了自己的正义。

“参差多态乃幸福之源”

——“一句话的经典”系列之六

我给自己的第一本书取了个《熟悉的名字，陌生的人》的名字，出版后，有同事碰面了就说：“读了你的文字，怎么觉得书里的你和印象中的你很不一样呢！”我得意地大笑：“这不就对了吗，这就是‘熟悉的名字，陌生的人’。太过熟悉，熟悉到一点陌生都没有，还有何意思？你还乐得与这样‘透明’的人交往吗？”另一层意思我就没有说了：难道这不是我们面对世界的真实境况吗？以为熟悉，其实陌生；以为理解，其实不解。

世界多面，人亦然。人不过是在不同的层面展示自己不同的面，你只以一个你自以为是的角度阅人，当然难免失之偏颇与单调了。在我生活的世界，我常遇到让我百思不得其解的人，这当然也属寻常：我很浅薄，理解不了他者的丰富；我是这般唯一，不能共鸣他者那样的独特；我是这样的背景，他者是那样的来历，等等，隔膜生也，却也符合逻辑。可是，在这背景下的一种情形我终不能释然：总是有人意识不到差异，而且故步自封，只以自己为本位理解世界。有一回与一位同事聊到一年轻同事，她突然嘴一撇，露出不屑之态来，在我诧异表情的催生下，她说出了“一个老师，和学生谈恋爱，不像话”的句子。我问：“那怎么样？”她说：“不怎么样？”我又问：“到底怎个不怎么样？”她说：“就是不怎么样。”我不言了，我猜想，我再问下去，她会不会说出“这难道不是不言而喻的吗”的话？在很长的一段时间内，我曾视她为知己，那一刻，我知道我错了。与此类似的话语我还听过许多，比如，一位同事决绝地说：“我从不和学生吃饭，一个老师和学生吃什么饭。”那口气里带出了“那是自降身份”的意思。我又不由地想：如果他以后当官了，恐怕也不会和我们吃饭了吧。我自觉自己也是一个有自尊的人，可是，我真的不能认同这样“圈地自重”会有真的自尊。上面说的都是高高在上的人的事；有一回我又猝遇一个把自己放得低低在下的人，我正在一个三教九流聚集的座中畅饮，突然一个“短帮”对着并不以为自己是“长衫”的我说了一句：“你和我们吃饭实在是那个啥，你是大学教授，不是自跌身价吗?”说实话，我真不知他在恭维我还是奚落我。又一次得到验证的观点是：不管高低贵贱，国人心中的等级真是壁垒森严。

人没有什么了不起的，从土里来，还得到土里去。就人的圈子言，人不就多了各样的衣饰。所谓的身份，明白就好，何必狐假虎威。有一个来自美国西点军校的故事，一位将军用很简单的办法治好了一个黑人士兵的自卑症，他只是把这士兵带到了澡堂里，说：现在看看我，周围的人，看看自己。就这么简单，士兵的自卑症没了。当然，这是一个很会“悟”的士兵。

可是人毕竟是人，我看一个人，最重其思想与趣味，合在一起，就是一个人的品位。以衣饰、相貌、地位相人是很低劣的见识。有一个词叫“外圆内方”，“圆”不是圆滑，“方”也不仅是“方正”。圆，看起来无棱角，却要有“圆润”的智慧，明白这世界并不依我愿而存在；“方”不是挂在嘴边僵死的他人之教条，而是“我的坚守”。“和”却仍可以“不同”，这世界才丰富。喜欢罗素的话：“参差多态乃幸福之源。”

印象张爱玲

张爱玲很女人，缺憾是生得不够美，虽然她从来不说。《谈女人》里，她有点酸酸的：男子好以貌取人，所以，女子身上许多其他的好处男子无从领会。然而，其实她也有些安慰，至少当时在她看来，胡兰成读懂了自己，自己是他心中的“临水照花人”。至于后来，终于明白不过还是寻常的一个男子与一个女子，不是胡兰成与张爱玲的特别传奇。不说也罢。

作为小说家，张爱玲却远远超出了女人的限度，人生、感情、哲学、人性均在她的世界里。读她的小说，心里有一种特别的踏实感。这种踏实感至少有两层意思：共鸣感随时而来，特别在细小琐碎处，经过张爱玲的点化，你零星体会过但没留下刻痕的生活，现在一下在你眼前鲜活起来，而且非常细腻、结实；去掉了一切浮文，张爱玲的文字让你非常沉静，她从来不用说教式的思想来打扰你，她只是在讲述中和你一起体会。

张爱玲的文字很神奇，在文字的掌控方面，现代文人没有几个是她的对手。她曾自得地说：只要是我看到、摸过、嗅过、听过的，没有我写不出来的。她不仅写得出来，而且写得简直太好，她的文字有形体、温度、气味、色彩，意象随着文字蜂拥而出、扑面而来。我还没看见有谁能把声音、气味、色彩用文字再现得比张爱玲更精彩的人。她的文字不仅形象、质感，而且语感、节奏和人物的心潮一起起伏，不知不觉间，那物理的语感节奏早已和喜怒哀乐的人情世界合为一体。还有一点印象很深，张爱玲不是一个刻意写格言警句的人，但在她平缓叙述的小说语流中，不时会跳出让你心头一颤的句子，这句子往往不仅是思辨的，还有体验的或是某种情境的描绘，你不由地会停下去玩味沉思一下。有心人可以录一本“张爱玲语录”，我相信，她的语录比那些被刻意强调写出的格言警句要丰满有味，更具启示意义。

说张爱玲有思想，有些人会不同意，他们潜意识里把思想看作是有思想家名号者的专利。这样的理解有圈地自重的嫌疑。笛卡尔说：“我思故我在。”张爱玲以小说而“在思想”，这个“在”很重要，从“在”才能到“有”。你连“在”都没在，怎么会“有”？张爱玲不迷信权威、不追随流行，是一个有独立思想的小说家，很难得。小说家的思想可以寄身于不同的形体，它可以是一段思绪、一片风景、一节描述、一声叹息、一个题材、一种情境，不一定非得是理性的陈述。

张爱玲并不刻意追逐宽度、高度、深度，她只是自然地写自己体会到的世界，在《论写作》里她自陈自己是“缺乏社会意识的”。柯灵的《遥寄张爱玲》说：“中国新文学运动从来就和政治浪潮配合在一起，因果难分。五四时代的文学革命——反帝反封建；20 世纪 30 年代的革命文学——阶级斗争；抗战时期——同仇敌忾，抗日救亡，理所当然是主流”，“偌大的文坛，哪个阶段都安放不下一个张爱玲”，上海沦陷，“新文学传统一刀切断了”，“这就给张爱玲提供了大显身手的舞台”。这是典型的没话找话。30 年代只有阶级斗争，那么沈从文这样的作家怎么还能成为京派文人的领袖？上海沦陷，就会导致“传统一刀切断”？这样的批评家说得头头是道，可惜也没有真的才学在其中。

附录

孤高的张爱玲

王俊杰

我这里的“孤高”二字应分开理解，没有说张爱玲“清高自赏”的意思。“孤”是独一无二；“高”是有一定的标高。泛泛而论，每个人都是独一无二的，但不是每个人的独一无二都是那样的鲜明，而且突出。

唐文标说张爱玲的小说世界是一个“死世界”：“没有希望，没有下一代，没有青春，里面的人根本不会想到明天，外面的社会，自己可以努力的前进。”大致如此。张爱玲只是据实书写自己看见的世界，她不浪漫抒情。她活在一个残破的世界里，在《烬余录》里她体验着感叹着：“房子可以毁掉，钱转眼可以成废纸，人可以死，自己更是朝不保暮。”在“无牵无挂的空虚绝望”中，“人们受不了，急于攀住一点踏实的东西”，“去掉了一切的浮文，剩下的仿佛只有饮食男女这两项。人类的文明努力要想跳出单纯的兽性生活的圈子，几千年来的努力竟是枉费精神么？事实是如此。”口气断然冷静。

张爱玲其实是爱恋生命的，“生命是一袭华美的袍子”，但是激情并没遮住理性，“可是上面爬满了虱子”。这样的爱更难，因为要面对复杂深邃；这样的爱才罕见，因为要真正地明白懂得。在和胡兰成恋爱时，张爱玲说：“因为懂得，所以慈悲。”像佛的声口。但张爱玲的慈悲是眼观鼻，鼻观口，口观心的，并不是佛普施天下的博爱；相反，胡兰成说她“从来不悲天悯人，不同情谁，慈悲布施她全无。她的世界里没有一个是夸张的，亦没有一个委屈的。她非常自私，临事手辣心狠。”胡兰成看得准，但不深。张爱玲内心的虚无绝望深邃得像一口井，不要“夸张”，也拒绝“委屈”，冷然森然的世界，要你咬紧了牙关面对，浮面的同情、慈悲毫无意义。其实这里的张爱玲和《求乞者》里的“我不布施”的鲁迅一样，要求人直面残酷的人生，正视淋漓的鲜血；而在真实的现象界里，张爱玲也与鲁迅同样，不知为天下众生流过几许清泪。否则，她与鲁迅也不会写那些悲天悯人的小说。鲁迅说人们做事大概都是源于爱的。

从个人来说，胡兰成说的张爱玲的自私、手辣心狠的表象，恰恰说明了张爱玲作为一个弱女子的孤苦无助，我想，张爱玲的内心一直是咬着牙的，心是冰雪般清澈微漾着寒意的，也许童年黯然的记忆太深了。

张爱玲真独特的地方也是胡兰成说的：“张爱玲却教了我没有禁忌。”张爱玲是无畏的，但不是因为无知，而是在看破之后。还是用胡兰成的话作注脚，胡说：“我小时看花是花，看水是水，见了檐头的月亮有思无念，人与物皆清洁到情意亦即是理性。大起来受西洋精神对中国文明的冲击，因我坚起心思，想要学好向上，听信理论，且造作感情以求与之相合，反为弄得一身病。”“我在爱玲这里，是重新看见了我自己与天地万物，现代中国与西洋可以只是一个海晏河清。”没有禁忌、祖宗之法，张爱玲进入了一个自由的天地，不迷信权威、不树立偶像，张爱玲漫步天地之间，自自然然地说着自己的“私语”心语，没了禁忌，世界在张爱玲的眼中更清明。而且，她说话的口气确实不夸张。萨特曾调侃地说：“你想显得深刻吗，那么危言耸听好了。”张爱玲不需要。

张爱玲的智慧

俗世是自命清高的雅人们所要远离的，雅致洁净的张爱玲却喜欢自称是俗人。雅人也自不同。比如同是亲和世俗，张爱玲和汪曾祺不同，汪曾祺的食人间烟火，其实已是经过文人的心灵过滤、挑选的“淡、雅、温、和、清、美”，这种纯净化的处理多少可以给心灵疲惫的现代人一些自欺的安慰，在想象体验中重回一次乌托邦。张爱玲则更自然、质朴些，也更深刻，见识高远。张爱玲当然渴望寻求净土，但不以自己的想象、期待来替代现实，这样的寻求更难得，是要“从尘埃里开出花来”。

张爱玲比一般女孩更早失去了天真、幻梦。看张爱玲的小说，会有一种与她的年龄尖锐的不对称感，这样老辣的人性刻画却是出自一个如此年轻似乎也没经过多少世故的女孩之手，不管怎样，当年她给我的惊艳至今不能消散。

张爱玲看人生：没有先入为主，也没有禁忌；尊重自己的身体和灵魂，从不盲目崇拜他者，欣赏直观的认知方式。这世上很多人对世界的感觉不是从存在本身开始的，而是从第二性征的语词开始的。这是反过来的认知方式，先有价值判断，再看见被判断物的存在，但是这物已不是那物，而是被人的意识浸满了。存在成了人们愿意看见的存在。张爱玲不是这样。她看事实比看判断更重，且反对一切价值等级判断。比如，猜想一下张爱玲会怎样来读《爱莲说》。“出淤泥而不染”此句一出，中国知识阶级自诩的高风亮节一下从抽象变得形象起来，多少年来多少代，多少文人墨客在此句面前摇头晃脑吟味沉醉。可是“出淤泥而不染”这样近于诗化的表达显现了真理吗？张爱玲一定会有疑问：既出于淤泥，怎能不染？岂止不染，根本就是同出一源嘛，没有淤泥，会有荷花的卓然茂盛？更不用说荷花的什么质本高洁。荷花很美，但怎么能羞愧于自己出于淤泥？这世界本就是淤泥与荷花相辅相成。张爱玲的小说《沉香屑——第二炉香》开篇克荔门婷与“我”有一段对话。她告诉“我”昨天姐姐给了她一些性教育：“我真吓了一跳！你觉得么？一个人有了这种知识之后，根本不能够谈恋爱。一切美的幻想全毁了！现实是这么污秽！”“我”做出漠然的样子说：“我很奇怪，你知道的这么晚！”在小说家张爱玲的眼里，这世上真实的人生故事多不是秽亵的，而是悲哀的。关于人，张爱玲显然拒绝一切过于神性、自恋、幻想、抽象、自是的描绘，在《谈女人》中她说，如果有一天她“获得了信仰，大约信的就是奥涅尔《大神勃朗》一剧中的地母娘娘”。因为地母很人性，“是一个妓女”，“一个强壮、安静、肉感，黄头发的女人，二十岁左右，皮肤鲜洁健康，乳房丰满，胯骨宽大”，“她说话的口吻粗鄙而熟诚”。这才是让人觉得亲近、心里踏实的“女神”。还说“‘翩如惊鸿，宛如游龙’的洛神不过是个古装美女，世俗所供的观音不过是古装美女赤了脚，半裸的高大肥硕的希腊石像不过是女运动家，金发的圣母不过是个俏奶妈，当众喂了一千余年的奶。”连张爱玲自己都觉到了自己的口吻有些渎神的味道，“再往下说，要牵入宗教论争的危险的漩涡了”。然而，张爱玲的话语摆明了她自己是一个地道的人本主义者。

《传奇》世界 《流言》人生

张爱玲的小说取名《传奇》，她是在为小说，也是为生命作“正传”：中国小说本出于唐宋“传奇”；而小说的使命本就是以“虚构”去书写生命的更高真实。她的小说是“正典”的传奇，葛薇龙的故事，曹七巧的故事，白流苏的故事，一个个生命从芯子看就是一部部传奇在我们眼前缓缓地铺开。

张爱玲是小说家里面的生命哲学家。还在少女时代她已经明白：“生命是一袭华美的袍子，可是上面爬满了虱子。”可是，即使生命千疮百孔，张爱玲内心满布凄凉、忧伤，她仍然对之怀有浓烈、执着的爱。作为一个女性小说家，张爱玲是感性的；作为一个受过现代西方文化系统教育，又熟读中国传统经典的知识女性，她的感性里又包裹着清明坚定的理性。喜欢《红楼梦》《海上花》乃至民间最底层最通俗文化的张爱玲，却也翻译了爱默生，既中国，又西方，她满怀期待地把这个现代欧美最富活力最具有斗士精神的哲人著作介绍给中国。张爱玲很少写宣言式的文字，然而她的字里行间处处显露着她对生命的自我理解。《自己的文章》里的那个张爱玲是如此桀骜不驯，对于大众社会中流行的信念，她从不盲目相信，她就像一个持“普遍怀疑”立场的女笛卡尔。

张爱玲明白，人是孤独的，她的主人公都是“孤独的个人”。这个结论不是理性思辨得来的，而是从身心体验而来。一个人只能承担自己，不能互相替代。特别是身体的感觉，即使两人紧紧抱在一起，身体理解的还是你自己；相对而言，心灵倒可能有相对的共鸣。所以，张爱玲小说里的人物，都是关闭在自我的天地中，那天地狭隘、昏暗，其中的人愚痴、渺小，但他们有自己实实在在的爱恨情仇——“腔子里的那一团热气”。这既是对人的存在状况的实录，也是对人的命运的一个隐喻：因为世界太大，个人太小，站在上帝的立场，人当然活得愚蠢而盲目，可这愚蠢盲目的挣扎就是我们真实的人生。有人批评她的小说题材面窄、小说里没有多少"大时代"，甚或还有人说她是汉奸文人。又有人说她感情上"傻"，政治上"无知"，果然，中国太多了聪明人。可张爱玲还是张爱玲。

张爱玲说自己本就是一个俗人，这世上称自己为俗人者多矣，我还没见过有几个如张爱玲说的这样自然的。她是大俗大雅：对凡俗敬重认真，有自己通透的理解，俗而不庸。张爱玲以"苍凉"见证生命，实在是见真见性，生命的底蕴经过她的解读如灵光乍现般显现在我们面前。世人却视而不见，她看见的常态是：许多人是先读恋爱小说，然后再去恋爱。张爱玲一语道破了世人生活的古怪隔膜之处：只会模仿或重复。这真是生命的大浪费。

张爱玲和胡兰成的那一段是在劫难逃的。以后来的来解释先前的，这样的倒置除了显示谈论者自得的聪明外，还有别的意义吗？张爱玲内心的喜悦与痛楚，坐而论道者是无法触摸的。作为小说家，张爱玲懂得生命是自己经历的过程，和这过程比，最后的结论也只是一个结论，何况，对结论的总结还可能并不一致呢。在《传奇》增订本的《有几句话同读者说》里，张爱玲说："私人的事本来用不着向大家剖白。"

一个故事，两套笔墨

鲁迅的《伤逝》、张爱玲的《红玫瑰与白玫瑰》都是写世间男女爱情的名篇，两部作品都有细腻的体验，然而，侧重点各有不同。鲁迅写了爱在现代中国如何被围困：经济、礼教、被嫉妒、流言、自私、不思而只顺惯性判断的习性等等包裹着的人心，都成了涓生和子君爱情的敌人。当然，鲁迅也没忘记爱情的另一个敌人就是自己的身心，在种种强词夺理、自我辩白的背后，其实是自己的喜新厌旧、自私胆怯。这也许才是更致命的。一生都在提倡“直面人生”的鲁迅好像在此却无承担的勇气。小说中涓生有诚恳的自我审判，但接踵而至的就是自我辩护。想想涓生热恋时的痴狂与同居得到对方后的迅速沉静，确实让人怀疑涓生的“爱的质地”，恐怕还是自己的欲念寻求为多。涓生与子君的爱情由热而冷、由盛而衰最为重要的分水岭是同居前后，涓生说：“我也渐渐清醒地读遍了她的身体，她的灵魂，不过三星期，我似乎于她已经更加理解，揭去许多先前以为了解而现在看来却是隔膜，即所谓真的隔膜了。”身心两面都说到了，“清醒”表明激情消失，理性归来，而理性从来都是爱的敌人。《伤逝》真正的价值是从芯子里思辨了“人之爱”：爱很美好，却很短暂；世间并没有完全纯洁、富于牺牲的爱，多数的爱还是自私欲念的寻求满足；男女之间所能求的也许只有妥协后的婚姻；爱并不是婚姻唯一的根基，可能更多的是责任、道德、已经熟悉的惯性、对陌生的惧怕、“重新开始最后还不是一样”的心理、对新的劳累的厌烦等等这些在维护婚姻。涓生对自己是诚恳的，对子君虚伪居多，然而，正是在这诚恳与虚伪之间所形成的张力让鲁迅得以一窥生命的深邃与复杂。涓生最终不愿妥协，辜负了子君，获得的除了忏悔，只是虚空；然而，涓生毕竟见证了自己，虽然是自相矛盾、在绝望中挣扎的自己。

夏志清说鲁迅的小说有骨骼，少血肉，不够丰满，有道理。作为小说家，鲁迅有非常好的感性体验描绘的能力，但鲁迅的思想家的习性常常使他跳出来抽象思辨原本完整混沌的感性世界，个人的偏见，有意无意地自我遮盖，结果往往就是对感性世界的抽空与压扁。不能说张爱玲的小说没有思辨，只是鲁迅的思辨偏于理性，张爱玲的偏于身体。张爱玲笔下的“人之爱”从来也不纯洁，而是千疮百孔的。张爱玲拒绝一切粉饰，包括自己的意念。读读如下的语句，写佟振保嫖妓后的感受：“嫖，不怕嫖的下流，随便，肮脏黯败。越是下等的地方越有点乡土气息。”这可是现代中国最贵族的女性写下的句子。她又这样地写在真爱面前的人性：“他做梦也没想到玫瑰爱他到这程度。他要怎样就怎样，可是……这是绝对不行的。”后来振保遇到了王娇蕊。闲谈中，娇蕊想“勾”振保，就借题发挥，说：“我顶喜欢犯法。你不赞成犯法么?”后来振保反省自己：“也许还是她的身子在作怪。男子憧憬着一个女人身体的时候，就关心到她的灵魂，自己骗自己说是爱上了她的灵魂。唯有占领了她的身体之后，他才能够忘记她的灵魂。”在这样的句子面前我只好说，与鲁迅相比，张爱玲更是纯粹的小说家。

让人为难的郁达夫

20世纪80年代读大学时，老师讲郁达夫，课后同学都去图书馆抢郁达夫看。那是20世纪80年代呢。记得我借了《郁达夫文集》，在路上就翻看《沉沦》，迎面碰见“班花”，知道我翻看的是《沉沦》，她神秘地看着我，调侃道：“别看进去拔不出来噢。”

这样的情景今天的大学生会引以为怪吧？时间真快，世界变化得也快。那时的拘谨保守，今天的你已很难触摸。可见个人完全超越他的时代是不容易的。想想郁达夫的时代呢？

郁达夫的文字喜欢写性，虽很少粗俗粗野地描绘身体行为，但他特别善于渲染氛围，给读者的心理刺激非常强大。郁达夫的文字在我们的世界里诞生，给我们带来了多少有些尴尬、让人为难的局面。

我们面对郁达夫很为难，不仅是说在评价郁达夫时我们遇见了难题，其实真正的难题在我们的内心。郁达夫虽一介书生，文声细语，却充满挑战性。许多人害怕挑战，有的是因为懒惰，他喜欢永远活在一个自己习惯、熟悉的世界；更多的当然是因为恐惧。挑战者挑战的往往是既定的秩序、规则，一个人如果接受新事物的挑战，就意味着他要重新审视自己已有的生命结构，意味着要把宁静的世界打破，意味着要把自己既成的世界重新组合，意味着要有勇气把自己投入一个新的混乱的世界，然后让自己的理智与情感重新接受“锻造”。说白了，挑战就是“制造混乱”，在新的混乱中诞生新的世界。在思想文化领域制造混乱并不是人人所能为的，他们往往是人类未来世界的开路先锋，是人类未来福祉的缔造者。但常具有悲情意味的是：这些先锋或缔造者们在他们的时代往往被视为异类，遭受被放逐的命运。郁达夫也不例外。

当年郁达夫的文字一面世，就遭遇许多人的恶骂，苏雪林直指郁达夫为“黄色的文艺大师”。连一个大学的文科教授、本人也是作家的苏雪林都如此看，一般人的体会大致也可以想见。许多人会在公共场合否定郁达夫，私下里也可能津津有味地品味，这是中国的另一幅景观，此处不论。郁达夫的文字浓稠地写性，除了和他的趣味有关外，也还有一个知识者对于理性的追求。有人把这理性追求表述为对封建礼教虚伪的攻击。我总觉得这样的概述，理是那么一个理，但是说得疙瘩、不痛快。文学和生命一样非常感性，过于规整理智的抽象往往抽空了其间的饱满的激情给我们带来的震撼。许多人只会把文学、生命中的活色生香的感性世界加以理性地说明，像做学问似的，其间隔膜大矣。读郁达夫，要用自己的肉体生命去读，而不是仅带着一颗理智的脑袋。郁达夫要我们关注的是我们生命的本体本身，而不是关于我们身体、生命、生活的道理、学问，特别不是这样一个状态：一杯清茶、慢条斯理地坐而论道。我的意思是：论道当然要论，重要的是，论完之后你要真正地懂得。所谓“懂得”就是，“道”不该是悬空于你的生命之外的理性词条，而要真实地嵌入你的生命之中，和你的生命融为一体。也即，对于一个个具体存在的生命体来说，你一定要有自己非常明白的道来引导你的存在“如何存在”。

我们为何佯狂

——王小波《似水流年》

在中国，有一种智慧叫“佯狂”，就是俗语说的装疯卖傻，且是一本正经地一点正经没有。我曾以“佯狂的智慧”做“王小波论”的标题，在当代中国，他是把佯狂做得最精彩的人；王朔也有点意思，只是不如王小波羽扇纶巾运筹帷幄，到底还是嫩了点。

其实，佯狂在中国是有源自的，比如常被鲁迅提起的“竹林七贤”。鲁迅在《魏晋风度及文章与药及酒之关系》里曾做过精彩之论，在说及阮籍、嵇康之流时，他老人家火眼金睛，言，阮籍、嵇康之流放浪形骸不顾礼俗，一副藐视天下、离经叛道的威势，其实不然，他们是最卫道者；只是他们看见自己心目中的“道”被时人弄得不成样子，这才故意好像是在冒天下之大不韪。他们是“真道、大道”的保卫者。

按鲁迅的逻辑，在中国，佯狂者才是真道的追求者。鲁迅还说过另一个意思，中国的文化里没有宗教。所谓的乱七八糟的“教”到了中国人这里，全变成了权宜之计，只是事后的解释，从来就不是事先的信仰。此即是说，被供在神坛上的各路神仙，貌似尊严无比，其实不过是中国人民手中的玩物。没事的时候，谁惦记它啊！

这样看来，其实我们与别人的不同是在待神的态度上。我想说的是，尽管中国的书上到处、时时都在讲理，但其实几千年来，我们讲得最多的是各种乌烟瘴气的“礼”，却从没有过真正现代理性的“理”。秀才遇到兵，有理说不清，不佯狂能如何？民间也有自己的佯狂代表者——济公。到了新疆则名叫阿凡提。

自五四以往，我们曾有过短暂的希望，科学、民主、人道，这些好字眼第一次生长在我们的书本里，可是它们从没有在中国人的心里扎根。科学思维讲的才是理性，我们却常以虚伪、轻率、轻狂、自以为神圣实际卑鄙、自以为纯洁实际龌龊、自以为真情实际假意的激情来侮辱它。比如，“存天理，灭人欲”难道不是以无诚的“天道”来扼杀“人义”。在此点上朱熹简直是假孔孟之徒，孔圣人说“发乎情”，只是要“止于礼”，“止”是“灭”吗？照我看，朱熹就是犯了矫诏之罪。而李贽、王阳明又是犯了他朱熹的矫诏之罪，我喜欢他们说的“天理即在人欲之中”这样暖我之心的话，他们是把被颠倒的历史又颠倒回来。谁也别把我们的“生命感觉”当傻子，它自有公论。

王小波《似水流年》写到从香港回国的李先生积极参加“文化大革命”，因贴大字报与人冲突，被踢成了“龟头血肿”。他再出大字报讲理寻求公道，却再次遭人非议、嗤笑，虽然他已声明不是为了赔偿只是要说理。他的理简单且逻辑通畅：龟头血肿很疼，不好，要否定，绝不要再有。可是，别人觉得这简直是“奇谈怪论”，且自取其辱。李先生说，我有龟头，血肿却不是我自有，是被踢的。可是，别人关注的不是血肿，而是龟头。王小波一本正经地替李先生陈述：“近来我们讨论了龟头血肿，很多人不肯认真对待，反而一味嗤笑。须知但凡男人都生有龟头，这是不争的事实。龟头挨踢，就会血肿，而且很疼，这也是不争的事实。不争的事实，何可笑之有？不争的事实，又岂可不认真对待之？”可是，在现实中，有多少不争的事实不是从来都无人认真对待？总是王顾左右而言他。“大道如青天，我独不得出。”老子再不佯狂岂不憋死？

"我"一个人怀念"我们仨"

——读杨绛《我们仨》

《我们仨》，杨绛写它时已 92 岁。这是一本回忆生命的书。一个走过广大世界的人，在回望自己的生命历程时，却只有三个人在陪伴自己：丈夫、女儿，还有自己。作为一个足迹曾经遍布广大世界的人，我很惊讶，可同时一个念头在我脑中一闪而过：杨绛如此的回忆不是一种别样的生命意识吗？一个人如一滴水降落于滚滚红尘之中，人来人往，摩肩接踵，可是到底终有几个人会与你心心相印、息息相通呢？

《我们仨》沉静而舒缓。杨绛永远是这样的从容，可是，在挚爱的人已离自己而去的现在，这从容背后会有着怎样的痛彻心扉、长歌当哭后的平静？唯有回忆才能让我们重拾过去的时光。沉浸进去，默默的，别有一丝声响啊！别有心的涟漪的起伏啊！就让我们沉浸在过去的好时光里啊！就权当又活了一回。思索太痛苦了吧！回忆回忆，漫漫的长长的。

如歌如泣如诉的岁月像黑白片在眼前闪烁，曾经的酸甜苦辣、悲喜哀愁在重温中唯有温暖、眼泪、叹息，以及现在我还不能完全体会的杨绛的宁静。青春岁月，读书、游览、爱情、大自然、人类伟大的文明，多美！后来磨难伴着逝去的岁月来了，丈夫钱锺书受到各方不公的打压，还可以躲进小楼成一统，可是爱女先离自己而去，白发人送黑发人，这情何以堪；现在丈夫也离自己而去，真的孑然一身了，这却是太苦了吧！生活还得继续？不，是生命还得继续。杨绛一定记得当年自己书写在浙江文艺出版社出版的《杨绛散文》扉页上的蓝德的诗："我和谁都不争，和谁争我都不屑；我爱大自然，其次就是艺术；我双手烤着生命之火取暖；火萎了，我也准备走了。"读着这样的诗，我触着的是杨绛的宁静，体味的却是我自己的伤悲。接下来的岁月，就唯有回忆了吧，《我们仨》将丈夫以及女儿的灵魂和自己的捆绑在了一起！著书、翻译、回忆，都是和他们在一起。

书中说到钱锺书：“我曾做过一个小梦，怪他一声不响的突然走掉了，他现在故意慢慢走，让我一程一程送，尽量多聚聚，把一个小梦拉成一个万里长梦。这我愿意。送一程，说一声再见，又能见到一面。离别拉得长，是增加痛苦还是减少痛苦呢？我算不清。但是我陪他走得越远，越怕从此不见。”

对于女儿钱瑗，作为母亲的杨绛有过多少次的愁肠百结啊？回想钱瑗两个月大时，因自己没有置备好奶制品使女儿由一个胖娃娃变成了“瘦小子”，她说：“我深恨自己疏忽。”随着女儿渐渐长大，为了满足女儿的求知欲而买了一本叫《苦儿流浪记》的故事集，可当自己看到女儿因苦儿的悲惨流浪生活而痛哭流涕时，她说：“我简直在虐待她!”

可是现在，“钱瑗走了，钱锺书也走了，‘世间好物不坚劳，彩云易散琉璃脆’，我们仨就此失散了，就这么轻易地失散了。现在，只剩我一个了”和“我一个人思念我们仨”。

纵是生死两茫茫，思念依旧挂心肠！爱，对家人无微不至的爱，对知识不懈追求的爱，对世界未知的爱，所有交织成复杂网状的对生命不弃的爱成了杨绛女士更好活下去的精神支柱。于是，有了“我一个人思念我们仨”的不尽感慨！有了在“我”的世界里只有“我们仨”的定义。

在《背影》背后

——有关朱自清的“小说”《笑之历史》

写《背影》（1925 年）前，朱自清有两篇小说模样的文本：《别》（1921 年）和《笑之历史》（1923 年）。据说其父阅后雷霆震怒，嫌子自曝家丑；而之后读了《背影》则又拈须自喜，不由让人感慨：到底人生是比艺术更宽的。《别》写夫妻的重逢的喜和分别的哀，根子在穷。穷的镜面里映现的是家贫万事哀的人世景观。妻虽贤良，但婆婆嫌怨，我却因钱之压迫，到底也还是无奈把妻儿送回父母身边，以眼不见心静的自私推掉了自己的负担；《笑之历史》是《别》的延续。文中的小招的原型是朱自清的原配武仲谦；所谓“笑之历史”是讲小招在公公婆婆的压迫下，由一个爱笑的媳妇逐渐变得不能笑不敢笑以至于以泪洗面的历史。

在娘家时，“娘说我是有福的孩子，便因为我笑得容易而且长久”。初到夫家，到底是孩子心性不退，笑得都出了名了。“满月之后，我的笑就有人很不高兴了。第一便是你！”接着是姨娘、婆婆的教训。可毕竟是天性快乐，而且“那时公公正在榷运局差事上，家里钱是不缺的；大家都欢欢喜喜的过着。我还是常常要笑的。”人生的愁闷渐渐来了，夫妻分离的愁恨，家里女人间有形无形的争斗，人就是在这样的环境里长大了；而“第二年冬天，公公从差事上交卸了，亏空好几百元——是五百元吧？凑巧祖婆婆又死了；真是祸不单行”。公公叫婆婆、姨娘把金银首饰拿出当了才还了亏空。“第二天，婆婆便和公公大吵一回。那一次吵得真是厉害！……家里的光景真是大不同了！”家里开始在典当和借贷中度日，吵闹成为常景，婆婆和公公吵，和姨娘吵。家里穷了，连亲戚也嫌了，“我”回娘家也遭遇冷脸。借贷越来越困难，讨债的倒天天上门了。

“好容易你毕业了，而且在上海有了事了。娘娘她们都说我从此可以出头了!”“你有了事后，虽统共只拿了七十块钱一月，他们却指望你很大。”“婆婆便只向我罗唆，说你怎样不懂事，怎样不顾家，怎样只管自己用。她又说：‘养儿防老，积谷防饥。’他想不问吗，怎能够哩!”“前年暑假你回来了，身边只剩两个角子。婆婆第一个不高兴。她不是尽着问你钱到哪里去了么？你在家三天，她便唠叨了三天。你本来不响的，后来大约忍不住了，也说了几句。她却和你大吵!”听说你走了，公公婆婆便把气撒在“我”身上，“立刻变脸大骂，又硬说是我挑唆你的”，“我此刻哭是哭不出，笑可也不会笑了；而且看见别人笑，听到别人笑，心中说不出的不愿意。”了解朱自清家庭生活境况的一眼便知《别》与《笑之历史》并非小说而是实录。把数年后朱自清悼念亡妻的《给亡妇》拿来比对，可知《笑之历史》中无一句虚言。认真地说，在这中间我看见的是中国传统女性的可悲可悯可敬也可叹，掠夺她们的不仅是旧家庭旧礼教，还有尽唱高调的知识分子侧身其间。《笑之历史》所述的是脱尽繁华不加文饰的素朴人生，没有抒情议论，是素面朝天的人事人情人性，没有逻辑的牵引，没有思想的连缀，只是一堆没有主题的日子的累积，然而，人生的酸甜苦辣咸也就尽在其间。《笑之历史》里的父亲更像一个“日常的”父亲；而《背影》中的父亲更像一个“审美的”父亲。

时间都去哪儿了

——《匆匆》和《追忆似水年华》

《匆匆》这篇短小近于散文诗的文章表达了人对时间的体验。这实在是个过于古老的题目，但一代代的人仍纠缠于此，是因这里有人类渴望打开却总也打不开的一个心结：人是多么渴望能与时间同在成为永恒啊！

在时空的世界里，时间是本质性的，但它是依托于空间才使人体会到它的本质性的力量的。时间的不可逆转性和人生的短暂性使人对物质世界的痴迷成为悲剧性的体验。在由“燕子、杨柳、桃花、两三方斜斜的太阳”构成的这个世界里，人的五官感受到对这世界的迷恋；这迷恋让人摒弃理性的理解而沉于非真的情感体验：“燕子去了，有再来的时候；杨柳枯了，有再青的时候；桃花谢了，有再开的时候。但是，聪明的，你告诉我，我们的日子为何一去不复返了呢？”其实时间是公平的。再来的燕子、杨柳、桃花还是那个燕子、杨柳、桃花吗？只是花自无言水自流啊！

《匆匆》虽带有某种形而上的色彩，但只是青春时代朱自清情感上的一段感伤的旅行；现世生命所带有的急迫感及生命本身所具有的智慧自会让他从多少有些虚无色彩的心性体验中超越出来而去关注当下现世生命的境况。在后来的写作中，我们确实再也没有看见朱自清重蹈青春时代的这多少有些虚无的感伤。

相比而言，普鲁斯特的《追忆似水年华》才是在沉思和追寻。小说的主题词可概括为“自我凭借回忆的方式追寻失去的时间”，“回忆”被作家最终升华为把握过去的方式，也是主体获得拯救的方式。不妨说，普鲁斯特是在探讨人的主体存在的内在性和整一性能否存在或如何存在的问题。小说家给出了确定的答案。他认为，人真正的生活，唯一被体验的生活，一种具有内在性和整一性的生活是过去时间中的生活，而回忆是能复现这种生活的。

人真的能找回失去的时间吗？真的能够确证自我的存在吗？显然，普鲁斯特只是在想象方式中找回了过去的时间，而对自我的确证也只是一种想象式的确证。任何人在回忆中捕捉到的过去都只是心理的幻象，小说家写在小说中的则成为文学的幻象。《追忆似水年华》也只是一个幻象文本。过去的时间实际是找不回的。普鲁斯特为何要欺骗自己？把时间唤回、用文字凝结是人在无奈中的自我安慰。人的无奈之处在于，作为个体的人，其“存在”的本性是漂移的，难以界定的。我们的此在其实一无所有，只能凭借过去的经验、阅历、回忆这些既往的东西确定，此在的我拥有的现在时间只能是永远在流逝的瞬间，因此，只有过去的失去的时间才成为我们唯一感到确实的东西。但失去的时间却又是虚幻的最大的根源，就是说，我们用来支撑自己的东西原来竟是已经失去的永不复返的东西。这就是人的悖论和困境。

时间和空间是人生和艺术要面对的重要问题。现代人的生活，一方面是时间的快速流逝，一方面是空间对有限时间的无情挤压。广大的空间诱惑着人也吞没着人，一个没有时间深度只有空间现在态的时代，时间的纵深感没有了，心理的归趋和稳定感当然也就没有了。人类也许可以征服一切，只有时间是人所无法征服的。中国词人辛弃疾说：“君莫舞，君不见，玉环飞燕皆尘土。”又说：“惜春常怕花开早。”（《摸鱼儿》）

逃离与寻求的双重变奏

——读朱自清《荷塘月色》

《荷塘月色》是朱自清最具有“原型”意味的作品，其真实题旨是“逃离”。从文章中可清楚地寻出朱自清的逃离方向：从现在逃向过去，从现实逃向梦幻，从北方逃向南方，从社会逃向个人，从琐屑的社会事务逃向轻灵飘逸的个人情怀。朱自清希望借此来求得心灵的安宁和沉醉：心灵要挣脱现实的羁绊，沉浸于自己所渴望的情境之中永不再归来。为什么不再归来？不仅是现实的令人恶心，还因为梦境的美丽，那里有做梦人真实的渴望和向往。可是做梦人也明白，逃离只能是暂时的，因此觉到幻灭和悲伤。《荷塘月色》诉说的不仅是家国之忧，隐藏在这后面的是一个生不逢时无法把握自己命运的人的焦虑、尴尬、无奈、悲哀。

《荷塘月色》中逃离的倾向很容易看出，但少有人去追问这倾向后面的意味。逃离当然是厌弃的别名，而厌弃的对面呢？自然是潜藏着向往了。《荷塘月色》中所写到的一切：自然、梦幻、回忆都有寄托之意。但是，你要把这些寄托之意说得一清二楚也是相当困难的。艺术家和我们一样，在审视自我灵魂深处的世界时，一方面有倾诉获得认同的渴望，一方面又会有意无意地用一些文饰的手法来掩饰真实的自我。文中最鲜明的特征就是“典象”的运用。

“典象”其实就是原型的意象，原型即潜意识的象征符号，用原型的象征符号就是在表现潜意识。《荷塘月色》里的用典是《采莲曲》和《西洲曲》，其中的“妖童媛女，荡舟信许”和“采莲南塘秋，莲花过人头”等等就是“典象”，而这个“典象”的核心意象就是性爱欢会；在《桨声灯影里的秦淮河》里用的典则是《桃花扇》和《板桥杂记》；《桃花扇》的“典象”是色艺双全的秦淮名妓李香君和风流名士侯方域的相遇与相爱；《板桥杂记》里记述的也是秦淮名妓的艳情故事。其实“江南”“秦淮河”不也是“典象”？因为它们早已被历史文化典型化、符号化了。汉乐府不是有《江南》的民歌吗？“江南可采莲，莲叶何田田，鱼戏莲叶间，鱼戏莲叶东，鱼戏莲叶西，鱼戏莲叶南，鱼戏莲叶北。”闻一多说：“这里是鱼喻男，莲喻女，说鱼与莲戏，实等于说男与女戏。”

《荷塘月色》前面以荷花隐喻美人，后面以《采莲赋》等典象象征性爱欢会。朱自清是在“颇不宁静”的情感状态中“忽然想起”荷花和采莲的旧俗的，如果说造成“颇不宁静”情感状态的是潜意识欲望，那么，荷花和采莲习俗就是潜意识愿望的象征符号。只有将荷花和采莲的隐喻意义结合起来，我们才能明了朱自清潜意识中的美人爱欲；也只有将“颇不宁静”和荷花及采莲“典象”隐喻象征的意义结合起来加以考察，我们才能理解朱自清创作《荷塘月色》真正的心理动因。《荷塘月色》中柔弱的、香艳的喻体，细细铺陈的“热闹”“风流”“嬉游”“有趣”的采莲的旧俗，不是似乎朦胧地呈现出写作者的心魂所向吗？是否可以认为《荷塘月色》文中所体现出来的对某种柔软的、肉感的、甜美的、梦幻般的生活情境的向往正是导致艺术家恶心僵硬的、麻木的、血腥的、狭仄的、现实的缘由所在呢？我想也许正是这样，朱自清无力改造现实，他就用文字的世界来安慰自己。

作为艺术经典的《背影》

叶圣陶说《背影》无技巧，乃大技巧。“《背影》一篇，论行数不满五十行，论字数不过千五百言，它之所以能够历久传诵而有感人至深的力量，当然并不是凭借了甚么宏伟的结构和华瞻的文字，而只是凭了它的老实，凭了其中所表达的真情。这种表面上看起来简单朴素，而实际上却能发生极大的感动力的文章，最可以作为朱先生的代表作品，因为这样的作品，也正好代表了作者之为人。由于这篇短文被选为中学国文教材，在中学生心目中，‘朱自清’三个字已经和《背影》成为不可分的一体。”

其实叶老的话是需要注释的。艺术之所以是艺术，就因为它是技巧的。《背影》的神奇之处在于它不仅是写实的，又是符号仪式化的：符号仪式化又恰来自于它的写实的不完满性。朱自清“有意”制造了不少空白，给读者留下了想象的空间。可以说，《背影》魅力的生成其中最重要的构成便是读者自觉而未必自知的参与。文中那肥胖笨拙沉重的父亲的背影已经典型地成为苍凉人生和深挚父爱的象征。只需人生中有一些苦难的阅历，《背影》就能在一代一代人的内心深处激起潮水般的共鸣。而多灾多难的中国人自近代以来是最不缺乏此类体验的，这也是《背影》的魅力之一：它写出了近代以来中国人的集体无意识——苦难的生存及其体验。就表现技巧而言，作者娴熟地运用了省略（虚化文本情节的主要背景：祖母因何而死）、模糊（对最能推动情节具有关键性作用但又和文本所要渲染的情调不和谐的事件进行言而不详的轻带：父亲因何丢差事）、特写（对最能体现题旨的情境进行细描：背影的特写）以及完全由作者所能控制的情感基调的设置（悲悯而感伤的语调）等等，通过这些艺术手法的合作，朱自清完成了对素材的切割和打磨，达到了最终的抒（煽）情效果。《背影》是我读过的最不枝蔓的散文之一，它的简约集中使它通体纯净，具有单纯而丰富的美感。它证明了艺术创造中的一个辩证法：简约的也就是丰富的。

当然，这其中也有缺憾，它的单纯难道不是对复杂人性和人生的又一次简化？在《背影》之前，朱自清曾写有名为小说实为实录的文本《笑之历史》，文中历数家庭间的种种龌龊、难堪。故事背后的故事让我明白：艺术永远是一个假定性的世界。《笑之历史》叙述着烦琐细屑的生活流，让人体会贫穷所带来的人性的变异造成的难堪和屈辱。和《背影》比，《笑之历史》更具有人生人性的宽度和深度，而《背影》却更近于诗意的表达。

叶圣陶又说到《背影》的高明处，凡是读者能体会到的，作者一概不写，给你留下思索回味的余地。其实呢，更准确地说是留下广阔的创造想象空间。朱自清相当精妙地运用了概述和描绘间的相互帮衬。概述所铺垫出来的背景和渲染出来的氛围为后面的“背影”细描所要体现出来的意蕴提供了坚实的根基。

“那年冬天，祖母死了，父亲的差使也交卸了，正是祸不单行的日子。”

“回家变卖典质，父亲还了亏空；又借钱办了丧事。”

“他少年出外谋生，独力支持，做了许多大事。哪知老境却如此颓唐。”

以上的概述散落在文章的叙述和描写之中，这样既清晰又模糊的字句，使每一个人都会做出合理的想象，确实给文本增添了巨大的感染力。

朱自清的恋人絮语

我一直都疑惑朱自清为何很少打量自己的情爱生活，没有体验？文体也许是重要原因。和小说戏剧相比，散文在大规模整体性地表现人生方面难以和它们相提并论，尤其散文的纪实性品格多少是会抑制作者对其隐秘个人生活的再现的。看看各式各样的文人写作的自传便知，法国的卢梭、中国的郁达夫是比较率真的，也只是比较而已。人类的爱情，人们用种种优美的言语所描述的“爱情”的感受其实很多时候是难以捉摸的，而恋人间的身体性体验却要实在得多，虽然很多时候人们因为文明的羞耻而难以明言，但它不是不可捉摸，而是羞于言说。要把人类的情爱生活说深说透，散文抵不上戏剧小说，不仅因为规模的不同，也因为后者有着间隔的距离。但在纯粹的私人性文本中，人们也许也可看见社会生活秩序背景下所看不到的人性景观。比如从马克思写给燕妮的情书中就可以看见一个鲜活生动的马克思，他对燕妮的爱情、别后的苦思是体现在对燕妮白皙的面庞、鲜艳的嘴唇、丰满的乳房的饥渴思念上的。而在公开的文本中，要人自然坦率地说出恋人间的絮语对于文明的人类来说已是无比地艰难，只好借助虚构的文本。

其实朱自清有正常的性情趣味以及真实的男女生活体验。不仅在日记，就是在公开的文本中，他也是在曲折地宣泄着情色的。尤其在他当年写给恋人陈竹隐的书信中更可以看见一个生动自然的朱自清。在爱情的开初，双方玩着试探捉迷藏的游戏，装糊涂、委屈，做文字游戏，小心着各自的风度，时刻做好道歉的准备，装模作样的礼语问候，赤裸裸不加掩饰地恭维，女子抿着嘴憋住笑绷着自己的矜持，男子则要不失时机地奉上自己的谦卑；撒娇、不按常理出牌；说无聊无趣却觉趣味盎然的话，只有两个人懂的隐语、典故。总之，爱情让两个成人变成两个小孩子而不知害羞，且在无比认真地持续着低智力的游戏。然而，这是“苦”里的“甜”。等到“竹隐女士”变成“隐弟”“隐”“亲爱的隐”，“自清先生”变成“佩哥”“你的清”时，他滔滔不绝地说着恋人絮语了：“近来每天醒得早，想谁？你猜猜看！柳永的词说，‘一日不思量，也攒眉千度’，现在觉得这话真有意味。”“你的衣服，我很喜欢，如汪汪的潭水。一见你眼睛便清明起来。我更喜欢看你那晕红的双脸，黄昏时的霞彩似的。”“昨晚在公园默坐，很有意思；尤其后来在龙爪槐下那一会”，“你后来到底不是让我好好地亲了一下么？”“星期六等着你这‘狗东西’！你的清。”“好好地，安安静静地，别七上八下地想，我亲你，小东西！你的弦。”夫子朱自清还是蛮会说情话写情语的。人可以有道貌岸然的一面，也该有驰情任意的一面，合在一起，才是凡夫俗子芸芸众生们真实的本相吧。在这些绝对私人的文本中，朱自清投身在一个纯然恋人的角色里，脱下了衣帽庄严的“社会人”的扮相，回到了自己的“自然人”的状态。平心而论，和自己的“社会人”相比，还是自己的“自然人”的形象更能够标识我们的深度存在。一个人之所以成为自己，究竟不是因为社会生活而更多的是私人生活锻造出来的吧！

阿米乃！阿米乃！

——读张承志《心灵史》

“……饥民站满了院子又蔓延到外面，把房子和小河之间的草地都站满了。我一出现，这一大群人就跪下了。”

“我从来没有见过这么多人聚在一起。这么多人聚在一起，即使他们什么都不做，也形成了一股巨大的压力。”

这一段引自《尘埃落定》，阅读时并没有体味到其中蕴含的力量与恐怖。直至后来读到张承志的《心灵史》，我才幡然惊醒这里面潜藏着引爆世界的擎天之力！而这股在《尘埃落定》中一笔带过的力量于《心灵史》里已是遍地开花，弥漫全书，读来更是让人双股战栗。这种战栗之感来自于伊斯兰教在我国大西北的一个回民分支——哲合忍耶。这个从诞生之日便遭受极大迫害与侮辱的教派在其后百多年的时间里延续着悲惨的命运，七代教派导师呕心经营着哲合忍耶，将全部生命献给了真主。《心灵史》便是讲述这么一段历史，关于哲合忍耶的牺牲之美。我以为宗教是美的，但当我了解哲合忍耶为了自己的宗教甚而放弃抵御，在诵经声中期待着敌人的砍刀落下，成全自己的殉教圣举，我还是不寒而栗。这让我想到了开篇引用的文字，那群饥民是又一种哲合忍耶。我从没想过，死亡会让人如此平静，而又会给悠游生活的人带来如此大的震撼与压力。它启动了我的肉体感受，我相信死亡加身（尤其是非正常死亡）时我会吓得屁滚尿流。张承志说，信仰之争从来都不是无意义的。而为了信仰去慨然甚至欣喜的赴死，这需要信仰之根扎得多深，生命因信仰而沸腾浓烈到何等地步才能出现这般举动。无怪乎里尔克称：“美无非是我们恰巧能够忍受的恐怖之开端。”

但我忍受不了这种恐怖。合上《心灵史》，脑袋仍旧回荡着哲合忍耶受难时的祷告声："阿米乃！阿米乃！"回文译成汉文的意思便是："祈祷吧！祈祷吧！"意念可以改变世界吗？我不知道，但意念足以改变发出者的命运，以及此后跟随发出者的代代人。当哲合忍耶的创立者马明心道祖在城头上抛下信物，让追随者退兵而举意赴死时，哲合忍耶就注定了染红的教旗才是集聚人心的神物，让哲合忍耶的生命剧烈地燃烧，随即飞逝。当整个大中华笼罩在醇和的生存文化里，儒、释、道的文化调和使得中原大地的人们"进退有据"，不失章法时，大西北已然竖起别样的文化标旗。我想，张承志著《心灵史》的一大目的，便是要给太过平静的中原文化注入一股野性的力量！

我感受到了这股不同于中原生长的力量，它一直在沉默，也一直在积蓄。因为沉默所以未知，充满危险性；因为积蓄，所以给人希望，充满诱惑力。张承志在书写时也认识到了这一点，他对哲合忍耶的力量崇拜的同时有怀疑，有惧怕。他忧虑这只是滚油泼在水上，沸腾的是表面，深处是一成不变。《心灵史》明显地让人感受到存在着断裂的两部分：哲合忍耶的教史，作者不时偏离的思维。面对书中大量出现的教派秘史资料，我愿意相信这是张承志无法迈过内心芥蒂而难以自主叙述，方才引用的。但正是这种断裂状态体现出文字之真，思虑之深。"美玉以无瑕为贵，而有瑕正见其为真玉"，正见作者的一颗真心，正见知识分子的一颗良心。

对于完成《心灵史》的张承志先生，我好想对他说一句："阿米乃！阿米乃！"

太阳照常升起

——由海明威而及其他

《太阳照常升起》一度是我的枕边书，通读已有三遍，随拿随读就不计其数了。要我说出它的好，大难事。喜欢到骨头里了，只怕我中有他，他中有我，怎一个“好”字了得？

这本书被称为“迷惘的一代”的代表性作品。我总觉得对于此类命名的理解，我们好像总缺乏相应的智慧与诚恳。类似的还有“垮掉的一代”，记得20世纪80年代，张洁在美国遇见了金斯堡，竟语重心长地对人家说：你不应该那样吸毒糟蹋身体，而应该珍惜自己以便为人民写出更好的作品。大意如此。人家金斯堡没有“嚎叫”（《嚎叫》是金斯堡的长诗），只是报以善意的微笑。

对于人的理解的句子我读过许多，而让我沉吟最多的是萨特的“人的邪恶是不可拯救的”这句。老实说，我喜欢萨特这样的邪恶智慧，咬牙切齿中满含着愤怒后的无奈、沉溺后的自嘲，不管怎么说，这里面有着恶毒的诚恳。《太阳照常升起》里的女人勃莱特优雅、坦率、性感、自然、放荡，合在一起，其邪恶变成迷人，令人无可抵挡。杰克爱她，迈克尔爱她，科恩爱她，公爵爱她，年轻英俊的斗牛士也无可反抗地坠入情网……她身边所有的男人都难逃对她的爱，所以看起来抱歉的不该是她，她应该被当作神去供奉。她当然不是神，只是个满身魅惑的女人。

杰克的包容（其实是无奈。杰克是个无欺的洞察者）倒让勃莱特崩溃了。她告诉杰克：“我们别在一起了。”杰克问：“为什么？”她说：“这样下去你会受不了的。”因为“我一遇见自己喜欢的男人，就忍不住要和他胡搞。我没有办法，我就是控制不了自己！这样下去，你会受不了的”。杰克说：“我不一直在忍受吗？”勃莱特歇斯底里地喊：“可我受不了了！”

这就是人间的爱吗？为何都是如此的痛苦哀伤？

中国文学应该凝视这一瞬间，这种赤裸到邪恶的诚恳像一记记重锤砸在我们心灵的鼓面上。我们的文学太理性了，太装了。活在这样的背景下，我每次读海明威自然会有于炎炎夏日豪饮冰水般的畅意。

我常在不经意间就有一个经年不变的感触：我们惧怕语词甚过惧怕生活。不管我们过着怎样堕落的生活，只要这种生活没被语词描述、供出，我们就无畏无惧；而一旦被贴上消极的语词标签，我们也并不真心避之唯恐不及，而是要么想法抽身离开是非之地，要么就想方设法重新命名。我们就是这样活得无诚而虚伪。我们不敢无耻而真诚地活着。想起当年曹禺在《雷雨》中借鲁大海之口对周萍进行的审判："你父亲虽然坏，看着还顺眼。你算个什么东西？你这世界上顶没劲的东西。我恨不得一枪打死你！"这样的曹禺当之无愧"戏剧大师"的称号。

太阳会一直照常升起，人却在一茬茬老去死去。多少年前，海明威已决绝而去。没有多少年的多少年后，这世界也不再有你、我、他。中国俗语说，纵有千年铁门槛，还需一个土馒头。在这样的"绝对"面前，人该如何思谋"生死之大问"？海明威的"迷惘"，从表象看，似乎太过轻飘，深刻严肃的人或许会觉得罪不可恕，可是，在"过程"面前，"结果"有意义吗？在存在面前，语词有意义吗？

我的马尔克斯的碎片化阅读

这世上不是每一天而是每一秒都有人死去。有的人去得无声无息，有的注定惊天动地。对于终去者其实不算什么，而对于存活者因为距离远近、感情短长感觉则成迥异。2014 年 4 月 17 日，是又一个惊天动地的日子：加西亚·马尔克斯与这个世界挥别了。

87 岁，我在心里默念着。于一个个体生命，这不算短。虽然 30 年来我也几乎没有想起过他，但，现在，我还是觉到了些些疼痛。不仅是因为又一个生命的衰亡，而且因为这是一个 30 年前让我受过惊吓的人。1967 年，我刚来到这个世界不久，他写出了《百年孤独》；1982 年，他获得诺贝尔奖，一年后我上大学，读汉语言文学系。再后来，我读他的汉译本《百年孤独》。

“多年以后，奥雷连诺上校站在行刑队面前，准会想起父亲带他去参观冰块的那个遥远的下午。”这就是惊吓的开始，那时我但愿自己是个白痴。可我二十出头了，我明白“过去”可以借助记忆向“现在”走来，可是从“未来”回忆“过去”真的把我弄懵了。没多久，那个“参观冰块的那个遥远的下午”也来到了我的眼前，“奥雷连诺却大胆地弯下腰去，将手放在冰上，可是立即缩回手来。‘这东西热得烫手！’他吓得叫了一声”。我当时也吓得惊叫了一声。在我自己的惊叫声中，一个世界在我眼前打开了。在此之前，我从没能把“冰块”和“热得烫手”连在一起。后来惊吓越来越密，包括血从厨房流到堂屋流到街上一直流到流血者亲人几公里外的家里，还有死进入到亲人的梦里……连续不断的惊吓一直持续到马孔多被龙卷风卷得无影无踪的那个最后终结。我就是在惊吓中读完了《百年孤独》。我读明白了吗？谁知道。我只知道我受到了强烈的刻骨铭心的惊吓。

后来又看见《百年孤独》和“魔幻现实主义”连在了一起。我又往另一个方向转，真的是魔幻，当然是魔幻。不然我不是活见鬼？不然我的经验，我的知识，我的科学如何与马尔克斯面对？马尔克斯还真是别扭，在记者采访他的《番石榴飘香》采访记里，面对着“魔幻现实主义”的提问，马尔克斯毫不犹疑斩钉截铁地说：没有魔幻。我只是诚恳地写实。我写的就是拉丁美洲真实的历史。当年的我真的要崩溃了。如果我相信马尔克斯，这几乎意味着我要重新调整自己生命的结构。我纠结着，持续了相当长的时间。我无法漠视《百年孤独》给我的惊吓，我又拼命强迫自己往马尔克斯的方向转：这个写出让我受到惊吓的小说的人为何要这么说？刹那间，仿佛天启，我真的相信马尔克斯没说假话。这是真的，马尔克斯为我开辟了一个新世界。

30 年后的今天，我当然更看清了自己，我至今也没完全读懂《百年孤独》，当初，与其说明白，不如说是愿意相信。在我还没能看清一个完整世界的时候，借助马尔克斯的目光，我至少看见了巨大深邃存在的一部分，而且是我从未能够意识的一部分，这真的像年幼时，自己的小手攥在爸爸的手中被引领着朝前走，你虽不知道走去的方向，但你相信引领你的这个人。今天，我甚至还看见了我碎片化阅读马尔克斯的隐喻：一个孤独存在的个体正是以自己类似碎片化的方式去拥抱自以为在自己怀抱中完整的存在吧。

谨以此私人的方式纪念孤独的马尔克斯！

沈从文的寂寞

寂寞乃人生寻常，无须刻意强调。所谓“沈从文的寂寞”，不过是借此找一条他与别人的分界线也，寂寞与寂寞自不同矣。

自称“乡下人”的沈从文是谦卑的，却也是自知的，而当他把“乡下人”与“城里人”对峙时，沈从文的棱角出来了。少时没读过多少书的他，并不缺乏智慧。据他自己说，他的那一点智慧与灵性均来自于他故乡的“水”。说白一点，他是在大自然的怀抱中长成的。这确实是沈从文所以成为沈从文最重要的基点。文弱的他，心胸却是狂放而阔大的。在生命的起点处，他是用自己的整个身心在拥抱世界，这太重要了。现在的孩子，特别是城里的孩子总是被放在温室中养大，像龚自珍《病梅馆记》里隐喻的那样，而中国教育最大的弊端在于身体的被悬置。脱离身体的心脑教育的产品怎么可能是健全的人呢。身体被遗忘，只会把人往抽象、理性的死路上驱赶，才会说出“存天理，灭人欲”这样的混账话。在这样的背景下就可以看出沈从文“乡下人”命名的现代意义。乡下人没有多少城里人的知识与教养，却有可能比城里人生活得自然而健康。谈及自己的作品《柏子》《八骏图》，沈从文说柏子的情色酒肉人生固然说不上健全，可是所谓的城市中人并没有资格来教训他，因为比起《八骏图》里文明人虚伪做作的人生，柏子至少还是在健康自然的人性范畴之内。

靠书写“湘西世界”走向文坛的沈从文一直都是寂寞孤独的，施蛰存说他是“洋绅士中的土绅士”，话虽略带嘲讽，却也歪打正着地说出了沈从文的尴尬。沈从文在“融入与退出”间挣扎。但是，作为一个书写者，沈从文一直都是一个坚定者。面对左派“没有思想与灵魂”的指责，他傲然地说：“你们所说的思想与灵魂，我不知是何意思，也不想明白。”而在面对学生时，他掏出了自己的心肺：“你们看不懂我的作品，因为你们的灵性已被大学教授们的教条毒害了。除非你们真的品尝了人生的酸甜苦辣，那个时候，你们再回头看，也许从我这总能收获一些什么。而现在，我觉得异常孤独。”

沈从文是一个自觉的写者，他的面对实际的智慧助他给病态的中国开出了自己的药方：中国之所以落伍于世界民族之林，乃是因为我们虚伪的文明所导致的“民族热情力的下降”。所以，他致力于生命力回归的呼唤，说自己的写作是为了建立一座希腊小神庙，这座小神庙里供奉的一尊神，名字叫“人性”。与“身体”相似，“人性”在一些人的脑壳里是被储藏在“禁忌区域”的，他们觉得一谈人性，就会把人的神性损伤了，却不关心自己所说的神性在或不在。与郁达夫比肩，其实沈从文与郁氏在诸多方面并不一致，但作为一个小说家，二人却都是把身体的真实体验放在第一位的，其思想与趣味紧紧地和自己的身心体验连在一起。当然，他们都不是人们所说的“情魔”或“色魔”，即如沈从文吧，在其人性的书写湘西系列方面，固然有着大量的“自然、自在”世界的“自然主义”描画，但沈氏也从没忘记过对人的“自为”世界的透视。他身外的世界缺乏耐心与诚恳，“误读”便一直存在，这也是沈氏倍感寂寞的重要原因。

徐志摩：用生命歌唱

我看徐志摩，人一，文二，诗三。天赋异秉，若不叛逆重生，也是对苍天的辜负。诗人听从了召唤，履行了自己的在世使命：父亲送他去美国学经济，为的是承自己衣钵；他却跑到英国去追自己的女神，顺便也拜了自己心目中的男神们。人家问他在美洲做过什么？他说喝咖啡看风景外加很少的几个钟点课。人去了欧洲，又忙于拜名人，散古董，逛古迹，写情书；到了剑桥，不是躺在草皮上，就是浮在康河中。一如他在《我所知道的康桥》里所言，他就是如此涵养了精神，磨砺了锐气。诗人的老爹也伟大，变异了自己的基因再传给他，然后为了稳固这基因，又大把地砸钱任他花。徐志摩的故事让我想起一美国作家的“胡言”。一贵妇问他，如何把儿子培养成和他一样的人。这作家脱口而出：“多给他一点钱，让他鬼混去。”

艺术家与众不同，艺术家里的诗人更与众不同：他的人生即是诗人最好的作品，徐志摩也如是。

梁实秋说：如果诗人住在天上，你会认他是天使，在你家楼上，你会觉得他是疯子。徐志摩说自己最大的天才便是“爱”，这话不是疯子谁会说？诗人用生命歌唱。顾城自杀前留下绝命书《英儿》，叹：我看见的只是生活，看不见生命。有些偏激，确也让人震撼。徐志摩宁静多了，悠游自在的富家子如诗人者厌世易，真绝世也难，如果不是飞机失事，徐志摩定会颐养天年，虽然其诗人的芯子与顾城并无两样，可谁说留恋尘世不是另一种生命自然？毕竟富家子的尘世也是普通人家孩子所隔膜的吧。说顾城之死是纯精神之死，就会显得矫情。

尘世之中不乏喜爱徐志摩的人，各有各欢喜，甚至不免在误解后。也有不喜而讽的，比如冰心曾给梁实秋写信，说徐志摩有天才，可是她不明白为何徐志摩不把更多的精力用在写诗上，而用在女人身上，“你瞧他那个劲!”持冰心如此看法的人当不在少数，不然也不至于老友胡适在他身后还要为他辩诬。《追悼志摩》中说，志摩自诩有三大追求：自由、爱与美，其实呢在现实中就是三者的合而为一，即把三种理念合在一个美妇人身上的追求。志摩虽为富家子，感情浪漫，但绝不是纨绔子弟那般有欲无情的好色之徒。每一次情感的浪潮袭来，他都是全身心投入，欲仙欲死。胡适说得很准：徐志摩其实追求的是他心目中的幻梦。追求、幻灭；再追求，再幻灭；还追求，还幻灭。循环往复，一直到死，这就是一个浪漫主义者的宿命。

做一个性情自然之人并不易。没有情色人生，哪来徐志摩的文与诗?即便不谈诗，你说食色是不是滋养生命的最根本所在？有人为何总不思而作地就板起一副可憎的面孔？特别自宋而降，仿佛不与自己作对不甘心似的，诸如要食不过五味，衣不过五色，假如因匮乏，还说得过去；“存天理，灭人欲”，怎么听都是一句混账话，也难怪明代的王阳明、李贽要跳脚骂人，要喊“天理即在人欲之中”。徐志摩不仅有《再别康桥》《沙扬娜拉》，也有《别拧我，疼!》，前雅后俗，或者说，前，意淫的优美，后，痛快的实在，它们合在一起才是徐志摩！不能为了你的变态理想，只让诗人活个上半身吧？生命很质感，诗人好榜样。

漂泊者萧红

“萧红传”很多，我还是觉得林贤治的命名最好——漂泊者萧红。中国现代文学一脉，弥散着浓郁的“漂泊情怀”，那是时代在心灵上的应和，萧红是那个时代图谱中最浓重的一抹色彩。

一大群才情俱佳的女性作家诞生在现代中国，这其中最触动我心怀的就是萧红。她的身世，她的感情，她的灵魂，她的文字，乃至她的容颜，在她身后过去了这么久的时光里，每当我面对，仍忍不住感叹欷歔。张爱玲也是我最爱者之一，可是我对张氏的喜欢很少情感的因素；而面对萧红，我的心就不由得变得柔软：对着那一双闪烁着纯净稚拙神气的黑色大眼睛，念起她短到只有三十一生年却留下无数触人心魄文字的身世，你无法不生出满怀的忧伤。

萧红，一个矛盾体。肤白，脸圆，眼黑，神静，苍白，柔弱，一副小鸟依人的温柔样，男人一见，心生怜爱。童年时，父亲的自私、粗暴乃至狠毒，加上祖父温柔、善良的合力，让萧红终身难脱对男子的病态依恋：理性看得透彻明白，但就是对自己无可奈何。这一点神似张爱玲，真是一对张氏姊妹（萧红本姓张）啊！她的“女人的天空是很低的”叹息根本就是自己生命体会的凝聚，与张爱玲的“低到尘埃里”又是何其相似。受虐不受虐，不是思想所能主张而是生命状况使然啊！唉！这让人瞧不明白的生命啊！文学上好像也对立着：心灵跨度巨大。《小城三月》温柔细腻，《呼兰河传》温情体谅，《马伯乐传》则是婉讽多智，在在显现着她的无邪天真；《旷野的呼喊》剽悍野蛮，《生死场》力道千斤，这样地元气充沛、混沌无极，连须眉如萧军者也要自叹不如。

这样一个女子，命运对她却是如此不公，从生至死一生风雨飘摇。身体在漂泊，从呼兰到哈尔滨到青岛到上海到重庆到西安再到香港，最后孤独香消玉殒在浅水湾。心灵在漂泊，如此贤淑聪慧之女子不知是智慧不够还是命运不济，终身都未能找到良木而栖，总是与各类无良浪子遭遇。

纨绔子弟汪殿甲是她劫难的开始，始乱终弃且被弃得那样无耻，苍天对萧红真是太残忍。犹记当年我躺在温暖的被窝中读萧红记录哈尔滨生活的《商市街》时，萧红力透纸背的文字带着漫天风雪从书中呼啸而来，我竟在床上簌簌发抖，萧红身心的寒冷与饥饿穿透了我的心胸。

萧军是拯救者，可又是陷阱与深渊。艰难时世中的相濡以沫孵化了爱情，萧军成了萧红苦难一生中最挚爱的“三郎”。可是，人间的爱情法则是，总是我们最爱的人给我们最多的伤害。萧军后来毫不掩饰的出轨，对萧红的家暴是不是因为迈不过萧红怀过别人孩子这道坎？那萧红遇人不淑的无辜，谁替她主张？父亲混蛋，丈夫混蛋，祖父去得早，亦友亦师的鲁迅也去得早，从此再无好男儿。《回忆鲁迅先生》写的是怀念，流泻的是依恋。站在许广平的立场，不能说醋吃得毫无道理。都是天下可怜人。

端木蕻良是萧红的最后一个男人，这个出身地主家庭一身纨绔气的“大地之子”一直让我困惑不解，在私人天地自私无品到没有男人味的家伙又写出那样开阔大气之作，因为他对萧红的先假情后无情，我已失去对他理解的耐心，只是感慨人的复杂与深邃。而萧红也明知其“势利鬼、马屁鬼，一天到晚在那里装腔作势”，却还相依相偎，更让我无语。

斯人已去，追也不及！多次，夜深人静时，念起香港。何时去？去浅水湾。焚香。礼拜。默祷。

感天动地红牡丹

——读林语堂小说《红牡丹》

穆旦说："我们仍旧不过是幸福到来前的人类的祖先。"只因为我们追求的不是单单的萌发、蓓蕾或是绽放，而是能让人永远执迷不悔的生命力的激荡，但是生命总会静止，激荡终将崩殂而不复当年，世间最美的，除了大自然无意创造的生发荣枯，就还剩下人世不悔的执迷。

林语堂的牡丹举世无双，但其实我们除了不曾像她那样深刻地爱过几个人之外，内心的波折，也许并不比她少很多也更容易平复，或者相反，在我们生命中那些复杂纠缠的时刻，并不恰好如她般有一个素馨一样深爱她的妹妹，支持她的家庭，能得到王老师夫妇那样的邻居的无私帮助，更难有像白薇般能够彼此心灵契合的朋友。很多时我们只是并不缺少其中的某一项，不如牡丹那样一切圆满地共存于生命中。美丽，智慧，年轻，激情，她不顾一切。

许多人不曾拥有完美的爱情，是因为自己首先就不完美，外表普通，心智粗鄙，患得患失，所幸牡丹没有。她散发着明亮的光芒。她拥有完美的先天条件，可是她依然为爱受苦，不断地逃离，也需要倾诉。金竹，梁孟嘉，安德年，傅南涛这些人，她爱着，每一段感情开始时都好像找到了最终的归宿，然而却分离。当然要怪他们都彼此爱着，互相地说我愿意的时候，时间没有就一眼万年地静止住，把那一刻用一滴琥珀永恒地珍藏；要怪他们没能再相互等待等待再等待，等到终于皆大欢喜，再见面就是幕落，正赶上一行字幕出现"很久很久以后，王子和公主过上了幸福的生活"。我们或许觉得是她真的太不珍惜了，想要的太多而不是见好就收。换作是我，换作是你，也许早就欢天喜地地选择了孟嘉，选择了金竹，把这炽热的爱情细细打磨成一生细水长流、弥足珍贵的烟火生活。

可是牡丹想法太多，她不像素馨那样默默地爱着。素馨暗暗地爱着孟嘉，本来永远不求他也会爱自己，反而有一天，成了孟嘉的妻子。这份爱像被挑选出来特别眷顾似的而生长得枝叶沃若。倒是白薇和若水这对神仙眷侣，怎么就恰好不可思议地自自然然地遇见，相爱，结婚，始终美好融洽。“始终”的不免让人心生疑窦。

梁牡丹不是那个赢了一切的人，可是她举世无双，所有人都爱她。如果你觉得不是因为她最美，那也许是所有爱惜自己而过分羞赧的人借着她在爱情里奋不顾身的样子看到自己始终不悔执迷的可能。她不是全凭感情支配的人，她不是没有理智可言，但飞蛾在灯下盘旋，总有一些径直撞向火焰。你说何必呢，你感叹着，像《世说新语》里的乐广笑着说：“名教之中自有乐地，何为乃尔也。”但是几万几万年前，有了爱，还没有名教之前，人们想爱就爱了，心贴向心，身体靠向身体。相爱是璀璨霓虹，不爱亦有一把热灰满天满地如大雪一般深刻。

梁牡丹只是比我们更直接地追求幸福，在追求爱情的年华里更执迷地追求爱情。在终究成为那个和别的女子没什么不同的梁牡丹之前，勇敢抓住了可能一生仅此一次的遇见一个对的人的机会，全身心地去爱。她也不知道她因此抓住了一柄光焰万丈的宝剑，在名教中破出一株举世无双的红牡丹。

她只是执迷不悔。

冯唐这个“老流氓”

——冯唐乱弹

冯唐，原名张海鹏，和原名比，“冯唐”更好，读起来上口，听起来有乐音，又有来历，所谓“冯唐易老，李广难封”，这样一连带，这老小子身上仿佛便多了一些古风，有了些仙气，更像个写字的了。其实以上都是我的无聊，以冯唐的“狂”，他或许会以一“嘁”声了断的吧。和他的文字一样，他的狂也让我喜欢。他有底气和资本。

冯唐的文字让我着迷，这种经历在鲁迅、周作人、老舍、萧红、沈从文、张爱玲、汪曾祺、孙犁、王小波、王朔那有过，现在又多了一个他。他的与众不同在于他的文字不仅充满质感，而且文字里的“流氓”成“性”冲击着我。这样说的意思，有点类似于我曾在一酒席间听一老流氓的自得言语秀，他说：“我、‘风流’、成、‘性’。”一字一顿，还真厉害，老词解出了新意。而无疑的，在冯唐的世界里，热爱女性与热爱写字，不说等量齐观，至少难分伯仲。或者说，热爱写字正是他热爱女性的分泌物。

关于“流氓”或“老流氓”，得做必要的一点解释。沈从文在《从文自传》里说到自己的少年时光，淡淡地说自己那时就是一个“小流氓”。其实这也没什么，大流氓刘邦后来还坐了龙庭呢，不用我数，你明白的，他给多少后来的大小流氓作了绝好的榜样？冯唐则在《难能的是当一辈子“流氓”》里把流氓习性与人的生命元气相连，举了他很心仪的亨利·米勒为例：“亨利·米勒一辈子，思考，写作，嫖妓。他的元气，按照诺曼·米勒的阐释，是由天才和欲望构成的，或者这二者本来就是同一事物的两面。”又举了一个更切近的例子：“我听人点评某个在北京混了小五十年的老诗人，其中有一句话话糙理不糙：‘流氓，每个有出息的人小时候都或长或短地当过，难得的是当一辈子流氓。’这个评论员说这番话的时候，充满敬仰地看着老诗人。老诗人喝得正高兴，下一顿的老酒不知在哪里。他二十出头的女朋友怀着他的孩子坐在他的身边，老诗人偶尔拍拍他女人的身体，深情呼唤：‘我的小圆屁股呦。’”顺便说一句，鲁迅有一篇绝妙好辞《流氓的变迁》，梳理了一下“流氓”文字上的历史。在中国活了近50年，得了一个经久不变的印象，人们好像很多时候惧怕词语超过惧怕真实，难道这就是传说中的仓颉造字，鬼神闻之而泣的深刻奥义所在？

冯唐现在可以毫无愧色地说自己是个了不起的“写字的”了，在“为何写作”这个老掉牙的题目里，他给出了一个至今最让我喜欢的答案：“我要用文字打败时间。”骄傲与绝望俱在其间。“冯唐易老”，在时间面前，再自命不凡的生命或早或晚都要与“绝望”相遇，张海鹏大概在警示自己。接上后半句“李广难封”，则又可看出张海鹏的志气，正因“难封”，所以挑战。冯唐身上有海明威《老人与海》里的桑地亚戈那股劲。

30年前，加西亚·马尔克斯一句“多年以后，奥雷连诺上校站在行刑队面前，准会想起父亲带他去参观冰块的那个遥远的下午”惊得我目瞪口呆；30年后，冯唐一句“人生残酷，至死犹闻鲜屄香”（《读齐白石的二十一次欷歔》）更是惊得我魂飞魄散。我曾以为中国当下作家写不出加缪这样的句子：“我发现我的欲望常常使我的感情混乱。”没想到，冯唐不仅真实，竟真实得如此生猛。这样的句子没有让我血脉偾张，只觉胸中风雨雷电鼓荡着无尽的苍凉。

冯唐正流行。我曾对流行持完全不宽容的立场：谁流行，我蔑视谁。后来因为王小波，我对流行有了许多包容；现在出了冯唐，我对流行已不持既定立场。我也自诩为爱书之人，而冯唐是我至今唯一一个见一本买一本的作家。在当代写手中，冯唐对文字的质感的把握无人能及，而他所谓的执着于写“黄书”，在我看来，正是出于对生命的敬重与热爱。

与大地同在

——读苇岸散文《大地上的事情》

我有个偏见，文学这个行当，小说最牛气，小说家才是文学家；诗歌散文不过是文学的边角料。毕竟，在宽度深度方面，诗与散文难以和小说比肩。但也正因为如此，当我读到特别的诗和散文时，我尤其不会吝啬我的赞美，比如俄国诗人丘特切夫的《别声响》，比如史铁生的《我与地坛》，以及本文要说的苇岸《大地上的事情》。

“大地”，真是太过熟烂的两个字，由熟烂又到陌生，正是拜苇岸《大地上的事情》所赐。最早对大地（土地）有感觉是因为艾青，后来是《飘》，再接着就是苇岸了。诗、小说、散文都有了，就是把艾青、苇岸放在最好的小说家面前，我也觉得他们了不起。诗可以好到这样，散文也可以好到这样，让我这个对存在体味偏向更多消极的人也体会了未敢期待的美好。因了这样的美好，对苇岸的英年早逝又觉了天地的冷酷残忍。

沉在苇岸的述说中，我从木然中醒来：我们虽终日与大地相伴，貌似熟悉其实陌生。一个人的灵魂要多么地甘于沉静，才能无时不与同样宁静的大地对话，谛听到它在四季里灵魂的歌唱。

苇岸自语着说，在中国文学里，人们可以看到一切：聪明、智慧、美景、意境、技艺、个人恩怨、明哲保身等等，唯独不见一个作家应有的与万物荣辱与共的灵魂。于是，他从倾听开始，像维科在《新科学》里形容的那样：“《日耳曼尼亚志》说，他们听到太阳在夜里从西到东穿过海的声音，而且听到过天神。”而面对俗世的浅薄，孔子也曾激动地反问：“天何言哉？四时行焉，百物生焉，天何言哉？”

梭罗则在《瓦尔登湖》里事无巨细地描述自己两年零两个月独居湖畔的生活，正是这部作品带给苇岸最深的触动，他的个人信仰与写作风格缘此而成型。

仿佛法布尔《昆虫记》里的世界重现，只是苇岸更多了厚重的思想与情感。不同大小的蚂蚁营巢有着不同的趣味，从麻雀的喊叫与跳跃间看出鸟儿的单纯，田野上空徒劳盘旋的鹞子还有几人去与它对视，壮观的麦田、地表的积雪、日出日落、月光星空，这些事物如此不平常，我们却早已无心注目。生活的粗糙钝化了我们对于大自然的热爱，即便身在其中也如盲人。而敏感的苇岸不肯让这一切在自己这里化为虚无，他倾尽全力去收集大地的故事，他又是多么地寄望于人们能够来与他一起倾听。久久地停留在蚁穴前，为鸟儿的叫喊所欣喜，这似乎是一个孩子才愿意去做的事情，在苇岸面前，我们正在衰老、死去。

苇岸是大地的孩子，内心汹涌着热烈的爱。

苇岸让我明白了意义的“意义”。再多的物质堆砌与拥有也并不会让我们的心灵安宁。正是过于贪婪、欲望无尽彻底摧毁了人与自然最紧密的联系，打造出一个即使是夜晚也不再清静的世界。苇岸不喜欢中国文学作品的导向，他曾借用海子的话说：我恨东方诗人的文人气质，他们把一切都变成趣味。中国文学过于钻营人与人之间的关系，唯独没有紧紧守护自己灵魂中最纯净的天地。苇岸情愿独守着自己的大地，像吉辛写《四季随笔》那样独守自己孤独但绝不空虚的心灵。

他是苇岸，大地上的苇岸，汉语世界里最后一位孤独的放蜂人。1999年5月19日19时，因肝癌医治无效辞世，终年39岁。他的灵魂最终栖息于这无边的大地。

写给“小妖精”的书

——纳博科夫的《洛丽塔》

大学时，读纳博科夫《洛丽塔》，肝肠寸断。不过一个中年男子与未成年少女的不伦之恋，为何让我一个青涩少年如此不堪重负？

亨伯特已过中年，在大学教授法文。自从年幼时的初恋女孩死去后，心中总藏着一个温柔而猥亵的梦魇，那些十几岁的青春少女对他有着不可抗拒的魔法般的吸引力。这个隐秘的欲望，驱使他用颤抖的灵魂呼唤着那些肤浅狂躁的精灵们。一次偶然的机缘，他成了夏洛特的房客。他疯狂地爱上了夏洛特年仅14岁的女儿——洛丽塔。而夏洛特也看中了亨伯特，一心要为自己和女儿找个依靠。为了心中的精灵——洛丽塔，亨伯特违心地娶了夏洛特。再后来夏洛特从日记里发现了亨伯特对洛丽塔的迷恋。激愤的夏洛特冲出家门，却遇车祸身亡。亨伯特于是带着洛丽塔开始了一段美国高速公路上到处逃窜的乱伦爱情……直到狂躁的洛丽塔开始厌倦最终离开了他。失去了生命中精灵的亨伯特在绝望与悲哀中杀死了当初拐走洛丽塔的男人——克拉尔·昆宁。

《洛丽塔》虽说不乏性描写，但它既没有劳伦斯《查泰莱夫人的情人》里的那种细腻撩人的感官快感，也没有乔伊斯《尤利西斯》里的那种满不在乎的猥亵。那到底是什么让我沉溺不拔？在小说里，亨伯特称洛丽塔为“小妖精”。虽然纳博科夫给了亨伯特一个理由：为幼时初恋的失败，好像从此要偿还天下女孩一笔情债似的。其实这只是障眼法。否则无法解释：当年被视为淫书如今为何反被视为经典；亨伯特的个案为何会让当时对爱情还朦胧模糊的我肝肠寸断？本质上，《洛丽塔》是一本男人写给“小妖精”的书：男人难逃对少女的迷恋。更不要说，像洛丽塔这样媚到惊人心、有着天使一般容颜又古灵精怪的女孩了。书中的亨伯特对洛丽塔抱着淫荡邪恶的欲望，又怀着呵护天使一般的虔诚，这种矛盾的混乱几乎要使他崩溃癫狂。在夏洛特死之前，亨伯特已开始谋划如何才能制造一起不露痕迹的意外死亡，这样，他就可以独享洛丽塔。而当洛丽塔终于不堪忍受他的“温柔的专制”弃他而去时，亨伯特陷入了完全失去秩序的癫狂，他发了疯般地寻找，脑子里幻象丛生，不停地欺骗自己，折磨自己。所有的一切都被他汹涌的欲望燃烧着，完全没有知识分子该有的理性。他只是燃烧自己的欲望，又被自己的欲望燃烧。最后，陷于困境的天使向他求救，他才又见到了自己温柔、邪恶地爱着的无邪、美丽的洛丽塔，而此时的洛丽塔已身怀六甲。“我的洛丽塔！我的洛丽塔!!”我至今清楚记得书中亨伯特那撕心裂肺的呐喊以及那长到不能再长的内心独白。

而今，当年青涩的小伙也已是小腹便便的中年男。“妖精不好。小妖精好。我的小妖精最好。我的小妖精不是我的。”这是我不久前的《读夜有感》，换成《爱情》也无不可。其实世上的爱情大多如此。如果你坐在黑暗处面对着明亮的银幕，和那个大学教授一起第一次看见侧躺在花园草皮上明媚到惊人心的“小妖精”洛丽塔，我想你也不仅会相信真有天使，而且这天使已降临人间。只是这人间未必与你有关。我猜想这正是纳博科夫写下《洛丽塔》的真实原因。从《红楼梦》到《洛丽塔》到《英儿》（顾城）再到《十八岁给我一个姑娘》（冯唐），人间的忧伤绵延不断。

生命的绝唱

——顾城的《英儿》

《英儿》是顾城的绝命之作，写完这本书，顾城用斧头砍死了妻子，然后自杀。1993 年的那一场血腥杀戮从直观上给人留下了心悸恐怖的印象。顾城就是有一万个理由，也难逃世间道德的谴责。当然，除了谴责，我还有我的感叹欷歔。

在生命的最后，顾城陷入了无法自拔的迷狂。这迷狂的源头也许有着我们至今无法勘破的生命奥妙在作祟，而我们所能看见的只是诗人自身的生命逻辑：绝望之后把自己送入虚无。在顾城的意识中，结束妻子的生命不是世间杀戮的意义，而是带她脱离这苦海。当然，我们有理由不认同。

舒婷在送给顾城的一首诗中称他为“童话诗人”，这当然地成了顾城最鲜明的标志符号。法国的波德莱尔曾用信天翁来比拟诗人，当信天翁在天空翱翔时，它是个精灵，而一旦停留地面，则笨拙不堪（信天翁虽双翅超长，但身形也巨型肥胖）。这是个绝妙的比喻。在文人中，诗人最敏感脆弱，而往往又是世俗中的低能儿，顾城尤其如此，不是低能，近乎无能。这并非造物主的不公，而往往与诗人疏远甚至蔑视世俗有关。人类对精神的过于歌颂在不知不觉中间接地助长了诗人的这种傲气。梁实秋有个近于调侃的说辞：诗人在天上，你觉得他是天使；在你家楼上，你觉得他是疯子。这世上不是流传着我们津津乐道的太多的疯子传说吗？这流传还会继续。因为我们的生命中早已被注入了这遗传因子，诗意唯有癫狂最能培养。

听听顾城在《英儿》中的感叹吧：“我一万块钱都不换的东西，你们十块钱就把它拿走了。”这意思太明确了：我无法与世俗相容。又说：“我到处看见的只是生活，看不见一个真正的生命。”生活，不过是柴米油盐酱醋茶，它喂养的只是沉重的肉身，生命渴望的是挣脱地面去天空翱翔。顾城说，我要能是那金色的光线多好。

真心话，我站在顾城的面前手足无措。不管怎么说，至少，顾城触及了生命的混乱与矛盾。而这混乱与矛盾在他拥有、失去英儿之间有了最深的沉溺。英儿，一个有着天使一般容颜的北京女孩，因诗人的诗爱上了诗人。不知妻子谢烨的内心如何想，人们看见的是她容忍了英儿的存在，后来又一起去了新西兰。只是结局不好，英儿后来终于弃顾城而去。从《英儿》的讲述来看，顾城最后的杀妻、自杀最直接的导火索与自己的被弃可能关系最近。更深的缘由当然还是诗人自己的悲情意识。顾城感性淋漓，面对生命的难题，在智性上他无法给出令自己满意的答案。面对英儿，顾城的体会是双重的：一面是肉欲沉溺的间歇性快乐，一面是永恒毁坏了精美瓷器似的伤感。顾城的恶心感无处不在：在时空间，人如此渺小与无能；面对沉重的肉身，精神桀骜不驯地反抗后，仍然无奈；甚至与英儿做爱后的难闻气味，简直就是对美好的亵渎、毁坏。就是这些在常人看来可以忽略不计的点点滴滴侵蚀毁坏着顾城的生命，然后，借助被弃这个“点”，他决然引爆了毁灭。

张国荣唱的《我》中有这样一句：“我喜欢（这样的）我。”这歌者是多幸运的人啊！这世上又有多少不喜欢自己的不幸者啊！其实，以真实生活中的张国荣的存在为背景来深味这首歌，我们不会觉得极大的讽刺吗？当然。可是，在这样尖锐的痛楚的畅意中，想想我们自己呢，体会的更是生命的无奈与苍凉吧。不喜欢自己的容貌、不喜欢自己的性情、不喜欢自己的境遇。哲人克尔凯格尔感慨人的痛苦：想做自己做不成自己，不想做自己非得做自己。顾城，你也难逃人间如此的围城啊！

当经典遭遇笑场

2014年7月24日下午，北京人艺的杨立新连发5条微博称：“昨晚《雷雨》成了爆笑场。”事情起因于演出当晚的《雷雨》恰逢人艺常规的“公益场”，有很多大中学生以低价票进场看戏，然而让主演们没想到的是，他们的表演竟引起学生们的“哄堂大笑贯穿全剧”。很多文化界人士都对此愤愤不平，对北京人艺和杨立新表示支持，并感慨于现在年轻观众文学素养的失落，对经典缺乏起码的尊重。

设身处地地想，杨立新们的异常悲愤可以理解，作为一个全身心投身于艺术，还不算“老”已是北京人艺掌门人的“老”艺术家，自己全心奉献的呕心之作却遭遇拿破仑式的滑铁卢，其锥心之痛可以想见。虽然，从后来的追踪报道来看，其实“哄堂大笑贯穿全剧”的表述多少有些夸张，但以此，更能体会出杨立新们内心的主观感受了。

话剧《雷雨》一直是北京人艺的经典保留剧目，向来少有挑剔之声。正因此，此种情境更显得非常格格不入。

《雷雨》是公认的现代中国话剧奠基之作，作为一部悲剧的现场演出，却频频爆出哄笑，而不是“含泪的微笑”，此种情景简直太黑色幽默了。我坐在书斋中，想想那样的场景，心中都已不寒而栗。然而，这样真实的场面就摆在眼前，需要的是理性面对。

作为一个在高校从事现代文学教学经年累月的教书匠，我对《雷雨》钟爱有加。我不相信经典的绝对永恒，但相信其可以相对地超越时空。时至今日，《雷雨》在我们的时代仍然经典。杨立新们大可不必因为一场多少有些偶然的事件而失去内心的定力。从后来记者访谈部分观众的纪实来看，所谓的间歇性（不是“贯穿”）笑场主要是冲着扮演周萍的演员而来，可能因表演功力，或演员与众不同的理解后的自我尝试，在部分观众看来，“周萍”把一出悲剧演“出”了滑稽戏的效果，而且，这场演出的观众又以年轻人为多，不是少年不识愁滋味，而可能仅仅是少年人的有感于此在情境的率真反应吧。他们又没有中老年人的矜持，所以就不是莞尔，而是哄堂了。虽说从整体情境来说，确实让人尴尬。和于丹大师在北大遭遇驱逐相似，青年人不能忍受矫情，其实未必完全是一件坏事。

另一面也不能完全否认，在浮躁和功利的当下，年轻观众在艺术修养、文化积累以及价值观念方面确实存在着种种缺失，但我们又不能过于夸大这种缺失，以至于否定年轻人对话剧好坏的判断。《雷雨》剧本再经典，可是，在书斋里独自阅读剧本和在剧场里群观演出毕竟不是一回事。人们常说的“剧场效应”倒是北京人艺从大大小小细节方面要真正考量的问题，如果脱离了特定的时代背景，脱离了对当下观众观剧心理的揣摩，再好的经典也有遭遇曲高和寡的可能。

就拿如今北京人艺的《雷雨》来说，这部话剧也已经是第三版了，相比于前两版，在表演方式和舞台设计等方面已有了很大变化。但这次“笑场事件”并不是因为曹禺剧本被证伪，而更多的是因为演员的表演动作以及台词念白陈旧、程式化等已经与当下情境脱节。如何完成经典在舞台上的再创造是一个要面对的问题。

遭遇笑场，杨立新们愤愤不平的心情可以理解，因为演员的表演需要观众的共鸣。但这次“笑场事件”多少有些像哈哈镜，也该有一些其他功能。

大师的“日出”

——谈《日出》及理解曹禺的几个“节点”

《日出》，曹禺的第二部戏，真应了那句：一个人走不出自己的童年。童年时的阴暗记忆使得曹禺的经典悲剧无一例外地写人对家的牢笼的反抗。《雷雨》里的周冲、周萍、繁漪，《原野》中的花金子，《北京人》中的愫芳，《家》中的觉慧、觉民乃至觉新，还有早已不在家中的《日出》里的陈白露，亦然。

她出身于书香门第，曾是爱华女校的高才生，慈善机构的形象大使；按她自己的说法，“父亲死了，家里更穷了”是她命运的转折点：做过三流电影明星，红舞女，最后，高级别的交际花（多么遮羞显美的词）。她有时喊自己的“老”情人潘月亭“老爸”，似乎恋父、渴望家。可是，她又不想做只会唱道德高调的穷小子方达生的妻子。她曾经叫陈竹均，曾经和一个诗人相恋同居生孩子，孩子死后，二人分离。可是她又明确告诉方达生，到现在，她还爱他。她的抽屉里一直藏着诗人的著作《日出》。方达生当然不懂，陈白露说：你是小孩子，我不和你讲爱情。婚姻你更不明白。“你知道婚姻最可怕的是什么吗？不是贫穷，而是无聊。”没有人揣测过陈白露自己坦露的这心路历程对于她个人的意义，只是轻易地把她所谓的堕落简洁地归结于社会。其实，台前故事还需幕后来解。

陈白露是曹禺戏剧中最具悖论性的人物。所谓悲剧，不就是对悖论存在的直面吗？对她的堕落，不喜欢的说她自甘堕落不值得珍惜；同情她的则造出了一个经典名句：“不甘堕落又不得不堕落。”老实说，二者相较，我觉得第一句还痛快点。“不甘……又不得不……”中国汉语的弹性真是得到了极度释放，可是怎么都觉得充满了诡辩的味道呢。还是萨特来得直接：“你想成为英雄，就可以成为英雄。”一切终究是你的抉择。就像《日出》中的李石清和黄省三，同样是不得志者，一个忧愤自杀，一个怀着仇恨与肮脏丑恶冷酷的世界对抗，同样是毁灭，又是不同样的毁灭。

从戏剧结构上说，陈白露是个串联人物，曹禺说得极其明白坚决：《日出》里没有主角。或者，每个人都是，包括没出场的金八。这是一个极重要的主题说明，在大千世界中，谁是主角？在自我的小宇宙里，谁又不是主角？在这一切之上，用神的眼光来看，人间的一切是多么可笑而又可怜。一切都是可悲悯的，悲悯是曹禺戏剧最最关键的主题词。“我念起人类是怎样可怜的动物，带着踌躇满志的心情，仿佛是自己来主宰自己的命运，而时常不是自己来主宰着。”“我用一种悲悯的心情来写剧中人物的争执。”（《雷雨·序》）

所以你如果把《日出》仅看作一出悲剧，那是不对的。你可以说陈白露、小东西、翠喜、黄省三乃至李石清具有悲剧色彩，可是金八、张乔治、顾八奶奶、胡四他们呢？一个流行的说法，他们不是人，是“鬼”。又一个经典表达！这样一个谎言流行太多年啦！坦诚一点吧，他们也是我辈中人。从娘胎里出来的时候，谁不是干净的孩子或者谁不是亚当的子孙？我们身上的“恶”不过是我们祖先遗传的生命之“罪”的表象。人间伦理只是一条相对的分界线，在绝对的层面，人类的行为也许比其他生物更经不起拷问。就举一个最简单的例子，佛家说，不杀生！可是，地球上还有比人杀生更多的吗？我时常问自己：是诡辩的智慧让人更邪恶，还是邪恶滋长了人诡辩的智慧？

曹禺的戏了不起。一、他从未单纯地分割这世界，他的戏呈现了无界的混沌，《日出》是悲、喜、闹剧的综合。二、他的主题是宗教性的慈悲。深味于生命之本色，不在生命之外立法，不断向生命深处追问，曹禺的主题早已超越了社会问题剧的肤浅，人唯有在悲悯中心灵才能得以净化。三、曹禺的戏仿佛在说：思想需要身体（生命），身体（生命）渴望歌唱。

“老实得像火腿一样”

——说说王国维

国学大师王国维学问精湛，长相嘛只求自在好用。个头一米五左右；龅牙；微须；面色苍黄，凸凹不平；死鱼状的眼睛；塌塌鼻梁上架着一副玳瑁眼镜。穿着更邋遢，四季不合时宜的粗旧：藏青夹袍、紫缎背心，瓜皮帽下一条猪尾巴样的小辫。性默，音哑，且口吃。一次，有日本学者慕名造访。来到住所前恭敬开口：“王先生在吗?”一会，出来一个“相貌丑陋、垂着辫子”的小个子。“我找王国维先生。”“我就是。”对方吓了一跳。语言学大师王力曾这样描述王国维：“留着辫子，戴着白色棉布瓜子小帽，穿长袍，勒一条粗布腰带，一个典型的冬烘先生的模样。”鲁迅先生亦曰：“要谈国学，王国维才算一个研究国学的人物。”又有点戏谑：“老实得像火腿一样。”

貌丑性默心静的“冬烘先生”，在哲学、史学、美学、文学、伦理学、文字学、考古学、心理学、词学、曲学、红学、金石学等多个学科领域取得了第一流的成就，成为中国乃至东亚顶级的学术大师。他仿佛就是为做学问而生，知天命而安己，终于不辱使命。天性忧郁、羸弱多病的他，少时即沉湎于典籍。早年留学日本时，一天到晚都在书海神游，用皓首穷经形容他最不为过。他的屋子里除了书，什么也没有。一次，朋友要借便所一用，他大方地指着园子说：“请便。”

王国维从不主动与人接触。偶有应酬，便成绝版。有一年，清华教职工在工字厅聚餐。一个文人夹了一块海参，刚要入口，忽听得邻座有人喊：“看！王国维!”循声而望，只见校长曹云祥对面坐一老头：清瘦，微须，红顶小帽，青马褂，最是那小辫子和玄色扎腰极耀人眼目。老者谦恭，拘谨，呆坐无语。满室的喧闹笑谈中，唯有他静默。除偶尔动一下筷子外，好似什么也没理会。校长殷勤地向他问话，他只是微笑、点头，并不作答。饭后，有各种游戏——清唱、谐谈，唯独他翩如黄鹤已悠然不见。此次聚会后，各种应酬场合再无他的身影。

王国维经年累月隐于故纸堆，一头扎进学问，全然不知外界。王国维家孩子多，有几个年幼不懂事的常追着他嬉戏打闹。从后院追到前院，再从前院追到后院，一直追到书房。从书房这角追到那角，最后缠倒在他膝下。可是王国维始终手不释卷，规避三舍，目不离书。常常直至家人回来，将顽童支走，才得以完全静心。

王国维不谙俗务，只向学问道。身上从来无有分文，薪水也是家人代领。王国维字好，时有人登门求赐，他却懒得动笔。一次，一位朋友请他为一位老寿星题写赞像，他渺渺地说："这是应酬，我没工夫。"说罢，竟不顾而去。王氏性格内敛、心境枯寂，偶尔一句："我研究的成果是无可争议的。"也会有头角峥嵘一闪。

清朝灭亡后，全中国仅剩下两根著名的辫子，一根在北大，一根在清华。北大辜鸿铭，清华王国维。清廷在的时候，王国维曾将辫子剪去；清廷亡后，王国维却将辫子留了起来，而且是永远地留着。一次，夫人替他梳辫子时问："都这时候了，你还留这东西做什么？"王国维正经答道："正是到了这时候了，我还剪它做什么？"说到底，王之辫只姓王，与清无干。还有他自沉清流的死，也是那么唯我。难怪他能那么深地体会红楼梦"赤条条无牵挂，白茫茫真干净"。

形如槁木，遗立世外，修得一肚子锦绣文章，也是一种活法。

苦难与救赎

——雨果《悲惨世界》

书如其名。虽说人生不如意者十之八九，可比冉·阿让更悲惨的人，人间也无多了吧。因了冉·阿让的存在，《悲惨世界》成了“人类苦难的百科全书”和“人性向善的精神史诗”。

饥，于是，偷一块面包，不是孔乙已精神性的“窃书”，冉·阿让因此身陷囹圄，没人关注冉·阿让的“正义”；后来数次企图越狱，均败，累加被判处了19年的苦役。雨果的讲述表明，在法律的正义之外，人义的正义是否也该得到审视？1802年，冉·阿让终于结束了苦役场的生活。好心的主教大人收留冉·阿让过夜，不争气的他却偷走了主教大人的银器，是有些不争气，可能还有多年坏生活造就的邪气；主教大人用善意的谎言宽恕了冉·阿让，使其摆脱了再次的牢狱之灾。冉·阿让被感化了，化名为马德兰来到蒙特勒小城，从此洗心革面再造自己。经过了十年，冉·阿让成为一名成功的商人，而且当上了市长。

冉·阿让的相貌引起了警长沙威的注意，沙威是苦役场看守的儿子，曾经见过冉·阿让。冉·阿让又一次来到了命运的转折点。因为在处理芳汀一事上存在争执，沙威称有人正在替冉·阿让受审，冉·阿让熬不过良心的谴责，选择了自首。芳汀，她的苦难不仅因为善良，还因裸露在外又丝毫没有防护能力的美丽，这世间从来都是“穷人的身体富人的床”，而芳汀又没那么好的运气去长久地固定这关系。生下了私生女珂赛特后，本来似乎美丽的传奇也告终结。对美人的欣赏，有好色之徒纯粹的贪欲，也有多情而诚恳者审视自己的内心后因感恩因柔情而产生的怜悯。珂赛特成了芳汀和冉·阿让共同的牵挂。冉·阿让的自首让沙威有机会挑明他的身份，最终冉·阿让被判终生苦役。

从市长又成了阶下囚，并不只是雨果赋予的戏剧性使然。冉·阿让在狱中救下一名水手，把自己伪装成溺水身亡者得以逃脱。冉·阿让用重金赎回了珂赛特，带着它赶往巴黎，珂赛特以冉·阿让女儿的名义进入贝内迪克修道院，冉·阿让则改名为福施勒旺，在修道院当了一名园丁。随后，贵族青年马吕斯看上了貌美如花的珂赛特，冉·阿让成全了马吕斯和珂赛特的爱情，也诚实地讲述了自己的身世，马吕斯出于贵族的偏见和傲慢从此对冉·阿让拒而不见。虽然最终马吕斯夫妇在冉·阿让已经奄奄一息时来向他忏悔，但是冉·阿让还是满怀凄凉地离开了人世。

把所有的灾难放在一个人身上，太像苦难的传奇。雨果浪漫的现实主义固然有对人类社会不公的批判，在遭遇剥削欺诈与残酷迫害的境况下，人的人性与观念，不发生畸形几无可能。但雨果最想追问的是“苦难与救赎”。不仅是《悲惨世界》，这主题在《笑面人》《九三年》《海上劳工》《巴黎圣母院》中也一以贯之。在《海上劳工》简短的前言中，雨果说：人类的身上有三条绳索，自然、社会、宗教（《海上劳工》《悲惨世界》《巴黎圣母院》正是分别写这三大苦难的），又说：比大地宽广的是海洋，比海洋宽广的是天空，而比天空宽广的则是人的心灵。人的最大的苦难正是心灵的苦难。而雨果更以他小说丰富的描绘说出了他的潜台词：在苦难中人得到净化，在净化中人得到救赎。但有必要注释的是，在描绘人得以救赎的过程中，雨果并不回避对人性中恶的审视，或者说，正是经由对恶的审视，人才诚实地面对了自己的“罪”。唯有完成对“罪”之救赎，恶才有得以消除的希望。也许这就是陀思妥耶夫斯基说的“我只担心一件事，我怕我配不上自己所受的苦难”的真正含义。

天国里的尘世

——我怎样读《巴黎圣母院》

雨果喜欢极端的情境。《笑面人》直面畸形，《九三年》描述灵魂搏战，《悲惨世界》叠加苦难，《海上劳工》呈现大自然的暴烈，《巴黎圣母院》则是极端间的直接对话。雨果清楚地说过创作《巴黎圣母院》所秉承的理念：在美的旁边即是丑，光明边上定有黑暗，就像高山之下必有幽谷，善也总与恶为伴，真总与假为邻。这差不多是说，这世界本就是个悖论，其本质不过是混沌。依人之力，无以为解，雨果最后似乎只好祭出“命运”这面旗帜。贝多芬的“命运”是抗争，雨果的是叹息。

国人喜欢把《巴黎圣母院》看作道德剧。艾斯米哈尔达，好；卡西莫多，好；太阳神，面好里坏；福娄娄表善实恶。大隔膜啊。

“太阳神”不过是一个庸人、俗人，凭着一副好容貌，会作秀，行走人间，为臭皮囊赢得一份好生活。可是，在尘世，即便是男色，也是一个宝。艾斯米哈尔达爱上他，有英雄救美后的崇拜，下层对上层的仰望，还有太阳神帅气的面相吧。反证是，吉卜赛女郎知道卡西莫多善良（我有一个恶毒的思想：很多时善良是弱者的武器），对自己好到“低到尘埃里”，可是见了他，除了怜悯，唯有恐惧，甚至生理上由不得还有一种难以言说的厌恶吧。人性，唉！卡夫卡《变形记》里的格力高里变成大甲虫后，所有的人都厌弃他，唯有小妹不离不弃；可是，到格力高里身体腐烂发出难闻的气味时，悲悯挚爱着他的小妹也捂着鼻子逃开了。这样自然主义的真实叫你无语。

卡西莫多当然无辜。从隐喻上说，他最像命运启示给个体人的化身：生命即是一场苦难的历程。处处都不对，方方都错位。别人或许还有一个香皮囊，他却是一个被存在剥夺彻底干净的小小人物。可是，他腔子里跳动的那颗心与别人没有不同，特别是欲望相同，他看见吉卜赛女郎也会沙哑着喊："美！美!"其实他也不比别人更高尚，只是人们因为悲悯而忽略罢了。在艾斯米哈尔达离去后的小屋，他抱着盖过美人身体的棉被使劲地揉搓；他愤怒地把福娄娄扔下钟楼；他躺在死去的美人身边和美人一起化为尘土，这些本能幻化出的激情，和善良、信念、勇气无关。

而对于福娄娄来说，艾斯米哈尔达则像命运来敲门。那一天，在钟楼上看见广场上美人的那一天，在福娄娄的世界划出了一条永远擦不去的分界线。一直沉浸在天国心灵安适的他，肉体的苏醒一下把他抛入了惊涛骇浪中。在尘世炫人眼目的美人面前，仿佛有一道耀目的强光刺得他眩晕，不知身在何处，神在何方。他的身体里一定有轰轰巨响，震得他肝胆俱裂，先前花费半生心血建立起的玻璃宝塔刹那间轰然倒塌。曾经的虔诚的神学院的高才生，年轻有为的大寺院主教，其实也是一个可怜人。后来，这个黑色幽灵一般的怪物一步一步逼近美人时，许多人只看见他眼里熊熊燃烧的情欲之火，却没注意倾听他沙哑着喉咙的独白："你不能怪我。你为何要生得这么美!"这是邪恶的呐喊！可是，真是"邪恶"一判，就可了断？我们用不同的词汇在不同的生命行为上贴上不同的标签，反躬自问，人到底想干什么？实际又干了什么呢？那么，在审判之前，能否尽全力地先呈现我们生命的每一条纹理？就拿此时的福娄娄来说，我相信，在这呐喊后面还有没有言出的哀伤：我曾那样的平静，曾那样虔诚地供奉上帝。你生得如此美，可是，上天啊！为何又要让我看见？

卡夫卡：无法卒读的经典

早年，反正许多年前的早年了，买的三卷本《卡夫卡文集》静静地躺在我书橱的最高最深处。光晒虫蛀，书页都有些发黄发脆了，有时，我瞪着它，想：如果我不是捧起而是拎起它，他会不会骨断筋连地一串脆响后如贝片纷坠而下。说来心绞痛，我读卡夫卡的历史如果回溯起来也有点像我刚刚臆想的那情境，惨不忍睹。怎个说的？除了他的几个短篇，只有一部《审判》，我终于在很多很多次的拿起放下，再拿起放下，还拿起放下后，一点、一点，磨着自己，读完了。那过程，比我用来描述它的这个句子更折磨人千倍。

上大学了，中文系老师说，卡夫卡，大师。下课后直奔图书馆，捧回它。虽没有如余秋雨大师上天一阁读书前还要焚香斋戒，倒也是毕恭毕敬以端凝之态、虔诚之心第一次打开它。如遭雷击，懵了。不是没读懂，而是，读不下去，连判断读不读得懂的资格都没有。当然怀疑自己，又自我辩护，刚进来，等入门，虔诚地把它送回馆里去。不知过了多久，也是很久吧，我已留校任教有年头了呢。老师中的大师说，卡夫卡，大师。我没来由地汗颜了一下，为了消解心头的这个不舒服的“隆起”，这回，我自己去的系资料室追寻卡夫卡，我逡巡在一排排书架前，在昏暗的光线里眯着双眼，有时还要踮起双脚四处瞭望。心里却念起萨特得意扬扬的自我描述：我扇起翅膀扑啦啦飞向国家图书馆，怡然自得地蹲在一排排书架上，封面是我的脸，书脊是我的骨骼，棉线是我的神经，里面的文字是我的血肉。看着眼前走来走去的读书人，我心旷神怡。一个个人，把我从书架上拿下来，打开，我就一次次地获得重生。萨特的描述让我心驰神往，这是写作者能享受的最幸福的境界了。在念想中，在尘封的书林中，我终于再一次捧回了卡夫卡。再次打开，还是，再次，读不下去。

我早已不怀疑自己还没入门了。后来，这样的情形仍然在反复，结果如我上面所言，到目前为止，我也没有完整地读过卡夫卡。但我，也想像我老师那样说，卡夫卡，大师！我甚至想，老师读卡夫卡的情形是否与我一样？

卡夫卡，且不说他的思想，要命的还有，趣味全无。再说他的文字，好像为了和思想相亲相爱表白衷心似的，不生涩便配不上深刻？不仅生涩，还缓慢，还枯燥，还平淡，还啰唆，甚至饶舌。我觉得我已很有耐心了，还是磨不过。《变形记》是读完了，《饥饿艺术家》读完了，《审判》在多次的重复后，也读完了。《城堡》《美国》，仍然像珠穆朗玛峰，没统计过，最高攀登到海拔150页左右还是摔下山啦。卡夫卡，真牛！你自己当年是怎样登上去的？从传记里我知道你枯燥之至，胆小之至，无聊之至，敏感之至，对存在的体会残酷、无趣、虚无。所以，虽然没读完你，我也敢肯定，其实无须读完你，你的文本从外面到里面就是一个整体的寓言体。你的主题只是、永远是：存在是荒谬的。你用艺术体验的方式表达了后来被无数人变相重复的哲学思想，当然要奉你为先驱者。

作为文学，其实你是有质感的，只是你的质感被你用太多无味无色无香的语言衣饰所包裹。因为你清心寡欲，因为你漫不经心，因为你无所事事，所以，你可以躲在地窖里缓缓地慢慢地挑战我们这些俗人的耐心？破碎着读你，我从没感动，因为你没有提供；但偶尔在长长的昏昏欲睡后你给我震撼：比如，格力高里因身体的腐败发出难闻的气味，连一直悲悯地爱着他的妹妹也从他的身边逃离时，我体味到的不仅是凄凉，还有无奈："我"愿意爱（感情），可"我"无法爱（身体）。比如，那个表演饥饿的"艺术家"在祈求人们让他打破纪录而不被理睬时，让我震撼的不仅是人的无情，还有自以为是的"悲悯""正义"，人与人之间的隔膜宽得像太平洋；比如，《审判》里的K被判死刑，头放在冰凉的青石块上，铡刀即将落下，他咕噜着说"像一条狗"时，到死，连自己为何被审判都不知，连狗也不如吧！然而，我看见在人类的既往、现在，乃至将来，已有、正有、会有无数的K的悲剧上演。我得承认，你的眼神冰冷，但确实具有穿透力。因为你，我相信，这世上有一种经典无法卒读。

邪恶之美

我开宗明义：请不要望文生义，这不是个抒情句，不要以为在“美”的后面还有一个大大的感叹号。如果你认定有潜台词，那好吧，我想表达的是：邪恶之美是怎样的美？或美什么？你问，那为何不写一个完整的疑问句？故意让人心生歧义？我没那么刁钻。于我，这本来就不是一个疑问。对人们嘴巴里的“邪恶”，我既不抒情赞美，也不鄙夷鞭挞；我只是想试着去呈现，只是请求你对它注视，只是试着在“你的他的”疑问之外发掘一个从没进入你视野的世界。

我时常觉得奇怪，有些人的脑袋为何只习惯于直线式的思维，对的就是对的，错的就是错的，斩钉截铁，毫不含糊；更可怕的是，如果你否认他，他甚至要离开论题本身和你比拼德行高下，义正词严地质问：你这样说，是何用意？

诚心而言，我领略不了这样的智力；无法认同这种疑问的方式。曾在一讲座上，听某大师解读朱自清，和我的认知有太大差异，讲座间歇，我诚惶诚恐走到大师那迟疑着表达了我对朱自清私人的理解。大师听完，说：“你的理解当然有道理。可是，你这样说，有什么意思呢？”到底大师有涵养，没直接说：“你这样说是何动机？”我明白，大师的潜台词是：你何苦这样做翻案文章，会颠覆朱自清已在人们心目中的美好形象的；那么，或者，你想……天！我已不想再想。我不懂，也不认同，我们为何要这样地心思深？好吧，你要揭破我邪恶的动机，那也不能以“你的理解当然有道理”为前提啊。你在桌面上直接打倒我，我在桌面下动机再多再邪恶又如何？还有，如果我反问，那你那样说，又是何意思？你如何回答？

有一种修辞有人似乎永远不能理解，它叫矛盾修辞。修辞立其诚，矛盾修辞在我看来还立其智了呢，是一种高级思维方式。它的高级在于拒绝直线、一元、绝对化的思维，在相对充满弹性的思维中表现出思想的张力，而在充满张力的思想之网中，存在的混沌与复杂被呈现了出来。矛盾修辞接通着哲学的命题之一：没有绝对的真理。

比如，第一次手捧波德莱尔的《恶之花》时，那是刚进大学时，有点懵，花，不是美的代名词吗？“恶之花”是什么花？又比如，鲁迅说，陀思妥耶夫斯基是“伟大的罪犯”；又说，“有时我想上街杀人，可终于没有去。可见我不是个英雄”，还说，“在中国，敢说敢做敢哭敢笑敢打敢骂敢自我承担的人太少，所以，曹操是个英雄”。这些都曾引起我静静的长思。鲁迅文字中矛盾修辞有很高的比例，现在我明白，这正是他的智慧所在之一。

哲学对存在的表达有一个基本命题是：世界，矛盾的存在。也就是存在的整体性构成是在对抗的和谐中达成的。“邪恶之美”即是人义世界整体性中一个重要的组成部分。所谓的邪恶之美，其实和所有的其他“正的、反的”美一样，都是残缺之美。完满性是不存在的，即便是美，它也只是满足了你整体欲望中的一部分，只不过这一部分有的被你称为“高尚”，有的称为“邪恶”或者其他的什么罢了。

现在你该明白了，我所说的“邪恶之美”其实隐含的是一种以“残缺意识”为背景的认识论，我的目的，就是要打破停留于狭隘的词语褒贬这样浅表层面的思维方式，在充满张力的悖论中去触到存在的深处。我们的世界就像“邪恶之美”这个意象所隐喻的，既邪恶，可也美。

梅里美的小说《嘉儿曼》里的嘉儿曼，这个野性，不受任何拘束，美艳到惊人心，既像天使也像妖精的波西米亚少女，每一个与她面对的男子，就像书中这个本来一心向上、好人家的男子唐·育才·拿伐罗一样，都会不由地陷入“价值的混乱”和身体欲望激情的骚动之中，而先前伫立在你内心的那个秩序的大厦恐怕难逃摇摇欲坠的命运。“先生，一个人的堕落是不知不觉的。你为一个美丽的姑娘着了迷，打了架，闯了祸，不得不逃到山里去，而连想都来不及想，已经从走私的变成土匪了。”“‘你是个魔鬼’我和她说。‘是的，’她回答。”可是，“我见了这女人就毫无主意，不论怎么使性，我都依她”。“先生，这婆娘一笑之下，谁都会昏了头的。”不仅如此，嘉儿曼还有一种笑，“狞笑”。“某些时候她就有这种笑容，教谁见了都不想跟着她一起笑的。”“她停下来纵声大笑，使我听了毛骨悚然。”“‘小心点儿，’她说，‘人家要干涉我作什么事，我马上就作。’”唐·育才拿她没办法，无法遏制的妒忌和爱导致最后的杀戮，“‘把你的情人一个一个的杀下去，我也厌了，要杀也只杀你了。’她用那种野性十足的目光直瞪着我，说道：‘我老是想到你会杀我的。’”“跟你一块儿死，是的；可是不能再跟你一块儿活下去。”“‘我明明看出你要杀我；这是我命该如此，可是你不能教我让步。’我说：‘我这是求你；你心里放明白些罢。你听我的话呀！过去种种都甭提啦。可是你知道，是你把我断送了的；为了你，我当了土匪，杀了人。嘉儿曼！我的嘉儿曼！让我把你救出来罢，把我自己和你一起救出来罢。’她回答：‘育才，你的要求，我办不到。我已经不爱你了；你，你还爱着我，所以要杀我。我还能对你扯谎，哄你一下；可是我不愿意费事了；可是嘉儿曼永远是自由的。她生来是加里，死了也是加里（波西米亚女人的自称）。’”“‘现在我谁都不爱了，我因为爱过了你，还恨我自己呢。’我扑在她脚下，拿着她的手，把眼泪都掉在她手上。我跟她提到我们一起消磨的美妙的时光。我答应为了讨她喜欢，仍旧当土匪当下去。先生，我把一切，一切都牺牲了，但求她仍旧爱我！她回答说：‘仍旧爱你吗？办不到。我不愿意跟你一起生活了。’我气疯了，拔出刀来，巴不得她害了怕，向我讨饶，但这女人简直是个魔鬼。我嚷道：‘最后再问你一次，愿不愿意跟我走？’‘不！不！不！’她一边说一边跺脚。她从手上脱下我送给她的戒指，往草里扔了。我戳了她两刀。”曹禺在《雷雨·序》里说到繁漪时也曾感慨：“有一个朋友告诉我，他迷上了繁漪，他说她的可爱不在她的‘可爱’处，而在她的‘不可爱’处。诚然，如若以寻常的尺来衡量她，她实在没有几分赢人的地方。不过许多所谓‘可爱的’女人聚在一起，便可以鉴别出她是最富于魅惑性的。这种魅惑不易为人解悟，正如爱嚼姜片的才道得出辛辣的好处。”可以说，这是在说艺术的辩证法，也是在说生命的辩证法。在适当的距离里，人们读嘉儿曼的故事，体会在俗世里被理智所摒弃的那些让我们心神俱动的生命体验。

柔石的可能性

——纪念柔石

柔石，原名赵平复，死时很年轻。烈士多是年轻的。鲁迅《为了忘却的纪念》里的柔石，柔和、谦卑、苍白、纤细、戴眼镜、穿灰色长衫、寡言、善意、细致、尊老、爱幼，这样寻常的书生相，很难与官方眼中的“暴徒”之类靠上；与革命者们描摹的“革命者”呢，似乎也不沾边。这样一个人却遭虐杀，《为了忘却的纪念》里的鲁迅怎不“忧愤深广”？那一个个黑色的字符仿佛化身为千万枝黑色利箭带着力透纸背的混沌激情向四方激射。“沉默啊沉默，不在沉默中爆发，就在沉默中灭亡。”如此饱满的愤怒与忧伤在鲁迅那也是罕见的。鲁迅出离的愤怒有明确的指向，那无边无际的忧伤则是在天地间弥散。想想啊！这样的人！这样的生命！这样的终结！天地何仁？

后人似乎只记得他是“左联五烈士”之一。这样的脸谱化描述，鲁迅是否早有预感，所以在纪念的文字里那样舒缓地还原家常？可是“无情未必真豪杰，怜子如何不丈夫”的石破天惊又有几人听见？

想起柔石，连带地会想起瞿秋白、冯雪峰，甚至陈独秀，想起他们走过的路，特别是他们对自己走过的路的检讨与反思。而一念及此，那一个后来越来越神圣的词“革命”及关联的“革命者”在我的心头则是表情复杂地浮现。

柔石，一块柔软的石头，真美，是石中美玉吧！他就是那样地爱美啊！只可惜他生在山河破碎的岁月，民不聊生的时代，真真造化弄人。记得儿子小时候，我也曾像我父亲那样带儿子去南京雨花台。儿子在绿草如茵的山坡上滚爬，我在烈士纪念馆里流连，不期然看见一个年轻烈士遗照下的两行字：“我明天就要死了，我才十九岁，我很遗憾，我不能继续革命了。我明天就要死了，我才十九岁，我很遗憾，我还没有恋爱过。”我站在那面壁前，万箭穿心。那时我想起的无数人中就有柔石，隐隐然中，如天启，我仿佛一下顿悟了真正革命者革命的逻辑：爱与革命本是同根。我想，柔石这样一个书生也是如此宿命地走向革命的吧。

然而，我也相信，柔石可能想不到他心中充满正义的革命是这样的血腥残酷，他的善良怎会让他预感这样的血腥残酷？死亡是最可怕的，柔石也会怕。可是当死亡真的来时，这个柔弱的书生承担了让人心神战栗的命运。

作为一个文人，柔石留下的则是《为奴隶的母亲》《二月》这样一点也不革命，甚至在教条者眼中可能还反革命的文字。柔石给那些教化的革命者出了一个难题。其实，柔石的示范恰是对人间真正革命者最鲜活的阐释，并不为僵死的教条去扭曲世界的真实。《为奴隶的母亲》直面了旧中国劳动妇女最残酷的命运，“典妻”制度下的她们像牲口一样被卖来卖去。只是“秋宝他娘”是不幸中的万幸，遇到一个“爱她”的“白面秀才”地主，竟然不敢期望地过了白米白饭有人怜爱的三年时光，虽然，最后等待她的还是那悲惨的命运。可是这样“超阶级爱”的描述我以生命的体验可以佐证它的真实性，想想我们后来在内心建立起来的森严壁垒，才明白那个时代的革命作家如柔石者才是真实世界真正的书写者。还有中篇《二月》里的萧涧秋，这个曾在大时代里搏击风浪的跋涉者，现在却倦了，累了，也是醒了。带着遍体鳞伤满怀忧郁却也坚定地开始了另一个方向另一个自我的追寻。如果不是后来突然的死亡，我想，这一定就是柔石的去路，而且，他绝不是独行者。比如那个写下《哀中国》的蒋光慈（光赤）、留下《多余的话》的瞿秋白就是他的同行者。可是，他们留下的思想、文学、革命乃至独特生命轨迹的这一份遗产至今并没有得到好好地总结。一念及此，面对他们，我倍感羞愧与耻辱。

“圣人”史铁生

——读《病隙碎笔》

史铁生的《病隙碎笔》很厚很重。别人写作，用手、用心、用经验、用虚构，史铁生用血肉生命。读史铁生，在理性、沉静的旁边你还得有悲悯。不是悲悯他，我们没有资格。《病隙碎笔》，记录与思考，当然有思想、感情，但和许多思想情感表达多少有些超然不同。它不是为思而思，不是预置要为世界提供思想，而是“思”必然地成了史铁生的存在方式。说史铁生是小说家还是思想者，就像说《病隙碎笔》是小说还是思想笔记，没有区别。《病隙碎笔》里的思想简洁，不傲慢，清奇，隽永，不绕弯，更不依凭谁的著述做依托。它的迷人风致像是从生活的尘埃里开出的花，像是从时光的沙漏里跌出的金蔷薇，如同神迹，带着很多不可能的可能以及不是宏大而是那般细碎却暖人心怀的光辉。

史铁生的残疾是后天的，21 岁双腿瘫痪，后又因急性肾损伤，患上尿毒症。这样不堪的命运，局外人再善解人意，也难以体会史铁生受煎熬的过程。别用“斗士”之类轻飘飘的字眼来形容吧！你看见后来的这个他，静默！礼拜！就好。在经历怎样的煎熬后他终于不再盲目地期待奇迹，不再幻想谁的救赎，而决定自己救赎？而你又能花多少时间、心血去想这样的问题？可他呢？他是在一分连着一秒地经历。并不是所有的生命都有这样承受苦难的韧性，而他终于，是“终于”啊！成了加缪笔下那样的西西弗斯王：不是勇敢，只有担当，或者死亡，这是命。后来面对记者，幽默达观地回答，当然有成功后世俗般一刹那的庸常，但到底他是清醒的，其间的无奈岂是局外人所能知。他对记者说，我的职业是生病，业余时间写点东西。对自己内心的每一次追问，每一次凝视，每一次交锋，即使有智慧的诞生，那也是痛苦的智慧。只是它却可以转化成我们这些庸常者的精神食粮。史铁生是施恩泽者，我们该感恩。

《病隙碎笔》谈论上帝，灵魂，爱和死亡。他说，最可以信赖的神，就是保证与你同在的那位。路没有尽头，只是遥遥地走在前方，保佑着希望永不枯竭。他所以不能亲临俗世，解救你于某处具体的疾苦，实在是因为他要在神界恪尽职守，不至于使那永恒的距离失去看管。史铁生不再抱怨神对自己的弃，其实，神一直与他同在。这是真明白。

又说，“我”就是“我”，也只是“我”，这便是局限。世间的每一个人，芸芸众生，日光之下奔走的任何一个人的“我”，你如何突破自身狭小的局限？“我”身体是残疾的，但“我”可以有自己健全的心智，不断地向内心深处探索，不断地向亘古的宇宙的本源去寻求，找到那个更广大、更丰富、更奇妙的无限世界，一个美丽无比的桃花源。史铁生说，上帝为人性写下的最本质的两条密码是，残疾与爱情。残疾即残缺、限制、阻碍，是属物的，是现实的；爱情则是属灵的，是梦想，是对美满的期盼，是无边无垠的，是对残缺的补救。就这样，在言语的细细密流中，史铁生在艰难的跋涉里给了自己一个不圆满的圆满。

《病隙碎笔》是史铁生展现自己精神桃花源的一个小小角落，这个桃花源并不只是有如水的好风，迷人的风景，和煦的暖阳，让人流连忘返；还有那心灵搏战后的残骸静静躺在细细的斜阳中，让你感受生命之力的美与苍凉。他的本意当然也不止于呈现，他要与我们分享，期待有更多的同行者，因为，独自行走真的太孤单。

当革命理性和感性人事相撞

——从梅杰维德夫《俄国沙皇被处决》说起

梅杰维德夫，曾经是苏维埃军队低级军官。公元 1918 年 7 月 16 日，作为亲历者，他目睹了沙皇一家被处决的过程。

“尤若夫斯基对我说：‘今晚我们要将他们全部处决，因此你去通知其他卫队士兵，听到枪声不必惊慌。’我立刻猜到，尤若夫斯基所说的‘全部处决’不仅包括沙皇全家，而且还包括他们的医生和仆人。”“凌晨 1 时刚过，沙皇、皇后以及他们的 4 个女儿都离开了他们各自的房间。”“沙皇手中抱着皇太子，他穿着士兵的衬衣，还戴了帽子。沙皇走在最前面，其他人都跟在他的身后。”“我没听见沙皇和他的家人提过任何问题，他们没有哭泣、没有叫喊，只是默默地走着。”“副官拿来 3 把椅子，沙皇、皇后和皇太子都坐了下来。皇后靠墙坐在窗户边上，3 个女儿站在她身旁。沙皇和皇太子并排坐在屋子的中间。他们的医生波特金就站在皇太子身后。那个女仆，她高大而壮实，站在通向库房的门旁，她身边站着沙皇的第 4 个女儿。另外还有两个男仆靠墙站立着。”“我觉得他们完全清楚等待他们的将是什么，但他们都沉默不语。”“尤若夫斯基这时对我说道：‘你去街道上看看是否有行人，并且注意一下是否能听见什么。’”“就在我还没迈出大门之前，枪声便响了起来，于是我转身奔回房子，其间最多只过了两分钟。当我走进那间屋子时，看到的已是遍地血污了——沙皇和他的家人每人身上都有好几个弹孔；医生和仆人们也都已死去；只有皇太子依然活着，他发出低低的呻吟声。尤若夫斯基走上前去，对着他连发两抢，于是一切都结束了。”

我读的这本《老笔记》，在这些白描的文字中间，还有一张沙皇全家的合影。沙皇夫妇坐在中间；年幼的皇太子穿着海魂衫倚在母亲的膝下；

貌美如花的四个女儿环绕着双亲。母亲和女儿都是纯白的衣饰，贞静纯美；沙皇络腮胡、短发、黑色制服，肩背直挺，庄重威严中透着儒雅。

因为生在中国，我曾经常遭遇“我以人民的名义枪毙你（或审判你）”这个句子。其实这个很“革命的句子”也是伴着西方革命来东土的舶来品，在法国大革命时代，在苏联十月革命时代，这样革命的正剧一直在上演。关于人间革命，除了少年时代短暂的非理性迷信外，我对它的认知是被那些了不起的小说（戏剧）家塑造定型的。雨果《九三年》、狄更斯《双城记》、毕西腊《丹东之死》、卢梭《社会契约论》、鲁迅的既“呐喊”又“彷徨”的小说，还可以加上我读过的野史杂记，以及司马迁的《史记》这样的正史，等等。在一次公开演讲中，鲁迅对革命做了如下阐释：“革命，就是动词‘革’加名词‘命’,‘革命’就是‘革’掉你的‘命’。革命杀反革命的，反革命杀革命的，革命的、反革命的杀不革命的。革命，就是革革命，革革革命，革革革革命，革革革革革……革命。”戏说中把革命的老底掀了个底儿透，“革命”真是人类的自我黑色幽默。

不必那样弯弯绕吧！如果非说革命有它必然的逻辑，这逻辑也在素朴的人性里。不过是满足者想维持现状，不满者想打破现状，对立到一定限度，于是，全武行上演。正义不过是借欲望之名而行。个体、全体战争不过如此。土地、女人是原始战争的原始动力，后来花样繁多，也还是万变不离其宗，种种表象之后的本相还是欲望，虽然它往往又被打扮成各种表象。

自私的人性注定了世界的不得安宁。好在还有智慧，解决人间的纷争，不是非得靠拳头，比如，卢梭的“契约论”，比如，建构相对合理的社会制度。调节也好，抑制也罢，把自私摆在桌面上，大家坦诚相见。

面对纷繁复杂的人间历史，我这确乎乃书生之见。那好吧，我却不能回避我真实的人性体验。我陷在无言的忧伤里。这个头顶沙皇徽号的男子、丈夫、父亲，我一无所知。唯他死时，我看见他的沉静、尊严。我脑子里盘旋着一个念头，对于别人，他只是个符号吧，只有在家人、仆人、朋友眼中他才是活生生的自己吧？他会不会有类似哈姆雷特的感慨：“倒霉的我……”

我内心有太多的不忍，因为他的妻子孩子仆人，那些正如花一样美丽盛开的生命啊！只是因为生在了帝王之家，或偶然的工作，他们就得承担这样的无辜！

除了感慨，还有理性的恍惚。我们真的能把正义与邪恶分得清清楚楚吗？我们明白“冤冤相报何时了”里的诘难与哀伤吗？是什么让我们如此坦然地血腥杀戮？人性的腐坏与堕落为何不能避免？而我们的历史教育为何总是以抽象、冷漠的面孔与后人面对？为何强调的永远只是从历史事件中总结出来的经验或者教训？历史只是供我们解剖的一具冰冷的僵尸，没有体温，没有血肉，当然也没有喜怒哀乐的表情？我们越来越理性，越来越技术性，可也越来越没有人性？又据说，现在已进入了“大数据”时代，这真值得那么多的欢呼雀跃吗？数据、机器、理性、技术，如此下去，地球变成一个冰冷的星球指日可待了吧？

我们不要按指定理念编排的历史。真历史是用白描的文字对过程纹理尽可能细致的呈现，书写者的第一职责只是记录，而不是任意压缩、概括、删节地评论。

心 药

——读米奇·阿尔博姆《相约星期二》

许多年前，“明知”余秋雨曾煞有介事地隆重推介此书，正因此，反而延阻了我去阅读它，只是草草翻翻了事。不喜欢余“明（星）知（识分子）”过于耸人听闻的口吻，仿佛不读此书就不了解人生真义似的。殊不料后来大中国“心灵鸡汤”却由此不断端进心灵诊所，灌得人可真倒胃口，连我这个没喝却无法逃脱闻味的人都心房发颤，而且令人发堵的是到今天仍余味未了。《相约星期二》《谁动了我的奶酪》之类的书籍在中国畅销，往好了说，表明庸俗但永远功利的国人似乎开始关注灵魂、主体、思想，可瞧瞧这层次，唉！往坏了说，不过是懒人思想上的跟风。国人何时才能有真正独立的判断取舍？当然，另一层我该说及，如果非得读“心灵鸡汤”，那我还是读读《相约星期二》，绝不读于丹《〈论语〉心得》以及余秋雨、刘墉（不是刘罗锅）之流。

米奇的这本书情节简单。莫里·施瓦茨，社会学教授，年迈，身患绝症，接受电视专访时，被他16年前的学生——当今作家、记者米奇·阿尔博姆偶尔看到，学生便匆匆赶来看望即将离世的恩师，老师则宣布要给学生上最后一门课，时间是每周星期二。于是每个星期二，这位学生都要乘飞机飞行700英里，赶到病床前来上课，结果这门课讲授了14周，最后一堂课是葬礼。学生后来将听课笔记交付出版，即《相约星期二》，没承想全国轰动，44周名列畅销排行榜。

莫里讲的是人生哲学伦理课，类似于古希腊时哲人所描述且主张的希腊人生活。因为文化的断裂，更因为现世的熙熙为名攘攘为利，这样的书便给人醍醐灌顶之感，其实不过让人返璞归真。书开宗明义询问人生的意义？众生焦虑的是：上学、考试、就业、工作、评级、升迁、赚钱、结婚、贷款、买房、买车、装修……层层叠叠，陷入无休无止的生活琐事当中，并为此深受困扰。“难道这就是我们想要的生活，一生所需要的一切吗?”有一天生命会终结，我们会不留遗憾吗？我们像个陀螺似的围绕着那些物质上的需求打转，从没有真正思考过生活的意义。年轻时漠视青春，炫耀茁壮；中年时戴着面具，无法放下对物质的渴望劳碌奔波，对人生意义讳莫如深；老年时忌讳谈论年龄、死亡，不再思考，徒留遗憾。其实这也是老教授走过的人生，他希望把教训留给自己的学生或者后人。

14 周里，莫里谈论世界、死亡、感情、爱、婚姻、文化。和弟子作亲切、平等的交流，没有长篇大论，却字字由心流出，温暖，启人静思：“接受你所不能接受的现实；承认，不要否认或抛弃；生活中永远别说太迟了；用梦想换数额更大的支票；人生最重要的是学会施爱于人并接受爱；永远不从事剥削他人的工作，不挣别人的血汗钱……”都是叫人求真向善爱美之言，我也喜欢。只是另有一层感慨，本来就该是常识，于今还得如此郑重其事，进也？退也？

这本书给我印象最深的倒是对死亡的谈论。国人素来忌讳，其实只有了解死，才能更好地了解生。人生观以人死观做底子，才会更结实。

天下的教师，他们在专业教育上的最后一课都有案可查，可是所谓的人生课程，从没有专业的名称和教室，莫里却用自己的方式做了独特的诠释。他身后的碑文刻的是“终生的教师”，在我看来，这是对“教师”这个职业最好的阐释。

裸露的人性荒原

——鲁迅《伤逝》

《伤逝》从情节上看很容易被读作一部情爱小说。涓生，一个受了新式教育的小知识分子，身处底层，就像契诃夫笔下的小公务员。新而穷，便免不了书生牢骚，那些牢骚既正义，也私心。涓生正值青春，有了恋爱，所恋者子君，一个肤色苍白、眼神沉静的女孩子，当然，她也是“新”的，不一定如涓生那样系统地读过新书，但至少受过濡染，算立在了新世界的边缘。《伤逝》写了二人相恋、同居、分离、子君死亡、涓生忏悔的过程，很悲情。

《伤逝》又很另类。它的副标题“涓生的手记”表明了它是一部男性视角的作品，此即说，从逻辑上说，这故事还应有另一个版本，由子君来说的故事。我们当然没看到，因为鲁迅是男的。另一个特别的地方，是在叙事之外，涓生还发布了许多建立在自我心理描述基础上的感想、议论以及绝对形而上的思考。风格很“鲁迅”。这也使这部作品的色彩不再单纯，如巴赫金说的“复调”，所以，在鲁迅身后，对《伤逝》便有了许多不同的说法：鲁迅批判了仅仅个性解放并不能获得爱情幸福，必须要有经济基础做支撑；涓生、子君的悲剧是封建礼教、世俗偏见、经济窘迫共同压迫的结果；悲剧的根子在涓生的自私，也有说因子君庸俗；等等。当然都有道理，只是较为表面罢了。

我读《伤逝》走的是内在体验的路子。所获要点如下：“伤逝”这个标题最核心地揭示了小说的主旨：对逝去世界的哀伤，近似夫子的“逝者如斯夫”，是心学（情感）与哲学（理性）的混合表达。小说的第一句是“眼”：“如果我能够，我要写下我的悔恨和悲哀，为子君，为自己。”“如果”，其实已是不能够，“悔恨”从绝对意义上说，没有落脚处。此即说，即便真能“如果”，也不会“悔恨”，真实的只有“悲哀”。天地之间，它无处不在。从涓生的选择上说，无论他怎样选，倒是都将“悲哀”及“悔恨”。可这个“悔恨”不是伦理的，而是哲学的。说白了，人生的痛苦就是选择的痛苦。涓生如果没抛弃子君，他将收获另外的悔恨：憎恶子君。在他真实的世界里，他抛弃了子君，就难免心灵愧疚的煎熬。无解的悖论。小说几乎是陈世美故事的现代翻版。从神性的角度说，陈世美也是可怜人。

但这正是鲁迅的伟大，他践行了自己“直面”人生残酷的立场。如果说它是情爱小说，那鲁迅做的是对人们习惯的或自以为是的“爱情”的解构。鲁迅痛击了涓生（鲁迅?）的虚伪。这是一部勇敢描绘男性在情爱、性爱方面真实心路历程的作品。涓生温文尔雅的背后释放出人性的邪恶之光，喜新厌旧，始乱终弃。这甚至与他是旧知还是新派无关，说到底，观念敌不过人性。在观念诞生的时候，人性是它的基石；在观念运行的时候，人性是它的试纸。但作品中弥散的无处不在的哀伤和鲁迅那凌厉如刀锋般穿透虚伪的形而上思考使得涓生的邪恶不再单纯，而且有了深邃和丰富。

涓生与子君变故的分水岭不是后来的经济窘困以及他人偏见的压迫，而是在同居两三个星期后涓生说出的这句话里：在“我也渐渐清醒地读遍了她的身体她的灵魂”后，涓生说体验到了先前没有、现在却很真切的“真的隔膜”了。但在同居之前，涓生时常处在对子君（身体还是情感?）思念的焦渴之中，真是寝食难安，这太容易叫人想起张爱玲说过的：男子在没有得到女子的身体前，（假装）关注她的灵魂，在得到女子的身体后，不认为女子有灵魂。自此，小说的主体情节便是涓生纠结“如何安全地抛弃子君”了。恋爱时，涓生大谈个性解放，目的是期待子君剥去束缚，勇敢地投入自己的怀抱；想抛弃子君时，他还是大谈个性解放，但潜台词已悄悄转移，是要子君离开自己，涓生自己都觉得是讽刺，说明涓生明了自己的虚伪。人生真的残酷，涓生在子君死后的述说中，说到了“憎恶自己”，但要“遗忘”，因为“空虚”才是存在的真相，即便如此，他仍然要“勇敢地前行”。这段自白，鲁迅给出的不是曲终奏雅，也不再做纸面的自我诘难，没有终极的让人心安的答案，人性善恶之辩不过是自欺、逃避。只有直面承担，直到死之降临，遁入虚无。

闲话张贤亮

读张贤亮是在20世纪80年代中期，那是一次孤绝的阅读——不知其人，直接与文本面对。读的是当时名声大噪的《绿化树》《男人的一半是女人》。读完之后对张氏的感受是尖锐而令我极其不舒服的对立：既真诚又虚伪。真诚在肉身，小说对一个落魄男子欲望挣扎状态做了坦率无任何遮盖的描述；虚伪在灵魂，那些对男子命运的抒情议论深沉到了矫情。合在一起，我对张贤亮的评价偏向于否定，说到底，包括张贤亮在内的中国当代许多作家还是没勇气直面自己的灵肉分裂，总要为自己丑恶的灵魂涂脂抹粉，连带着让本来挺有意义的身体倾诉也失掉了存在的根基，我也只好收起尊敬取而代之为不屑甚至鄙夷。在同时代的作家中，张氏无疑有高的才情，他的带有明显自传色彩的这两部作品，如果没有那些矫情的抒情与议论，即使只是直白单一持续地去拷问自己的身体和灵魂，虽不一定能达到陀思妥耶夫斯基那样的深度和广度，我仍相信至少比人们现在看见的要了不起。

章永璘在乖谬的时代不得不承担自己悲苦的命运，肉体苦难，心灵扭曲，当然值得人同情。反思更是自然的题中之意，但关键是，如何反思才是自然与真实?

两部小说重复了同一个模式：公子（知识分子）落难，美女（纯良性感的民间女子）相救。和拯救他的女子相比，尽管章永璘风度翩翩、能说会道，但还是显得自私、狭隘甚至庸俗，或许正是他拥有的知识让他失去了最宝贵的质朴，更不用说善良了。虽然，从另一面说，在章永璘那样的处境，是可悲悯与理解的。但在那悲苦的时代已过去多年后的现在，代替章永璘写小说的张贤亮就该承认那时的自己是不质朴和不善良的。可惜张贤亮做的只是正义的控诉，甚至不是无罪辩护，你怎么能期待他对自己

“罪”的承担？那个时代确实是章永璘命运的刽子手，但问题是，章永璘用对时代的控诉转嫁了该他承担的对那些善良美丽女子始乱终弃的罪孽(那些女子当然也有她们该自我承担的责任)，而他只想证明自己不仅无辜，甚至正义高贵（文中那一点可怜的忏悔也被稀释没了），这就太邪恶而无耻了。如果章永璘承认了自己的邪恶无耻，至少在文学上还是了不起的。

实在只有欲望是真实的。明明只是美丽的胴体引起的欲望燃烧，却还要自欺地敷以爱情之名；明明是欲望满足后的厌倦，还要为自己冷酷的抛弃贴上神圣的标签。和大青马对话，和老黄牛对话，和马克思对话，唯独不和自己的肉体对话，还恬不知耻地祭出灵魂的旗帜，其实灵魂早已被虚伪的章永璘抛到身体之外。当然，这从来都是古旧中国的老戏法了，我不得不愤愤地想，如果中国文学能好好地面对自己的身体欲望做诚恳真实的描写，也许，灵魂还有被召唤回来的可能。可惜因张贤亮的辞世现在已无法期待于此。

自然的生活

——梭罗《瓦尔登湖》

我对生命的体验、生活的依恋，若论源头，我自己确信，一是源于我幼年随爷爷在大自然怀抱中的飘游；一是源于我读过的由那些或伟大或痛苦或深邃或丰富或优美或灵动……的心灵流泻而出的文字。我和杨绛先生一样乐意把英国诗人蓝德的诗句刻在自己的心扉上："我和谁都不争/和谁争我都不屑；/我爱大自然，/其次就是艺术；我双手烤着/生命之火取暖；/火萎了，/我也准备走了。"大自然与艺术，确实不需要争持，它是上苍馈赠给我们最好最美的生命礼物。它就在那里，你愿意去亲近，它绝不拒绝你。

大学时代读到了《瓦尔登湖》。至今我都记得它给我心灵在心旷神怡中带来的宁静感觉。亨利·戴维·梭罗在舒缓中的描述与沉思显现着那种"随风潜入夜，润物细无声"的风姿。书中详尽地描述了他在瓦尔登湖畔一片再生林中度过两年又两个月的生活以及这期间他对自己及身外世界的反视。瓦尔登湖地处美国马萨诸塞州东部的康科德城，离梭罗家不远。梭罗把这次经历称为简朴隐居生活的一次尝试，与中国陶渊明"归园田居"一样，是要寻求心灵的自在与闲适。梭罗并不刻意，淡淡地告诉人们，其实不需要很多钱，不需要住豪华的宅邸、穿昂贵的服装或吃丰盛的大餐，也能够好好地快乐地活着。

他在第一章"生计"里提到：绝大多数奢侈品，以及许多所谓的生活的舒适，非但是多余的，而且还会妨碍人类的提升。但单纯地反对追求物质条件的改善并不是梭罗的主张，他反对的是那种把改善物质条件当成人生最高甚至唯一的目标的做法。在梭罗看来，人们应该追求的是人性的提升，客观环境的进步只能是服务于这个目标的手段。

梭罗认为人吃的东西可以像动物一样那么简单。他住在瓦尔登湖的两年多就吃自己开垦荒地种植出来的粗鄙食物，他的身体依然保持健康和强健。

梭罗发现从众心理进一步把那些思想懒惰、身体勤勉的人带入生活的歧途。绝大多数人似乎从来没想过房子到底是什么，只要看到邻居有房子，便想着自己也必须有一座，于是落得终生穷困。房子里挤满了很多无用的家具。人累死累活地给自己制造着囚笼。大自然被拒于千里之外。

因为《瓦尔登湖》，梭罗在自己身后，成了许多人的心灵导师。特别是在欧洲，比如瑞士。龙应台曾在瑞士生活了10年，《人在欧洲》里的瑞士人特别会生活，他们节俭，不浪费，从不买自己不需要的东西。瑞士人把休闲看得比工作还重要。节假日和周末，他们会彻底放下工作，出去旅行、访友，参加体育锻炼，或什么也不做，一家人或一个人来到山水处，喝一杯咖啡，翻两张报纸，沐浴日光或在水中嬉戏。瑞士手表代表了他们的严谨与精致，他们更知道如何掌控自己的生命时间。

小议钱锺书及《围城》

米兰·昆德拉说塞万提斯的《唐·吉诃德》开辟了欧洲小说也是现代小说的伟大传统。我对这丰厚传统的核心的理解是米兰在《被背叛的遗嘱》里的这句表达："谁不懂开心，谁就不懂得艺术。"与《唐·吉诃德》遥遥相对，钱锺书的《围城》也是一本叫人开心的书，作者借助让人瞠目的华彩比喻创造了一个众声喧哗的喜乐世界。可是开心并不只是傻乐，《围城》也到底不是一部讽刺而是幽默之作，在书前简短的序言中，钱锺书说《围城》是他"伤世忧生"的产物。表面上，钱锺书辛辣、无情，骨子里忧伤、苍凉。第九章里，方鸿渐与孙柔嘉大吵之后在寒夜街头孑孑独行的暗黑身影把"伤世忧生"阐释得淋漓尽致。作为旁观者，人生是一出喜剧；作为感受者，人生是一出悲剧。在出与入间，人之生命化身为人生这个"恋人"，令我们"不思量，自难忘"，"相对无言，惟有泪千行"。但，泪，不是完全死灭；笑，也不是全部重生。在泪与笑中，我们承担着生命的残缺与荒诞，也体验着生命的激情与哀伤。

艺术言情。有情，人生才有味；无情，人生不过是自然流程。"无情讽刺"的状态不仅不自然，而且虚伪。同情就会克制。聪明绝顶者会有自知之明，他明白，那些被讽刺的人和物距离自己并不遥远。吴敬梓《儒林外史》中的马二先生，学识确实狭隘浅陋，在大自然面前也毫无感情波动，在餐桌上举止粗鲁形同野蛮人，但是他的心胸宽大，土里土气的话语表达了他的仁慈善良。在文化修养上，马二并不是一个好的读书人，他的文化修养因其治学途径不当而有严重缺陷，但其道德却是纯净而优美的。老托尔斯泰说，那些饱学之士未必比在田间劳作的农夫更有智慧。岂止！道德也未必比他们纯洁。

作为"士林"中的一员，钱锺书可能出于"反刍"心理，对知识分子的嘲讽如此辛辣，其实含有反躬自照的意思，就像《肥皂》里的四铭也有鲁迅自嘲的意思一样，这是钱先生的诚恳。方鸿渐是钱锺书吗？杨绛实在没必要在《钱锺书与他的〈围城〉》里做那么多的解释。在钱锺书身后，还有人曾抖出钱氏在巴黎嫖妓的糗事，言之凿凿地说这是当年钱氏在干校晚间无聊“卧谈”时的“自陈”。对此，我想说的是，一个真正纯正的人，首先心思要纯正，也即要自省一下自己说话的动机是否真的公正？我还想说的是，道德只是人面对人生的一个角度，绝不是唯一的角度；道德也不是死板的教条；最重要的一点，道德最伟大的地方，不是用来打人的，而是自警的。从不反躬自照，没有诚恳，这样背景下的道德喧哗只会连同道德一起虚伪。

《围城》是小说世界中的一面哈哈镜，在哈哈镜前揽镜自照时您就别绷着啦！和鲁迅的《自嘲》一样，《围城》不仅智慧，而且诚恳。

《洗澡》：杨绛印象

《洗澡》开始，杨绛做了一个题解："这部小说写解放后知识分子第一次经受的思想改造——当时泛称'三反'，又称'脱裤子、割尾巴'。这些知识分子耳朵娇嫩，听不惯'脱裤子'的说法，因此改称'洗澡'，相当于西洋人所谓'洗脑筋'。"修辞性的戏谑腔调定下了作品讽刺的调子。《洗澡》抛弃了同类作品的那种历史惯性，不是站在一个受难者的立场去反思已经过去的那段历史，而是真实地呈现了那段历史背景前的一角人文景观。

《洗澡》情节：文学研究社成立，主要成员的背景、来历、生活史；文学研究社的日常生活——分组研究、权位之争和情感纠葛；最后是"洗澡"运动的介入，正常的秩序瓦解、破碎。原有的有秩序的世界均不得不脱离自我的逻辑轨道被时代大潮裹挟而去，研究社解散，文化人作鸟兽散。"当时不拘一格采集的人才，如今经过清洗，都安插到各个岗位上去了。"平淡无奇，却触目惊心。

杨绛的用心不是写历史，要写历史境遇中的人心。《洗澡》里有两类人：因私欲堕落的，余楠、施妮娜等为代表；追求自我完善的，许彦成、姚宓等为模范。环绕周边的是不好也不坏的芸芸众生。《洗澡》是 1949 年之后第一部大规模描写文化人丑陋堕落的作品，作为"圈内人"，杨绛对那些可怜可悲可厌可鄙可尊可笑可叹的同人的阴暗心理的呈现达到了纤毫毕现的地步。杨绛临摹了文化人的丑态、奴态、变态和异态；文化人的智慧没有被用来丰富自我的精神世界，而是被用来钩心斗角、欺世盗名、适应环境、曲意逢迎、夹紧尾巴做人、谋生谋利。杨绛画出了"垃圾教授"的群像。"三反"没有取得思想改造的意义，而是给了文化人一次发现，显示自己内在丑恶潜力的机会。历史捉弄人，人也玩弄历史。而且杨绛说："《洗澡》写的就是现在的知识分子。"一锤定音，机锋全出。我想起蒙田的话："天性常在。能准确地判断现在，就能洞察过去和未来。"

杨绛极端喜爱英国的奥斯汀，说她是"冷眼看世情"，说她"明辨是非，通达人情"，"有面对实际的智慧"，"对自己所处的世界没有幻想，可是她宁愿面对实际，不喜欢小说里美化现实的假象"，"这样来领会世界，并不是把不顺眼，不如意的事一笑置之。笑不是调和，笑是不调和。内心那个是非善恶的标准坚定不移，不肯权宜应变，受到外界现实的冲撞或摩擦，就会发出闪电般的笑。奥斯汀不正面教训人，只用她智慧的聚光灯照出世间可笑的人，可笑的事，让聪明的读者自己去探索怎样才不可笑，怎样才是好的和明智的"。这不是说奥斯汀，是说她自己吧。《洗澡》用"反高潮"的笔法，在人物故事处于高潮临界点时，戛然而止。这就是"计白当黑""眼藏心解"的艺术妙境。

讲述“文化大革命”的一种方式

——读杨绛《干校六记》

杨绛的《干校六记》是一本回忆“文化大革命”中自我遭遇的书。我读过不少关于回忆“文化大革命”的书，《干校六记》在叙述往事的笔调上所表现出来的从容、平淡、超然，着实让我惊讶。杨绛用一种幽默、风趣、淡然的姿态面对生命中曾经的苦难经历，《干校六记》洋溢着一份宁静的诗意。这使我自然想起西西弗斯式的面对宿命的淡泊、隐忍、倔强，还有对苦难压迫的轻蔑，而这种“轻蔑”是以承受来表现的，连控诉都没有。西西弗斯终身将受劳役之苦，可加缪在他的名著《西西弗斯神话》中说：“奋斗上山，此事本身已足以使人心充实。我们应当认为西西弗斯是快乐的。”

《干校六记》也具有这神一般的气质。和小说《洗澡》一样，作为人物生存的主体客观背景——“文化大革命”，杨绛做了极端淡化的处理。书里所记述的是极为琐碎而带有绝对个人化色彩的日常人生场景。《干校六记》不是控诉“文化大革命”的书，它是一位老人对过去生命的重温。时间的流逝退去了其中的喧哗与骚动，只留下一幅幅无声的画面。它对过去的历史，不是控诉，更不是宽容、忏悔，也没有自怜的矫情。她不要历史对自己负责，她自己对自己负责。她宝贵自己生命经历的一切，包括人生的苦难、屈辱，包括自己的软弱、苟且。这是一种绝对的自尊和严律的自审意识，杨绛羞于控诉，或者说羞于做所谓的历史见证，那样她就失掉了自己而成了一个参照物或一具化石。她只愿做她自己，自己承担自己。这样的心理才带来了《干校六记》里的超然。

杨绛的文笔一向极为简约，尤其是对自我情感的世界总是“欲说还休”。《干校六记》里写到女婿王得一自杀时，只是说：“上次送默存走，有我和阿圆还有得一。这次送我走，只剩了阿圆一人；得一已于一月前自杀了。”“只剩了阿圆一人”，清清白白七个字，已储藏了多少深不可测的情感层积？而钱锺书对此事的反应更是略而不述。但这空白之下正蕴藏着浓黑的悲凉。海明威式的冰山笔法对于杨绛而言不只是表述的技巧，更是一种立场。传统的国人是早已习惯将私人感情社会化。在这过程中所暴露出来的人情的虚伪、狡诈、矫情、自欺和自我出卖是方正自尊的杨绛所难以忍受的，更何况她对人间险恶的罗网已看得太多了。杨绛在《介绍〈小癞子〉》一文中说：“他的死活都没人在意，他的心情当然更没人顾念了，他一生的经历不值得史籍记载，他切身的感受只有他自己本人知觉。……因为癞子的身世只在他本人才有意义，他的感受也只有本人才会体会深切。”小癞子的故事在中国不知有多少，杨绛实在有理由关上自己的心灵之门。

经典的光辉

——有关《平凡的世界》

肉身不在，作品还活着，对于一个以写作为生命的写者来说，是莫大的光荣和安慰。《平凡的世界》对于英年早逝的路遥来说，绝对不是一个杰出的作家创作出的一部杰出的作品这样简单的对应，它是路遥对他曾经身处的这个世界的血肉铭记。

《平凡的世界》里充满了太多苦难，面对这些苦难，人，在苦苦挣扎。少安，少平：稍安，稍平。我猜想这是孙玉厚们对儿孙们卑微的奢望吧。卑微者们在无望中抱着微亮希望的本能挣扎，常常弄得我潸然泪下；还有爱情，那纯洁的、痛苦的、屈辱的、自卑的爱情啊！而田晓霞、润叶的爱情尤其艰难，艰难的不是爱，而是她们的爱“所在的这个世界”，她们的纯、真不是让这个世界黯然失色，而是对这个世界的照亮。在爱情这个题目上，女人要比男人伟大，少安、少平都是了不起的男儿汉，他们的了不起是胸襟、担当、奋斗、孝顺、不屈；然而，我还是禁不住更要赞扬他们身边的那些女孩、女人们，因为，他们所做的一切只是因为爱，在她们的爱中表达的是对生命的礼赞，而不是欲望，或者说不是自我满足的欲望。润叶的“我执”除了对自我情感的绝对忠诚，何曾有半点自私与庸俗？田晓霞的“忘我”是那样的虔诚而纯洁，虔诚到卑微（那样笨拙而弱智的计量，只为了呵护爱人因自卑而脆弱的心），纯洁至透明。这才是真正叫人欲仙欲死的爱啊！在这样的爱面前，冰心、琼瑶们的爱情实在太轻飘了。

《平凡的世界》里的世界是真实的人生。真实的人生是从吃饭开始的。黑面馍、黄面馍、白面馍，对于我这个“幸福的衣食无忧的人”来说，我从没能像路遥这样从中体味到这就是一代乃至几代人的人生征程。体味着那些文字背后的生命感觉，我的胃一次次地痉挛。路遥教会了我如何用饥饿的眼睛去打量这个世界。

看到影视版的《平凡的世界》距离我初读小说版《平凡的世界》，已经过去了很多年。对于很多读者、观众来说，《平凡的世界》里的世界已是遥远的过去，但对着屏幕，看见抽象的文字世界变成了活色生香的图画世界，我们仍然心神悸动。那曾被我恣意想象的文字世界现在被定格在眼前的图画中，我体会着融入与逃离的撕扯，在恍兮惚兮中，我的那个"我"早已魂飞魄散到孙少平们"吃苦、奔命"的世界中去了，再一凝神，意识到独坐书斋里的我时，真有恍若隔世之感。我紧锁眉头苦思自己所以陷溺其间不能自拔的缘由，自己给自己的答案是：这世上所有的经典之所以好，是因为它透悟了生命的所愿，在追忆的路途中，我们会获得一次次复活与重生的机会。为此，我们当然应该向制造经典的大师们致敬！

生命谎言的制造者

——纪念汪国真

我们中国人乐讲善、恕之道，所谓“鸟之将死，其鸣也哀；人之将死，其言也善”，所谓“死者为大”，所谓“为尊者讳”“为死者讳”等等。我们的生活哲学其精髓讲究的是通过“中庸”而达“平衡、和谐”之途，化为江湖之论，即是“在家靠父母，出门靠朋友。看透别说透，还是好朋友”。这中间确有“中国式智慧”，其中之一便是：给别人退路，就是给将来的自己退路。金无足赤，人无完人嘛，差不多就行了，何苦太过认真？胡适就曾忧心地为中国人立传，其名曰《差不多先生传》。

本人是个矛盾体，作为中国人，在生活中，我就常常在实行“差不多就行了”的哲学；可是，作为一个滥竽充数的书生，在求索所谓的生命本体问题时，我又常常是个“混不拎”的“愣头青”。现在，在又一次面对汪国真时，我就非常清醒地意识到自己的这种“分裂”状态。

2015 年 4 月 26 日凌晨 2 点，汪国真辞世了。又一次耳闻一个自然生命的消亡，我还是悲从中来；但说心里话，汪国真的“诗人之死”，并不像海子之死、加西亚·马尔克斯之死，甚至张贤亮之死给我心灵上带来的不同形色的震撼。从自然维度说，59 岁，真是英年早逝，我为汪先生默哀！跳开这一层，作为曾经的发愿要为中国人拿“诺奖”的“著名诗人”，我对他的认知是，其情可感，其言大谎。这还是小节，我对汪先生的理想并无特别成见，我对满怀理想并为之奋斗的人心怀敬意，即便他的理想在我看来也许是幻想时。我对汪诗的曾经大行其道却是耿耿于怀。一念及汪国真的诗，我的脑子里不由得就想起臧克家先生的《有的人》，改动一下就是：“有的（诗）人活着，他（的诗）已经死了；有的（诗）人死了，他（的诗）还活着。”汪国真属于前者。

从谱系上说，汪诗是“冰心体”的传人。冰心的晚辈张爱玲曾直言不讳：你们把我和冰心并列，我并不觉得光荣。在张氏看来“冰心的温婉之中多少有些做作”。如果你是“张迷”，一定掂量得出在张氏那里“做作”有多大的分量。说白了，冰心、汪国真们太过媚俗，而俗众反映出的嘉年华式的狂欢也真是心有灵犀。而从一般性上说，大众总是较为昏聩的，艺术家不是不亲近大众，张爱玲其实比冰心们更热爱大众，就因为热爱，张爱玲们身处大众之中，却又“和而不同”。汪国真们其实并不是真正的大众代言人，首先他们的身体就距离大众很远，这样的状况其实是没有什么心灵的契合的，不过是各说各话各理解却自以为亲密无间罢了。汪国真们只是谈论、甚至演说——化妆演说。实在是隔膜得紧。

汪诗用今天的说法不过是“心灵鸡汤体”，偶尔写在贺年卡上或在愚人节娱乐一下大众，是非常好的生活佐料，若是觉得它可以登堂入室让人顶礼膜拜那就大谬不然了。所以者何？以我陋见，汪诗乃是生命谎言的制造者。表面上看，激情、深沉，但因为缺乏真正浑厚真实的思想做底子，那激情深沉的姿态就显得有些滑稽。《假如你不够快乐》，那就《跨越自己》；《如果生活不够慷慨》，那就《微笑着走向生活》；《只要明天还在》，我们就要《热爱生命》，即使《山高路远》，也要勇敢地《走向远方》！生活的深渊在纸上就如此轻松跨越。像不像文字游戏？嘁!!

记人事还是生活?

——汪曾祺《大淖记事》

汪曾祺小说散文化的特征最典型地表现在结构上，他最长的短篇《大淖记事》也是如此。别人曾说，《大淖记事》抻一抻就可以变成中篇甚至小长篇。汪曾祺问，为何要抻一抻?（听他的口气就像对油里掺水似的不屑。可爱倔强的老头！想想中国作家文本里的水分）我只会写短篇，因为我只会短篇小说的思维。汪老头很较真。

短篇小说的思维，是怎样的思维?

汪曾祺的小说诗学是以自己的小说哲学做底子的。来看看他说的，写小说就是:“跟一个可以谈得来的朋友很亲切地谈一点你所知道的生活。”汪曾祺突出“生活”而不是“人物”，似乎也不难理解，生活写透了，生活里的人不也就写活了?是这样。关键是对“生活”如何理解?汪曾祺最迷人的地方是他笔下的生活一点也不概念化，尤其不用自己的主观意念去改造生活。这就涉及他的“散文化”本质了，汪氏说的散文化不是艺术方法而是艺术哲学。小说有一定的情节是难免的，汪氏从不硬写因果、逻辑，也不追求冲突所带来的戏剧化效果，这是汪氏的散文化的特点。他有自己的逻辑：故事性太强的小说很不真实。《汪曾祺短篇小说选·自序》称:“我的小说的另一个特点是：散，这倒是有意为之的。我不喜欢布局严谨的小说，主张信马由缰，为文无法。”他曾对访问者说，这是对苏轼的传承，追求“大略如行云流水，初无定质，但常行于所当行，常止于所不可不止，文理自然，姿态横生”。“自然”的世界是混沌、无逻辑的（至少是人所不能完全理喻的），文理也该是这样的自然，这才是天人合一，顺而不逆而达化境。短篇思维就是自然的思维；长篇就要人为地按照设定的结构、逻辑来“综合”生活，又因为人的有限与自大的混合，人又无可避免地会“为赋新词强说愁”地去营造所谓严谨庞大的体系，这才真是本末倒置的逻辑混乱了（人类一思考，上帝就发笑），汪氏不为。

《大淖记事》和《受戒》一样，漫不经心地一路人情风俗地写过去，在生活流的流淌中，十一子和巧云的爱情并不刻意地被提及，其中巧云被刘号长侮辱的事件也没被刻意突出成为凸显主题的“伦理事件”。这个“节点”最鲜明地表达了汪氏小说写生活的哲学。围绕巧云被侮事件，汪氏只淡淡地提及周围村人暧昧的伦理反应，对刘号长的谴责当真也不当真，汪氏对人心之“深”的表达真是以一当十。巧云的忍辱负重、十一子的忍气吞声、刘号长的若无其事后的霸道蛮横、与汪氏自己的淡然并列。激烈、讲伦理的人会觉得汪氏冷酷无情吗？

我想说，汪氏与张爱玲一样，以一种冷酷透视另一种真实。这个真实迈过伦理概念直达人心深处。

一个人的生命飞翔

——林白《一个人的战争》

林白说，一个人的战争就是一堵墙阻挡你自己，一朵花毁灭你自己。是啊！就是那句俗话，一个人最大的敌人就是自己。战胜了自己，你天下无敌。可是，无敌也是各自不同的吧？无敌之后呢？

《一个人的战争》写女人的内心生活，撕开了写：坦率、深入、无视他人观念的可能性打量。林白与陈染的相似处如陈染所言：我写作不是为了交流，只是表达我自己。这样的倔强反射出中国女性包括这些精英女性与自己所处环境的紧张关系：是愤怒中的坚强。林白陈染们咬文嚼字地宣告：我们不是女性化、欲望化写作，我们是个人化写作！潜台词是，女人首先是人，林白、陈染首先是一个“人”。

小说中的女孩后来的女人多米聪明、高傲、早熟、幻想，其实，一切都是宿命。幼年丧父，使她对男子充满依恋；从医的母亲无意间给她营造的小宇宙又让她自小对人的身体充满好奇，不是天性，而是生活的具体影像在生命中刻下的印痕。多米很小就开始了自慰，也开始了写作。这不是偶然，人活在人世，一生所为不过观察体验与表达两事。多米不过比一般人更早地开始了自我探索而已。女演员姚琼是女孩多米的偶像，她迷恋她的身体。姚琼后来成了卖咸鱼的，多米美丽的幻象破灭。多米下乡做知青时，因投的稿子被赏识去省城改稿，却被告发抄袭他人诗歌。第二年多米考上大学，继续写作，逐渐在文坛小有名气。多米大学毕业后到一家图书馆工作遇到清纯美丽的南丹，迫于内心压力，艰难拒绝了南丹的爱。多米到处漫游，在轮渡上遭船员引诱，献出了处女之身，因船员老婆吵闹，被迫与船员分手。多米从图书馆调到电影厂，疯狂爱上一名导演，为他怀孕，却被无情抛弃，孩子也流产了。身形憔悴的多米离开电影厂，和独身女人梅琚同居，在孤独中写作，追寻逝去的青春。

写作对于多米（林白?）具有本质性意义，她的生命漫游是为写作在做储存。《一个人的战争》要表达的不是人间的伦理意义，而是个人对自己生命可能性边界的探寻。小说的认知价值大于它的判断价值。它是一个人生命的独自飞翔。多米是个双性恋者，漫游者，探索者，自我消费者。多米最大的渴望是弄清“自己欲望的本相”，小说结束时，多米的自我追问并没结束。小说里有一系列相互联系的情节，然而，除了多米，其他人不具备完整、真实的主体性，他们只是多米存在的背景。这就是小说叙事表现为非中心化的零散、片段式形态的根本原因所在，其唯一的核心只是多米。小说隐匿了客观线性的时间结构，突破时空限制，以共时性呈现世界，因为一切都是多米主观化的影像。这样近乎极端的个人化立场不仅表达了作家的存在方式，同时为人们提供了认知存在的一种途径。

女孩子的爱情

——刘庆邦《鞋》

一个厉害的写作者能在人们最熟悉的地方写出神奇。刘庆邦的《鞋》也写爱情，这永恒的文学主题一次次地挑战着冲它而来的挑战者。就是这人人心中有，手下未必能的爱情，不同的作家在其间各逞其能，让我们深味了生命的丰富、美好、欢欣、痛苦、荒凉的况味。《鞋》的外在形式极其平常、平淡，这恰是一个有理想的优秀作家所为，他完全摈弃了外在形式的戏剧化（这是平庸的写作者常用来藏拙的地方），却仍然深深拨动了人们的心弦，人性美感背后的忧伤被释放到了极致，读完之后不禁令人黯然神伤。

乡村女孩守明（这名字真好，守明一直“坚守自己心中的那一份清明”）恋爱了，准确地说是说了婆家，就有了一个“那个人”在心里。她只是单纯真挚地用自己的少女心守护、呵护着“那个人”。那样细致、柔软、苦涩、甜蜜、惊悚、自闭、自喜的少女情怀啊！刘庆邦写出的是少女对自己爱情的爱。她们用自己美好善良的人性幻化出这人世间绝佳的爱情风景。

恋爱中的少女痴迷于幻梦，守明想象着鞋做好后的会面：“她问：‘穿上合适吗？’那个人吭吭哧哧，说合适是合适，就是有点紧，有点夹脚。她做得不动声色，说：‘那是的，新鞋都紧都夹脚，穿的次数多了就合适了。’那个人把新鞋穿了一遭，回来说脚疼。她准备的还有话，说：‘你疼我也疼。’那个人问她哪里疼。她说：‘我心疼。’那个人就笑了，说：‘那我给你揉揉吧！’她有些护痒似的，赶紧把胸口抱住了。她抱得动作大了些，把自己从幻想中抱了回来。”

恋爱中的少女很敏感：“妹妹上来就叫出了那个人的名字。……她有些生妹妹的气。……那名字在她心里藏着，她小心翼翼，自己从来舍不得叫。……仿佛那个名字已与她的心有了某种连接，妹妹猛丁一叫，带动得她的心疼了一下。”原来女孩子的楚楚动人乃是因她的楚楚可怜。读者的那一份怦然心动又会包裹着怎样的心疼和叹息？

这其实是“一个人的独角戏”，作品的主线是守明要为自己的“那个人”做一双鞋。女孩子守明沉浸在自己的世界里。刘庆邦写尽了一个女孩子的敏感、惊慌、羞涩、甜美、凄苦、美好，读者的心弦随着守明心里的波澜震颤，多么柔软、细腻、让人心疼的情感触摸啊！刘庆邦几乎没让“那个人”出场，守明几乎是在和一个虚空的世界恋爱，却沉溺得那样不可自拔。爱情难免空幻与浪漫，可是守明这样的浪漫所面对的空幻未免太过无情而残酷。或许，这又是人间所有爱情的真相？爱，叫人生，也叫人死。

“那个人”不知道守明做的鞋紧不紧，他连穿也没穿，守明的深情一脚踩空，坠入深渊。作家刘庆邦在后记中自白：“那个人”就是他。在愧疚中他如此体验了女孩的美好。

生活是皮，生命才是肉。可是皮没被掀开时你看不见里面的肉。可是人们常常看中皮，只在忏悔时才感受到肉……

无路可退的爱情

——张爱玲《色·戒》

张爱玲的《色·戒》讲王佳芝在刺杀汉奸易先生行动的最后一瞬间，陷入爱情。为国锄奸的春秋大义在易先生充满怜惜的睫毛侧影下轰然倒塌。“这个人是爱我的”——突然袭来的念头断送了她的性命，也成全了她的爱情。

王佳芝是一个骨子里透着感性的女人，从她决心做诱饵时就没有所谓的革命信仰、民族大义，即使说有，也不过是在一场场爱国戏剧的激扬里熏陶出的糊涂的热忱。5分钟的热情能使任何人登时成为英雄，于她，革命的热忱在献出贞操后，像蜡烛，芯短焰长，用强撑的气力来维持着最后的光亮。在一群穷途末路的政治青年手里，她是一颗棋子，是过了河的小卒，没有了退路，她隐隐觉得上当，但无可奈何。那些革命伙伴毫不愧疚地拿她做棋子，革命的目的高尚，革命的手段却下流，大义凛然的标榜让一切都显得名正言顺。漫天的热忱里，王佳芝有种惶惑藏在里头——驱不走的荒凉。

王佳芝不是一个敬业的特工，却是一个戏痴。“每次跟老易在一起都像洗了个热水澡，把积郁都冲掉了，因为一切都有了个目的。”和易先生每次的欢好都是对自己行动的肯定，从而获得片刻的安全感。她毕竟是一个弱女子，有些东西总是难以承受。错误已经无法弥补，哪怕是一根稻草，濒死的人也会牢牢抓住，心知难以永久，不如珍惜片刻。内心的恐惧要靠原始的交合撞击来掩饰，好对抗不祥的明天。因着恐惧，特别激情，对于温暖的眷恋让她不知不觉将自己投入太多。她的投入，盖住了一切的苦衷，重重不如意。为了取信于易先生，她把自己也骗倒了。

王佳芝一声不响地疯狂着，她全身心地投入了这个角色中。

易先生眼眸的一瞬温柔与怜惜，让她沦陷。在一颗熠熠的粉钻前，当她愿意相信他是爱她的时候，除了义无反顾没有别的选择，她无怨无悔地沉沦了。不知是王佳芝末了的那句“快走”，才有了这一瞬间的爱情，还是有了这爱情，所以才有那么多人前赴后继地断送自己？这场刺杀成全了王佳芝。一切都不重要了。也许，这就是女人的本性，爱情与母爱一样，投入与牺牲，是本能的反应，同属天性的反扑。爱的生长是不由自主又自然而然的。

他俩同样感受到爱，选择却云泥有别。易先生在处死王佳芝的最后关头，设想她临终恨他，也仍在自我陶醉。王佳芝于他是红粉知己，是一段美妙的际遇。色本身就已蕴含着戒，所以，他可以只从一句“快走”就推理出全局，全身而退。于王佳芝而言，那一瞬间却是永恒，无处可逃。

对于爱情的表述，男与女各自被天性左右，“生在这世上，没有一样感情不是千疮百孔的”。因此，许多爱情往往就是一个人的事情。

这样一个小孩

——莫言《透明的红萝卜》

一席梦，一个闪耀着奇怪奇异光彩的红萝卜，激发出莫言创作《透明的红萝卜》的灵感；一个小孩，一双深不见底的眼睛，构成莫言作品的魔力。

小说的主人公黑孩，只是一个10岁左右的孩子。从作者对他的肖像描写、别人对他的描述以及黑孩不时的联想回忆中，我们可以拼凑出黑孩的形象和生活环境。他被后娘虐待，出门在外，被水利工地上的刘主任、小铁匠等人欺辱和冷嘲热讽。黑孩生存环境的严酷让人感同身受。这些细节的不断叠加，加深了读者对黑孩悲悯的情感和深刻的印象。

弗洛伊德说："我们不愿入世，因而和人世的关系，只好有时隔断才能忍受。"黑孩更是如此这般，他甚至放弃了表达自身感受与需求的方式，自动屏蔽或者说扭曲了身体的感觉。他想起后娘打他，"不痛，只有热乎乎的感觉，那声音好像在很远的地方抽一麻袋棉花"。小铁匠使唤他去捡钻子，"他伸手把钻子抓起来，听到手里滋拉滋拉地响，像是握着一只知了，同时也嗅到炒猪肉的味道"。然而他并没有立刻扔掉钻子，而是等着它掉在地上。也许幼小的黑孩无法表达自己内心的真实，但莫言通过富有洞察力的描绘，让读者真正体会乃至承担着黑孩的生命苦难。黑孩的"转移"不是麻木，而是对苦难的别样的逃避，这是精神对身体的无奈改造。有时无法隔断疼痛的感觉，就需要"赶快去想过去的事"，进入一个记忆与想象杂糅的王国。在外人看来，他经常如小石像发呆。

黑孩虽然生活在痛苦的现实中，他的心却有着一片柔软之地，孩童的纯真让人动容。他对于自己同父异母的弟弟，虐待自己的后娘的孩子，却很疼爱。他跑回家，正在玩泥的弟弟唤着哥哥要抱抱，他过去将弟弟的鼻涕擦掉。从家里溜出来时，弟弟又叫唤他，他便找根树枝绕着弟弟画了一个圈给他玩耍。对于老铁匠，他也给予了自己的关心。

黑孩渴望得到温暖，菊子姑娘的关爱打动了他。菊子姑娘是他的天空中最耀眼的星星，但这颗星星被小石匠摘了下来。怒火中烧的黑孩抛弃了理性，在关键时刻冲上去打了小石匠。最后，菊子姑娘离开了这个地方，就像那个金色的红萝卜，黑孩再也找不到第二个了。所以，他那迷惘的眼睛中“满是泪水”。听到“你叫什么名字”时，回到现实的黑孩恍然间忆起菊子姑娘问他这个问题的情形：她的一双大眼睛注视着他，里面透露出的是友好与温柔。可现在她只有一只眼睛了。思到此处不禁泪涌而出，复杂而纠结的情感再次涌上心头……

透过黑孩的眼睛，我们可以体味人情世故；进入他的内心，我们可以见证他的心路历程。这样一个小孩给我们带来了不同的思索与感悟。

《金锁记》里的情欲孤独

张爱玲笔下的曹七巧一生扛着沉重的黄金枷锁，在古墓般的宅子里禁锢一生，强韧而虚无地活着。从她在家做姑娘到嫁入姜家，方方天井里的那一片天色，像一张密网，繁华练丽地撒下来，重重地丝密密地裹着，扭曲天光，也榨取着曹七巧生命的精华。

麻油店里做姑娘的曹七巧，像水草，青翠、饱满，对生活的欲望生生不息、水汽淋漓，偶尔暴烈也带着少女的赤诚与风情；迈起步来，蓝夏布衫裤卷起的风是灵动的；稍稍流转目光，万花筒一样，眼前就是一种陌生的斑斓或曼妙。嫁入姜家之后，守着一摊烂泥似的“丈夫”，青春刚要开始就已经结束了，仿佛她亲自手挥目送，将自己毁于一旦，瞬即成灰。她为了金钱的自由而来，这里却是自由的尽头，她心甘情愿地囚禁了自己。

低微的出身与长期被压抑的热烈情欲，让她迸发出对物质的强烈渴望，分家产时她机警泼辣，侄子无心抱住女儿也让她怀疑哥嫂觊觎家产。那些家产是卖掉她的命换来的，她自然珍惜得紧，守住那栋房子也就是守住自己，神经在日复一日的压抑中变得纤细脆弱。物质重压下情欲的顽强挣扎爆发出惊人的破坏力。在严重压抑女性的年代，情欲在文化中会变成一种恐惧，让人不敢正面凝视。她只好借助别的方式给她苍白的情感生活增添一丝慰藉，揶揄新婚的三弟妹，打听儿媳的闺房之事并大肆渲染，拆散女儿的婚事，离间儿子和儿媳……整个家被她搅得如鬼宅一般没有丝毫生气。别人的痛不欲生可以缓解她的痛不欲生，集体的不幸可以医治她个人的不幸。她用力讽刺嘲笑着男女之情，她也热烈渴望着，她的痛苦与压抑如此强烈，非得让全世界一起分担不可。她是最任性的女人，又是最无奈的女人。

想起一部经典戏剧——汤显祖的《牡丹亭》，写一个女孩通过死亡去完成情欲，柳梦梅和杜丽娘在梦中欢好，在梦境或者死亡中情欲才能有所表达。在官学、道德系统昌盛的明代，每一个茁壮的生命舒展新叶时都被无形的枷锁罩住。当一个社会对情欲的压抑到了不健康、病态的地步时，势必会遭到反扑，反扑的结果不定，成功与失败于个体而言都是悲剧。曹七巧没有杜丽娘幸运，杜丽娘有她生命中璀璨的一刻，虽然天空是灰的，毕竟太阳晒过，温暖不会那么快消失，咿咿呀呀地唱一场，精彩时分便可谢幕。曹七巧没这样的福气，她还得一丝不苟地活下去。

"三十年前的月亮早已沉下去，三十年前的人也死了，然而三十年前的故事还没完，完不了。"年老的曹七巧披着一身精致的绫罗望着自己的女儿和儿子，儿女的年纪已不容造成危险，家产也那么丰足，她很满意，她快死了，但毕竟还没死。

《呼兰河传》里的生与死

萧红的《呼兰河传》描写了20世纪二三十年代东北小城呼兰的风土人情。她以细腻深刻的笔触刻画了故乡百姓卑琐、麻木、平凡的生活状态和愚昧的精神生活。茅盾曾经评价《呼兰河传》:“它是一篇叙事诗，一幅多彩的风俗画，一首凄婉的歌谣。”但是，人们似乎更津津乐道的是萧红生前和多个男人的情事，以此来满足自己挖掘名人，尤其是名女人隐私的趣味，对她在文学上的灵气与杰出成就却搁置一边，实在叫人欷歔。

《呼兰河传》对于生死的描写很冷。萧红笔下的王寡妇，一年年卖着豆芽菜，平静无事，直到她的儿子掉进河里淹死了，她变成了疯子——一个平静的疯子。她仍然平静地卖着豆芽菜，只不过隔三岔五地去庙台哭一哭，回来仍接着卖豆芽菜。灾难摧毁了她的精神，巨大的生活惯性却一直推动着她继续活着，好像她从出生以来就是卖豆芽菜的。这对于她已经不是生存的手段而是生命的全部，生的意识是淡的，死的意识更淡，坚强又糊涂地活着，除了活着本身没有任何选择，从尘土里长出来，也在尘土里活着。

联系萧红的人生经历，她就像祖父园里的那些花，热烈，明媚，泼辣辣地开着，自由自在却又脆弱孤独。一生得不到足够的光和热，所以燃烧自己取暖，自我毁灭也是自我救赎。她是梦境的女儿，用莽莽理想的衣裳来掩盖一路的疮痍与不堪。她的文字是苍凉的，可质地是暖的。她对笔下的小人物饱含深情，带着大怜悯，俯瞰着芸芸众生：十字街的洋医生、胡同里卖麻花的、粉坊里挂粉条的、小团圆媳妇和她“善良”的婆婆，他们或愚昧或聪明，或活泼或沉默，他们通晓在村里生活的智慧，有时却又糊涂得令人心寒，他们忙着生忙着死，都有各自宿命般的苍凉。没有生命真火与热血，他们敷衍生命或被迫敷衍生命，把生命的价值贬到马马虎虎地活着，只要活着便尽了责似的。

她写到生命的来与去，今日的女子，与来日的女子，今日的春天，与来日的春天，似乎所有的一切都淡淡地不含悲欣。我们常说“无常”，“无常”确是睿智的，因为“无常”，人的痛苦与悲伤会渐渐过去；因为无常，人的再生恒有可能。

呼兰的人像苔藓一样生存着，无所谓有无阳光，人们因愚昧保守而自食其果，却也算得上自得其乐，“逆来的，顺受了，你说我的生命可惜，我却不在乎”。从摇篮到坟墓或长或短的距离，一切罪孽已蕴含着宽恕，所有婴儿都蕴含着死亡，所有濒死者也都蕴含着永恒的生命。这是生命本身的悲欣，与世故无关，与愚昧无关，与智慧无关，就像春来万物生长一样自然，恪守着浪漫却严肃的格律。呼兰只是符号，红尘处处一般。

挣　扎

——刘恒《狗日的粮食》

新写实小说代表作家刘恒的《狗日的粮食》于1986年获得全国优秀短篇小说奖。

第一眼看到文题时，心中充满困惑及好奇：作者为何如此粗俗地命名自己的作品？他想说什么呢？

小说讲述的故事如下：男人杨天宽用200斤谷子换了一个媳妇。她脖子上长了一个大瘿袋，所以大家都叫她瘿袋。尽管她说自己叫曹杏花，但似乎没人相信。于是瘿袋这个名字就伴随了她不算长的一生，曹杏花的诗意从来没有属于过她。瘿袋在被天宽换来之前已经被人卖了六次，我们可以想象她以前的生活是多么屈辱不堪。瘿袋长得丑，嘴巴却不饶人。刘恒笔下的这个丑陋的母老虎形象出人意料却又在情理之中。在那个艰难的时代，因为要命的粮食，她的丑、狠、坏不是让人生恨，而是让人悲悯。她一生都在为粮食战斗，有时完全丧失了作为人应有的羞耻心，最后也是因为丢了粮证而死。

杨天宽有着中国农民传统的勤劳、憨厚，同时也习惯了像奴隶一样地活着，忘了反抗。刚分地不久时，杨天宽屋里添了人，村里人就把人人不要的偏远的地分给了他，天宽也就苦着脸忍了。而瘿袋却不这样，她爬到猪棚上骂街。瘿袋的性格飞扬跋扈，连天宽也受制于她，只是在瘿袋丢失了粮证时，他才有了唯一一次的发作。他对瘿袋大打出手，这是他第一次打她，可也就是这一次却要了瘿袋的性命。作家描绘出了非常饱满、富有张力的人性，深化了文章的内涵，让读者更加深刻地体会到那个时代“狗日的粮食”带给农民的无限悲哀。

文章中充斥的满是人及其自身，自己和他人，人性和文明的冲撞。究竟该选择什么，作者并没有给出明确的答案，但是也正是因此给读者留下了无限的思考。

“狗日的粮食”道出的不仅是瘿袋的心声，更是那个年代所有人对粮食又爱又恨的复杂感情。粮食不再只是物质上的粮食，更是精神上的。粮食是人活着的希望和动力，有了粮食就有了一切。结尾说道：曹杏花因它来又是为它走了，确实深爱它们的。粮食，是过去代代人、日后代代人谁也舍不下的，让他们死去活来的好玩意儿。在整篇文章中，粮食仿佛成了人们唯一的追求，人活着就是为了吃饭。

人们生活在连基本的温饱都无法满足的年代，“粮食”成了人们心中沉甸甸的梦想，瘿袋因丢了粮证而死，而她的死却让前来助丧的众乡亲饱食一顿，天宽一家自然也扎进人堆抢吃，吃得猛而香甜。这个结尾充满了苍凉。一个生命的消逝在暂时的温饱面前褪去了悲伤的色彩。当活着只是为了满足生活需求时，人们便已无暇思考生命的意义了。在温饱线下，生命的尊严和价值都显得非常卑微。

第三辑 批评

追寻“高境”

——读高境《一亩三分地》

高境的《一亩三分地》完成了对自己的一次超越。

这篇小说，情节单纯，无枝无蔓，就围绕着“一亩三分地”的纠葛展开；人物集中，就那么三五个：夏中普的“倔”、宋西波的“横”、宋道成的“柔”、老木的“圆”、夏录的“浅”，在作者貌似信手拈来其实苦心经营的细节描画中跃然纸上。

虽说从深度上说作品还有不足，但作者善于捕捉细节凸显人物特征的能力还是让人惊叹。小说主角夏中普曾经是乡村教师，多少算得上乡村世界里的“文化人”。小说开篇，他做着家务唱着《空城计》出场，后来又两次写到他哼着传统又乡土的戏文，很贴近这个乡土小文人的身份；然而，他毕竟骨子里还是中国万千乡民中的一员，小说中写及夏中普的言语时，就活灵活现地让他从戏文的世界里走了出来，来到了更具生活底蕴的红尘世界中。当村主任宋西波强势地要征收他的一亩三分地时，生命的原色出来了。“‘啥！就这事。’夏中普把壶搂在怀里，顿时脸红脖子粗了。他扭身往屋外走去，走几步又站着，回头瞪着圆眼说：‘西波，别说我不给你面子。那一亩三分地是我家的，上次老木来，我已跟他说过我当墓地了。今我明告你说，往后谁不经过我允许，动那一锹土，我夏中普跟他没完。’”一向蛮横的宋西波没想到碰到了硬茬，当然不会示弱。“‘明告诉你，以后那一亩三分地就是木盾社的了，老子回去就把它用墙头圈起来，看你能咬我屌。’夏中普闻言，把手中的壶一下子摔在地上，嘴唇颤抖着说：‘有种你来打我。要是眨巴眨巴眼，我是孬×养的。谁不打谁是狗日的。’”如此乡土的场景描绘在小说中还有多处，主要人物的性格在这些场景中就慢慢地“立”了起来。

写人永远是文学的核心，高境的《一亩三分地》里有原汁原味的乡土生活，可是，高境的文学如果还要再上一个台阶，他还必须完成自己文学意识的转换：由对生活层面的关注转向关注生命。“对于任何个体来说，真实存在的只能是他的精神。”（余华）一个好作家必须有能力用自己的精神去穿越他所面对的世俗世界。如果《一亩三分地》在思想层面上能有所建树，境界就会更上一个层次。而现在的《一亩三分地》之所以能抓人，最出彩的还只是它的语言，它有沙汀《在其香居茶馆里》那样的活色生香，高境的文字功力已很让人期待。

对于高境来说，要追求更“高境”，另一个突破的方向即是破坏自己的“佳话意识”。当年胡兰成说及张爱玲时，有一句不起眼但很经典的话：“爱玲善于破坏佳话，所以写得好小说。”虽然只有一句话，却是精彩的“张爱玲论”。这世上所有所谓的“佳话”，都难免人的主观幻想与期许，也就难免有意无意地对真实的简化、粉饰、篡改。更有甚者，还要把文学意识形态化，于是文学就成了各式各样的应声筒之一。再比如，文学难免常常写爱情，可是最为恶俗的佳话模式就是“有情人终成眷属”或“好人有好报”之类，文学不是写宣传海报，而是要深味我们生命世界的苦难与欢喜。有人说，张爱玲“小而浅”，可是，就写爱情来说，中国有几个比她更能写出生命的苍凉与温暖？她是一面很好的镜子。

诗运动：从“低”向“高”

——丁友星“低诗歌”批判

我不懂古典诗的韵律平仄，即使如此，也不能阻挡我喜欢古典诗。不懂，却喜欢，这就是爱之定律的一种。在所有文学品类中，只有诗能像音乐、绘画一样，你不懂，却可以毫不羞涩地大声说：“我喜欢！”古典诗里的声音、色彩、镜像、旋律，聚在一起构成了妙不可言的韵味。美，就在那里！我智力不够，无能分析，可我的内心暖暖、满满。我悄声对自己说，诗与智力无关吧？

面对现代诗，我内心纠结。有的我不懂，却也能像古典诗那样喜欢，比如艾略特、北岛、顾城；有的我读得通，却一点也不喜欢，比如郭沫若。

诗人丁友星是“低诗歌”的始作俑者，当初读到“崇低、审丑、反饰”的宣言时倍感痛快。我至今都认为放在具体的历史语境内，“低诗歌”潮的涌起在历史的链条上具有无法替代的作用。难得的是，丁友星不仅是低诗歌的倡导者，还是此理念的勤奋实践者。作为一个垦荒者，不管将来的人们如何评说他的功过是非，他都将因为历史的标记性意义而具有某种意义。

因自己的气性和趣味，我并不是现代诗的热爱者，在面对丁友星时我的体会并不单一。比如《羡慕古代的爱情》，我无法认同诗题对“爱情”的表述。“我”的“爱情”其实诉说的只是男性欲望化的霸权，从中看不到爱所必需的现代性理解。与其说是羡慕古代的爱情，不如说是羡慕古代男人的霸权。质疑乃至不相信爱情，没问题，但对爱情的阐释则是另一回事。作者想要从现代穿越回古代，为的是享受那时男人“天经地义”的“妻妾成群”，算得上笔调大胆放肆、纵情纵性。我想给它认识论上勇敢直面的肯定，想在美学上给予反讽的理解，同时我的心灵又在呐喊——这是庸俗。更有甚者，《南照，南照》居然把地方当政者的名字写进诗中，如此写实？不免让人浮想联翩。嘻！噫！

我自认缺乏诗意吧。总的来说，我认为丁友星“说”的比“唱”的好：“低诗歌”宣言与作品之间有着太大的分裂度。丁友星好像喜欢长诗句，形式上确有气势，却难免堆砌之嫌；他又喜思辨，其实也不过是在饶舌，了无诗意，趣味与思想更形寡淡。有些诗构思还算机巧，但语言又很粗糙。不过，《桃花》还行，是在掉书袋，可也是在融会贯通。《坏》也还不错，有点萨特的味道，直抵人心存在的深处。

当然，很有可能，因为我的愚钝，未能领略诗人“草根”里的“现代”：因为厌恶深刻，就追求平面；不屑伪饰，就刻意率真；讨厌“空门”，就使劲“红尘”；唾弃“阳春白雪”，就乐道“下里巴人”。我无法认同，写诗又不是赌气。我觉得于坚才是真具有生活气息的诗人，他的《尚义街六号》琐屑日常，可居然能清新而隽永，这才叫化腐朽为神奇。

面对花样繁多的现代诗，我的困惑却凝结在一个单调的节点上：何为诗？诗可以像吃喝拉撒睡一样的物质化，但芯子里得有魂。诗人可以低，“低到尘埃中去”，但得“从尘埃里开出花来”。就算波德莱尔的“恶之花”吧，它也是花。

听过一个故事：一个英国老太太去买菜，看见黄瓜、西红柿、茄子，就在手中摩挲，口中啧啧有声：“怎么就这么绿呢，像翡翠；怎么就这么红呢，像火焰；怎么就这么紫呢，如此高贵。”不写诗，也可以是诗人。

爱，以“床”作证

——读雪涅《我到哪里找一张爱你的床》

“雪涅”这名号早就如雷贯耳，我却一直不知他是阜阳人，也不知他的原名叫孙高。和孙高兄相遇于一次圈内聚会，那次聚会，给我留下至深印象的便是这位老兄。人高马大而又快人快语，看着听着就觉得踏实，认定属我辈中人。

关于雪涅，除了不多的几篇随笔，小说到目前为止，就读过眼前的这篇《我到哪里找一张爱你的床》，虽然我心里已认他作朋友，但他当面也没说过什么，心里也就没有什么过意不去的。如此也好，可以直言无忌。

这篇小说首先吸引我的是流熟老到的语言。“一竿子到底，中途也没空出座来，刘十斤站了两天一夜。”“一竿子到底”口语亲切，生动而富有质感。“再甜的糖果，也不禁得咂。蜜月没出头，爹娘就犯了愁。”真仿佛“诗经”里的比兴。雪涅的小说语言，概述简明，描述生动，真实的如人的手脚一般瓷实，且善于从民间口语中汲取营养又不露痕迹，读来嘎嘣生脆，地方气息浓郁，作家的家乡人读来一定更有一层亲切之感吧。

故事也不错，贴着人物走，既出乎意料，又在情理之中，能揪住读者往下读。会编故事是作家的基本功，编一个好故事，也不易。刘十斤广东打工十年，功德圆满，娶了如花似玉的陈英子。对于正当盛年的十斤来说，爱情也好，婚姻也罢，真实而美好的其实是性。性总离不开床，于是，“床”成了十斤欲望的代名词，也成了他生命的信仰。小说便以寻找“爱你的一张床”为线索展开。其中曲曲折折，狗子、大牛、小马，一干人等，搅在一起，最后是皆大欢喜。小说写性还算爽脆利落，颇有摇撼人心之处，虽没能启人深思，也还能在书里书外，让“你我”心心相印；相对而言，世相描画就流于平面了，作家的思力稍嫌欠缺。

正所谓“成也萧何，败也萧何”，语言老到，好。可是，流熟呢？熟极而流，难免惯性；惯性一成，顺流而下，再想有语言的陌生化，难。什么最是一个作家的风格所在？语言。语言不单是语言。汪曾祺说：“写小说就是写语言。”语言是一个写作者的门面，更是里子。你把周作人、鲁迅、老舍、萧红、张爱玲、沈从文这样的作家放在一堆作家里，你还是一眼就能挑出他们谁是谁，因为他们各自有各自的调子是也。美国的詹姆士说，一个作家的风格就是他说话的腔调。作为一个有所求者，我期待雪涅在语言的陌生化方面能再开局面，当然不止于语言。

好看的故事当然是优点，可真正好看的故事最后一定要拓展到人心的广处与深处。张爱玲的故事不仅好看，还有荒凉的况味；徐訏的《鬼恋》《风萧萧》不仅有流行的元素，还有存在主义哲学。雅俗共赏并不是一句顺口溜，正是广度、深度的集合。《我到哪里找一张爱你的床》写出了较为鲜活的人物存在状态，但从人心的刻画来说，还较为浮面，人物的性格比较单一，不够复杂。人物善良到近乎完美，邪恶稍一露头也便销声匿迹。而萨特曾说，人类身上的“邪恶是不能被拯救的”。说到底，作家的使命从来不是做道德家，而是呈现存在的真相。在一个残酷的世界里，小说也该是残酷的，这才是真诚。我曾在另一个聚会上表达了希望作家能打破“佳话”写作模式，为面向更深度的真实而作，这也是我对雪涅兄的默祝。

叙述是一种能力

——读邢思洁《牛·羊·骡》

人与动物的故事是文学的母题之一，在中外文学中都有佳作迭出：托尔斯泰的《木木》、陀思妥耶夫斯基的《穷人》、杰克·伦敦的《旷野的呼喊》、海明威的《太阳照常升起》、沈从文的《边城》、王小波的《一只特立独行的猪》，不论是狗、马，还是猪、牛，因为作家们洞幽察微、触动人心的描画，这些可爱可怜可叹的小生灵们在人们的心上刻下了不能磨灭的印象。

邢思洁的《牛·羊·骡》三篇取材相同，角度略有差异。首篇写了一个人牛相依为命的故事；次篇写羊，瞩目的却是人间的人情人性、历史风云，有些见微知著的意思；第三篇故事或许会让人想起王小波的那篇《一只特立独行的猪》，红骡的命运有传奇色彩，最终结局却是颇为凄惨。

写作的力量常源自叙述，对于一个著者来说，叙述的功力是至关重要的。而叙述并不只是言语、结构的能力，思想、情感、想象的能力也俱含其间。读着邢思洁的叙述，一个疑惑就会浮上心头：叙述者知晓自己叙述的方向吗？作者似乎缺乏一种掌控力，顺随着他的语流往前走，你却时不时想停下来，问自己：他想说什么？模糊不只因语言的表达欠缺，更由于思力不足、感情肤浅。

读《牛·羊·骡》时，巧得很，我的手边放着余华的《活着》，想起福贵身边的那头和福贵一样老却不像福贵那样唠叨的老牛，连带着就忆起了当初阅读《活着》时的身心感受。余华叙事的力量让我震惊，可以说，当时我被余华吓傻了。我沉吟了许久，揣摩余华的力量源自何处。一个词在我的脑海深处闪烁着：纯净。《活着》里的苦难太多了，苦难里的残酷太多了，可是，因为温情，人性中的这点光辉便让一切变得那样凄美动人。余华让一切浮华的东西退场，竭尽全力让存在自身借助福贵的讲述现身，这就是简单到纯净的真实的力量。《活着》中最纯净的一个表达是余华在序言中说的这句话："人是为活着本身而活着的，而不是为了活着之外的任何事物而活着。"

《牛·羊·骡》里的每一个素材都不错，可惜作者处理素材的综合能力尚有欠缺。一方面作者好像希望自己只是原原本本老老实实地讲述他所知道的事情，可又忍不住要表达自己也许以为高明其实实在平凡的见识，结果两头都不讨好。一个作家如何写作，方法千千万，基本点是一样的，一个好的作品起码具备两点：在思想上使人触动，在感情上使人感动。从叙事上说，《牛》写的还算集中精粹，后两篇则有点杂芜。看起来好像是作者叙事素养的不足，根子还是在作者思想上的无力。即如《红骡》这篇吧，作者最后的感慨让人感觉简直是无厘头，把在自家天国里自圆其说的佛理生硬地嫁接在一个俗世凡胎的故事上，实在叫人啼笑皆非。而最后一句简直就是煞风景："看起来，人活世上还是多做好事，积德为重啊！"一个好的写作者从来不是一个在圣坛上的布道者。况且，布的又是如此流俗而作者甚至有可能自己都没有过心的道，那样轻飘飘的口吻，熟极而流地滑出来。如果认真讨论起来，这其实又涉及中国文人身上一个很重要的问题：只满足于纸上的正义，而且因为实际上的缺乏真诚，这种纸面上的正义不仅不足以显示作家的高尚品格，而恰恰反映出他们身上十足的虚伪。

大与小：小说的辩证

——读苗秀侠《屋角的战争》

想起苗秀侠，总不由地记起当年施蛰存说沈从文是“洋绅士中的土绅士”来。苗秀侠蛰居城市多年，外表早已鲜亮洋气，可芯子也仍与沈从文神似，还是个“乡下人”：作为作家，她的情怀所寄永远是她的那一片乡土。每每拿起她的作品，浓郁的乡土气息就扑面而来。

最先引起我注意的是她小说人物的命名。这似乎是小节，也未必。比如张爱玲小说中人物的名字就貌似信手拈来其实却煞费苦心，有她的《必也正名乎》为证。苗秀侠也举重若轻，她的人物命名名目繁多：植物、动物、方位词、劳动工具、传说、迷信、绰号、际遇等等皆可就地取材成为命名的依据。然而，这就是苗秀侠的“天人合一”啊。这还真不是作家的刻意营造，它们就是那个乡村世界的本来纹理。忆起读余华《活着》时，有庆、凤霞、家珍、二喜、苦根、福贵，这些名字在我眼中有着不可言喻的神奇，在我狭隘的阅读史中，我还是第一次有了一个个名字和一个个生命融合无间须臾不可分离的认知。苗秀侠《屋角的战争》也给了我如此神奇的感受。

当然，这部作品对于苗秀侠而言，真正具有飞跃意义的部分是对人性的深度刻画。小说主要人物屋角是个“小人国”（侏儒），不得已娶了貌美如花但眼里生了“棠棣花”（睁眼瞎）的毛凤，为了后代子孙不再经历自己因为“小人国”而带来的种种耻辱，屋角忍辱向自己邻居粪箕“借种”生下了大手大脚的大树，屋角与粪箕之间的夺子战争从此开演。这场战争双方都始料未及，这正是作品了不起的地方，作家没有强行插足其间，而是顺随着人物对自己人性的触摸、苏醒来延展故事。这就是很多作家曾幸福地体验过的：不是作家按照自己的设计走，而是自己被故事领着朝前走。托尔斯泰写《安娜·卡列尼娜》时曾主观地把安娜写成一个“坏女人”，可在故事的展开中，作家有了新“发现”：他不能抑制对安娜的同情，结果原被设计成道德审判的故事走到了它的反面。而余华写《活着》时，叙述方式成了最大难题，直到有一天，一个类似于小时候奶奶讲故事的句子来到自己笔下，于是，一切都顺流而下。他说，不是他在完成故事，而是故事在完成他。

苗秀侠也没有为了世俗道德的舒适而牺牲自己对生命的发现，而是直面了人性深处的善与恶，虽然在刻画的力度方面也还有力不能逮处，但作家对写作的尊重还是值得肯定的。另外可以提及的一点是小说的叙事，比起作家过去的平铺直叙，《屋角的战争》有了长足的进步。20 年的故事，浓缩在过年前的几天去呈现，叙事的穿插来回作家处理得游刃有余，甚至还借鉴了魔幻的技法且合情合理并不显得生硬。

不管怎么说，苗秀侠《屋角的战争》是我们这里近年的小说中最好的作品之一。如果她再能在形而上层面有所提升，则会给我们更大惊喜。她有丰富的阅历，如何从中提炼出有气象的艺术品，当然需要在技巧方面进行更多完善。然而，这还只是小说的“小”，在形而上方面有所悟才是小说的“大”。毕飞宇说：没有“小”，“小说就无法获得充实的内涵，无法透亮，无法使人联想起生活当中最基础的层面”。而小说的“大”则“反映出小说家在形而上方面所努力的程度。没有形而上，小说必然缺少一种恢宏，一种浩瀚，一种气派”。苗秀侠今后的努力就在于此。

一匹黑骏马

——说说张殿权

阜阳文坛耆宿徐瑛先生在谈及阜阳小说界时，称张殿权为“突然闯进来（的）一匹黑马”。“突然”当然只是局外人对惊诧之象的一种描述，在修辞上甚具表达效果，对于张殿权本人来说当然是其来有自。如今，在阜阳文坛，张殿权已算得上年轻的“老”作家了，说他是小说界的领军人物，未必人人同意，但说其为“之一”，我想恐无异议。2002 年，就是被徐瑛先生称为“黑马横空出世”的那个时期，他在《青年文学》上发表了中篇小说《青春街》，次年又在《人民文学》上发表了中篇小说《青春散场》，在阜阳文坛可说是一炮而红。后来，作品虽不是绵绵不绝，但坚持到今天，也可以说是硕果累累。2009 年合肥工业大学出版社出版了他的长篇小说《中学时代》，2013 年百花洲文艺出版社又出版了其小小说集《方向》。除此之外，他的中短篇作品也时见于《清明》《安徽文学》《鸭绿江》《小说月刊》《民间文学》《星火》《天池》《短小说》《微型小说选刊》《满族文学》等杂志，大大小小的奖项更是获得不少，一个作家的勤奋于此可见一斑。

我读张殿权是错乱着来的，看到什么读什么。在我有限的阅读中，《青春散场》《到哪里去》《城里的月光》《中学时代》《每一个新年都会过去》《方向》发表的时间头尾间隔将近 10 年，张殿权也从一个青涩的写作者成长为一个写作技巧慢慢丰富、文字驾驭能力逐渐强大的作家。

张殿权作品的取材都较微观，且从材料到情绪明显带有个人生活的印记，一个明显的标志就是张殿权不少的作品中时常有一个和作家同名的人物“张殿权”。这样倾向于主观化的写作，作家主体世界的宽窄深浅往往就是作品的宽窄深浅。在叙事方面，张殿权很本分，不追求炫人眼目的所谓现代性的技巧，基本上顺随着时空的次序来展开故事情节，偶有回溯、插叙。这样的叙述比较少“戏剧化”色彩，多少会影响到读者阅读的兴味吧。

但换个角度说，张殿权的小说最突出的特征正是外松内紧：不重情节的戏剧性，靠人物的心理动力推动故事。总体来看，张殿权的小说平淡，不是很“抓人”，但淡也有味，他的小说人物心理描写细致，常能触人心弦，具有相当的感染力。

比如，《每一个新年都会过去》写对孤独的体验。借着年幼的陆小鱼盼着爸妈回来过年的故事，写出了人与人间的隔膜疏离之感。小鱼虽和很久不见的父母团圆了，却怎么都找不到一家人的感觉。作品对小鱼心理的描写几乎到了密不透风的境地，使得作品内外总弥漫着一种孤独凄清的氛围。小鱼内心对人生的“天问”或许有点深奥，但铺垫营造细致入微，情境自然，并不显得僵硬、突兀。张殿权的小说在对“意味”的追求上是有着清醒的自觉意识的，如果在“感伤”的表达上能权衡好“放纵与节制”的节奏（这方面，他可以参考海明威），而不是充斥着那样多的眼泪，我想作品的感染力就会更好。

另一个值得张殿权注意的问题是对“恶”的直面，他的小说人物几乎都是非常善良的人，对于有“阅历”的读者来说未免会有疑问。当年高尔基在与青年作家谈话时就告诫他们：“人，既不是黑色的，也不是白色的，他是杂色的。在人的身上，既有好的东西，也有坏的东西。作为作家，这一点你们要时时记住。”我想，这话对于张殿权也是适合的。

我们小城的小说

——以雪涅的《面条》为例

我们小城的小说家们的文字，基本停留在说故事的层面上。别误会，我不看低故事。写小说，首先就要会"编故事"。可"编"并不是任编任造、不讲情理，如果你编的故事常常经不起常识常情的推敲，就无法使人相信，更不要说追踪故事后面悠长的韵味了。比如，雪涅的《面条》是得过安徽小说对抗赛银奖的，主人公张雨泉因过失杀人而逃亡，开始了始料不及的人生。在西藏，他遇到了来自四川的"美眉"阿兰，因为自己的一次英雄救美，赢得了阿兰这个风尘女子的感激，阿兰要以身为报。阿兰说得很明白，她不愿意"欠别人的"。这样的理性和风尘女子的身份倒是相合。也许因为羞涩、惭愧、厚道……当时张雨泉拒绝了这次想起来多少有些后悔的献身。再后来，张雨泉因恐惧暴露（阿兰在网上无意间发现了他是个在逃的通缉犯。虽然他觉得阿兰不会举报，但终于还是不能肯定。这是这部小说最好的细节之一，写出了特定情境下人性的变异）再次踏上逃亡之路，误打误撞做了"麦客"，替一个年轻寡妇做事。因为年轻寡妇"熬了多年"，当天晚上就上了张雨泉的床，二人成了相好。张雨泉是个没见过多少世面的乡下小子，逃亡的煎熬时时在咬啮着他的心，他终因不堪忍受想投案自首。他通过一个电台谈话节目，给美女主持打了求救电话，后来二人在茶馆见面，在美女主持坦然、无私、热情的帮助下，真相不仅大白：张雨泉不是过失杀人，而是过失伤人；而且，张雨泉也最终获得了自我救赎。故事到最后，张雨泉还娶了阿兰为妻，一个完完整整的大团圆故事。

在故事的层面，《面条》有着不错的可读性，可是在人物塑造方面就太单薄了。特别是在其中起着关键作用的三个女子，其言其行于常理常情处都经不起再三玩味。像阿兰那样一个自己都说自己见过太多世面的风尘女子，最后为何乐于下嫁张雨泉这样一个曾经背着杀人罪名的乡下小子？那她的城市阅历岂不是白白浪费了？一个电台的美女主持仅凭一通电话就相信一个自称杀人犯的人，竟然连顾忌自身安全的念头都没有就毫不犹豫地只身赴约，还那样无私、热情？那个年轻寡妇再熬不住也让人很难理解，为什么那么快就对一个陌生男子知冷知热、以身心相报（即便在生活中有这样的事，在文学里仍要给出合理的铺垫。生活中固然有那么多突发事件，文学的使命之一就是讲清突发事件的来龙去脉，最好细致到每一条纹理）？

而这三个形象如果都经不起推敲，那么小说还能剩下什么？作者是不是太善良了？还是因为这个世界太不善良，要写一些好人的故事让这个世界善良起来？小说家不该是脱离真实闭上眼睛表达浪漫的人。米兰·昆德拉说："小说的精神就是复杂的精神。"世界是这样的复杂，人心是那样的难测，难怪曹雪芹提醒世人要"世事洞明，人情练达"，难怪胡兰成说张爱玲"是那样地善于破坏佳话，所以写得好小说"。一个小说家的善，不是在小说里自顾自地表达善良的愿望，而是要睁大双眼，洞察真相，在呈现真实世界时陈述自己的真知灼见。这不是冷漠，在残酷的表象后其实含着悲悯。这世上有谁像陀思妥耶夫斯基那样"冷、毒"，有谁像张爱玲那样"荒凉"，又有谁像曹雪芹那样有情而又无情？可是，谁又能否认他们的温柔、怜悯？

徐贺仁其人其文

与太和散文作家徐贺仁有一面之缘：他邀师友小聚时，座中的高境兄又邀了我，就这样谋了面。以相面之术言，贺仁兄是福相，面白唇红，甚至有点女性的妩媚气，但又是大男人的身架，肚突面圆，有点小如来的意思。贺仁兄眼神安静，出言舒缓，温文尔雅的气度倒是与一般人心目中的文人形象相符，不料喝起酒来却生猛爽利，直让我感慨：人，真是不可貌相！后来看他的文字，知道他从小受穷受苦，现如今却是一副玉树临风样，这也是苦难打下的底子？生命真是个传奇。

徐贺仁写散文，要出集子了，发了几篇给我看。我一口气读完了，当然不是因为文章短。他的散文好在“慢”。这个“慢”不是时间长度，不是常言的“慢工出细活”，是节奏上的“慢”。我眼中的好散文：懒散，漫不经心，言浅意深，甚至言不及义。慢是一种立场，写，就要慢慢地、缓缓地，让自己进入一种“宁静”，然后才能“致远”。古人言：“凝神静气，藻雪精神。”这样才有心，有心才能用心。急眉赤眼，手在动，心却不静，眼观六路，耳听八方，是出不来好文章的。

徐贺仁的文字里有真性情。情真了，有时“意”没能“切”，都是动人的；他的坦白无伪，也无丝毫惺惺作态。无端想起张爱玲《封锁》里的一句话：“这世上的好人比真人多……翠远不快乐！”徐贺仁的真就是他的好。

文字也好，尤其是短句。句子长短当然不是绝对地数字数，当长则长，当短则短，讲的是情绪、韵味的调和。他的文字朴实，但有自己的“腔调”，言短味长，趣味隽永，难得！

徐贺仁的散文写自己的生活，但不是浮面，他写生活里的那个芯子——生命。生命在他的笔下温暖而多彩。《坐好，开车了》，虽然“开”

的是自行车，但对妻子的真情与爱恋真是字短情长，文尾说："不知道要等到啥时候，我能真正开着车，让她舒舒服服地坐在车里，那时候我可以无愧地说声：'坐好，开车了。'"虽只是一句简单的叙说，折射的却不仅是对妻子的愧疚，也不仅是无奈，还有自己的一份坚守。"君子固穷"，穷不是荣光，但也不是耻辱。

徐贺仁写母亲，写母亲的小村庄。《母亲住院》写道：母亲心疼钱，觉得拖累了孩子。作者说："要钱干什么，您要是不在了，我的家也就没了。真的，我的家呢？那个我出生的地方，那个叫作徐大庙的村子，现在就已经没有了我的落脚的地方了。我出生的那个院子还在，老屋却没了……我的家也就没了……我回家看娘，娘在谁家住，我的老家就在谁家……有母亲在，故乡这个词就有了实在的意义。所谓乡情乡愁乡思，那都是因为有母亲住在心头。"这样至情至性触人心怀的文字同样在徐贺仁写师写友的篇章《师者秋生》《浅读高境》里。我与徐贺仁虽言少交浅，但他的文字让我认定他是个仁厚君子。

于仲达“来”了

——向民间思想者致敬

于仲达一直“在”，我却不知道，真孤陋得无可恕。他吃过不少苦，却能这么金刚不坏，让我敬佩又引我好奇：定力是怎样炼成的？

现在他来了。先是朋友转给我一本他的《问道北大》；昨天他从界首来，客气地短信问能否叨扰，通电话，我听见清凉的声音。我便邀了几个可以谈天的小友老友在一个善做剁椒鱼头的小餐馆小聚。喝水、喝酒、吃菜、吃饭、喝汤之余，顺便也“侃”了一会“小山”。我，开心；于仲达们如何，没问。吃完，喝完，四下散了。

《问道北大》很沉，50 万字呢。就读字，很多字都很实，一点不虚、不飘，难怪沉。我先看的简介。嫉妒，他居然比我小 9 岁。9 岁，9 岁，我咬得牙根发酸，然后又笑，内心祝福。习惯性地去看《序》，没有，又往最后翻，有后记，到底还在三界五行之中。我读任何书都是先序后跋，图的是将如何“了断”。读完于仲达的后记，认定一时了断不了。

于仲达吃饭的身份是界首电视台的记者，想不出他如何务正业。他曾经还有很多身份，吃过的许多苦就是证明。现在呢？他自己说自己是野狐禅，做野路子学问，一个民间读书人。合上《问道北大》，我以为，他是思想者。

问道北大，问的是生命“大道”。方式是询问，也是疑问乃至质问。态度却是温和的，出言非常理性。和一些所谓的学院派不同，他当然不是“为学术而学术”，他的文字有思想、情感、性格，而且有“体温”，一个“活着的思想体”。他总让人感受到非常强烈的个体现实存在感，带有强烈的生命情感体验的沉思与问题论辩，也许有人会认为他的作品不那么严谨规范，但他谨守了现代理性的基本底线，提出、分析问题，一定给出自己的论据与论说。

而让我心动的不仅是他的学术，在许多人不学无术却靠所谓学术吃饭的背景下，他的境况让我心生不平，及一些无用的感叹；也不仅是他的丰富、深刻、智慧，这不过是“美丽的功利”；最触动我的还是他对智慧的渴望。看他后记中简单的人生历程，他是在比常人艰苦得多的逆境中开启文字之旅的。他回忆父亲的死让我震撼。那是他生命中的“劫”。“我没有哭。我平静得不像他的儿子。”“死亡来临时……唯有接受。”另一面，“我甚至感到一种庆幸，父亲去世之后，终于轮到我主宰自己命运的时候了”。这不是无情，是对父亲特别的铭记。整个后记充满的是死，也有生。仲达的理路是：不知死，焉知生？而在现实层面，他“厌恶那些虚张声势凌空蹈虚的诳言和致命的自负”，因为“它让人不能平和从容，丧失感受生命的悠然之气”。世人多求“有作为”，仲达在求“有修为”，一字之差，境界迥异。

我冥想着两个不同的造句。世人惊奇：“原来如此！”仲达淡然：“本来如此。”在我的符号世界里，仲达又让我体验了一次“句号”是如何打败“感叹号”的。

第四辑 争鸣

张兆和，她的冷酷你不懂

没有女人天生就是冷酷的。尤其像张兆和这般出身大家的美女。家境优渥，锦衣玉食，受到良好的教育，又因美貌备受宠爱，她的内心应该要比普通女子更柔软吧。也许会有骄傲，那也是一朵云飘逸的自恋，而非长年不解冻的一条冰河。

她嫁给了沈从文，除了因为沈从文的痴狂，还因为她的善良，感性。

一个女人在不确定是否爱一个人的时候，被这个人感动了，因他苦恋自己而产生了愧疚之心，于是有了自己亏欠别人的想法，此念一起，女人大都会选择以身相许。被爱者以还债的心态，回报求爱者一个婚姻，其实对彼此是一种双重的不幸。

三年，沈从文追求张兆和整整三年。情书写了数百封。当时年仅18岁的张兆和收到老师沈从文的第一封情书，跑去向校长投诉。但凡她有点喜欢他，也不会觉得这是种骚扰，需要找校长出面摆平。可是谁让这个校长是胡适。一个敢把只有小学学历的沈从文请来大学当讲师，只因看重他的才华，胡适的回答简直就是一个八卦媒婆的话：沈从文未婚，追求你那是正当的事。你同不同意当然是你的自由。你父亲跟我是同乡，你要不要我去跟你父亲讲一讲？

校长都帮着牵红线了，再加上沈从文热烈的情书攻势。以一个涉世未深的小姑娘的阅历与定力，又怎能抵挡如此一往情深的“缠绵”？

兆和日记有一则这样写：看了他这信，不管他的热情是真挚的，还是用文字装点出来的，我总像是自己做错了一件什么事因而陷他人于不幸中。但他这不顾一切的爱，却深深感动了我……

她心疼了，心疼又让她心软了。在她没有了解自己内心真正所需一份什么样的爱情时，她对沈从文发了善心，到底还是在三年之后，21岁，嫁给了沈从文。

沈从文靠教书和稿费养家，二人皆不擅理财，日子过得相当拮据。《飘零书简》里，张兆和在信中讥讽沈从文“打肿脸充胖子”“不是绅士冒充绅士”。她亦从不曾随沈从文四处辗转，宁愿独自带孩子住在北京的家里。沈从文患忧郁症的那几年，与张兆和分居，只有晚上到她那里吃饭。豆渣、馒头，时常是冰凉的。

做了沈从文妻子以后的张兆和，的确变成了一个仿佛有点不近人情的冷酷的女人。

相反，沈从文年近七十时，还孩子似的又哭又笑地给兆和的二姐允和看一封他随身携带的皱巴巴的纸：“这是兆和给我的第一封信。”那羞涩温柔的神态，恍惚依然是当年那个长衫飘飘的多情少年。

显然，他比她幸运，娶了最爱的人为妻。她在，爱在，心中对美的信仰在。而她，在不懂爱情时就嫁了他，在这段婚姻里也没能爱上他，竟是一生，都不曾有机会体验深爱一个人的醉人滋味。

不幸的是，两人从未相爱。更不幸的是，她因为不爱他，失去了女人面对贫困生活的耐心，日复一日的麻木冷漠坚硬起来。对一个自己从未爱过的男人，哪怕他是丈夫、孩子爹，女人也是难以支出温柔的。张兆和与沈从文，是最陌生的伴侣，仅仅是伴侣而已。

“从文与我相处，这一生，究竟是幸福还是不幸?”

张兆和晚年时整理《从文家书》，有感发此疑问。这只能更加证明她的不幸，只因她甚至连爱一个人的那种幸福，一生都未曾有机会得知。而沈从文早有答案了：“我行过很多地方的桥，看过许多次数的云，喝过许多种类的酒，却只爱过一个正当最好年龄的人，我应当为之庆幸。”

我的人生的相对论

年岁愈长，越来越喜欢说“相对”这个词。我相信科学，它告诉我“绝对”只有一个：虚无。这词也有许多变体：死亡、瞬间、毁灭、消失、无等等。不管是考虑我自己，还是在自己里再加上同类，在“绝对”面前我无话可说，说什么都是白说。念起自己这具凡胎俗骨，从尘土中来，还将归到尘土中去，我都不知自己是该激动，还是平静，反正不都一回事吗？科学家告诉我：宇宙源于135亿年前的一次大爆炸，一个比原子核还小的原点瞬间爆炸，时间、空间、物质，包括宇宙本身就这样诞生了，无边的宇宙便是那原点爆炸膨胀而且还在继续爆炸膨胀的结果，地球不过是爆炸的小小碎片之一。再有60亿年，太阳也将爆炸死亡，而且，30亿年后，因为银河系旁边另一个星系的爆炸将侵犯到银河系，结果将改变两个星系间的关系，包括太阳在内的无数恒星将围绕一个新的巨大的轨道运转，太阳在吞噬金星、水星后，也将瞬间让地球上的生命化为乌有。而且，还有可能在这30亿年后的某天来到前，宇宙中一个偶然的事件都有可能在瞬间毁灭地球，比如，一颗脱离轨道的足够大的行星的撞击；比如，宇宙中我们还一无所知的无数的黑洞中的一个突然出现在地球身边，黑洞将以无与伦比、人类的想象力很难企及的引力在瞬间吞噬地球。科学家说，黑洞让我们“发现”的一切物理定理失效，它里面针尖那么大的物质就有几百万吨重，它让时间、空间、物质，甚至“光”都“消失”，因为我们根本看不见，当然一无所知。人如沧海之一粟？一粟都算不上。物质不灭，但可被转换。我们最终也不过是被转换的物：分子、原子、质子，管它如何命名。

有人会说，几十亿年后，太遥远了吧，与我何干？你我当然活不了那么久，可是你想想，我们引以为傲的大大小小的或伟大或美丽或震撼的创造终究还是难逃最终厄运，我们怎么还能自得地说“永垂不朽”这样的词？我知道，相对于人类特别是一个人来说，不说过亿，百万年也差不多可说是永恒了，可它不是永恒。

一切都是相对的，这不是否定论。这是在找一个扎实的根基，特别是个体人生论的根基。达利说：“人总是要死的，所以，人并不幸福。人总是要死的，所以，人可以做一切事情，包括应该做的和不应该做的。”这是判断，更是无奈激情的宣泄，它和粗话“杀头碗大的疤，二十年后又是一条好汉”说的是一个意思，都是嘴巴上要狠。可是，图的就是一个痛快啊！痛快痛快，痛着快。叔本华说，尘世间哪里有幸福，幸福不过就是对痛苦的逃避。依我看，哪里又是逃避，回避罢了。

我的人生相对论的具体意思言简意赅地说，即活在当下，在意过程。我坚决认为，过程比结果重要。这是我与虚荣要面子的人的分歧所在。在我的人生实践中，我越来越不耐烦听别人说那些似是而非的大道理，一听见，我内心里就早已跳起脚来骂娘了。

宇宙那么大，人这么小。大与小的对比让人很绝望。陈子昂登幽州台长啸而歌：“前不见古人，后不见来者。念天地之悠悠，独怆然而涕下。”我年轻的时候，读鲁迅的《阿Q正传》，读得我血脉偾张，我想，鲁迅那时也是血脉偾张的，总之，我和鲁迅有强烈的共鸣。现在回忆体会，我得出如下认识：青春时代读鲁迅，荷尔蒙会急剧上升，两眼充血、嘴唇紧绷、头颅昂起，一副傲视世界状，并且如陀思妥耶夫斯基一样揪着自己的头发拷问自己，和自己过不去，这叫真诚、直面。我那时跟着教科书说：阿Q是中国人的集大成者，一面照妖镜。出于对鲁迅的热爱和对往昔自己的忠诚，我不能说我被鲁迅忽悠了。我至今也还是认为，从客观认识上说，阿Q确实画出了中国人的基本面目；现在和先前稍有不同的就是如何评判它。阿Q精神的核心是用精神胜利法让自己逃避自己不愿面对的真实。我先前认同鲁迅的“直面”，且不容有丝毫的修饰，我现在还是这样认为，所不同的是：然后呢？年轻时，有点自虐似的，拼命和自己、与别人过不去，“矫情、虚伪”两个词用的频率高得惊人，愤青，一切看不惯，包括自己。现在呢，许多都轻了、淡了，宠辱不惊，处变不乱，信仰越来越个人化，人前还是要虚荣，内心不当真，会自嘲，更自信，不敢说看穿了、看透了，但确也不像年轻时特别在意别人眼中的自己。孔夫子画的人生路线有一些道道吧：三十而立，四十不惑，五十知天命之类。自己总结出两点：微观处，对人看得更深了；宏观处，跳出蝇营狗苟的世界，看看大千世界，你就不会再把自己特当回事儿。我的认识起点是：一切都是相对而言。我对这世界的尊重与判断都是立于此根基之上的。鲁迅是一个对现实执着如怨鬼的人，直到死还在说："我一个也不宽恕!"但《野草》里无处不在的"虚无感"才是他最根本的对世界的认知所在，从呐喊到彷徨再到虚无、绝望是鲁迅的生命路线。可能，还是很多很多人的吧。

“传说”中的日本

有同学去日本玩，回来大赞日本。他买回来各种各样极端精致的小礼物分发给叽叽喳喳的小姑娘们。拿着设计出人意料又价廉物美的新鲜小礼品，她们开心得要发疯了。同学送了一个空罐子给我，100 日元买的，说里面装的是富士山的空气。同学是商人，他对日本人的生意经佩服得五体投地。我端详着那轻飘飘的小罐，心里却有别样的感慨：日本人就是有自信，就敢于叫卖富士山的空气，而居然就有人买他的账，这恐怕又不是单纯自信的问题了。我在内心里自问自答：我们有自信卖自己山上的空气吗？看看中国旅游景点的景观，恐怕不能有。有，就是脸皮厚了。

同学说了很多在日本的见闻，算得上是现场报道，有的我们还真是闻所未闻。比如，他说，有一回日本友人带他们去夜店宵夜，出来时已是子夜时分，大街上空寂无人，在送自己回旅店的途中，日本友人开车路过很多个红绿灯交叉路口，不管有人没人，日本友人一定会按照红绿灯的指示开行。还有一个细节同学也不止一次地注意到，在日本，从来都是机动车让行人，即便绿灯放行，只要斑马线上还有行人过马路，日本司机就绝不会开车穿行，而是耐心等候，也绝不会鸣笛催促。这当然是小事，小到不值一提。但为何会给我的同胞同学留下如此深的印象呢？同学还说，在公众场合，他看见的日本人都衣着整洁彬彬有礼，绝无粗俗下流行为及言语。他又说：日本真安静。

同学说，日本有东京那样现代化的大都市，高楼林立，但大多数的日本城市特别是小城镇的房屋都在三四层以下，这当然与日本是一个多地震国家有关。但他们的小镇建筑非常讲究环保，特别注意古建筑的保护，所以，他们的许多小城镇都非常有自己的特色，让人一下子便可感受到由独特的历史文化遗存所孕育出的浓郁厚重的气息。

同学还说了很多其他见闻，总之都是一些走马观花的印象，他没说樱花、和服，没说日本的艺术文化，没说川端康成和他的《伊豆的舞女》，没说历史遗存，没说大和民族的杰出者，没去看靖国神社，但他说，现在还相信军国主义的“大东亚共荣圈”的日本人，他在日本没遇到一个。他并没有走入日本的芯子里去，但他简单的描述已足以叫在场的听众神往。

曾经听到的另一个传说是这样的：在欧洲，一个欧洲人如果遇到一个彬彬有礼的亚洲人，他多半会问你是日本人还是韩国人；如果遇见的是一个粗俗无礼的黄种人，他多半会问你是中国人还是越南人。作为一个中国人，听到这样的传说，我心里的滋味是不好受的。我知道我们有很多知书达理的人，欧洲人那是以偏概全。如果以中国人的绝对数量来比，我们彬彬有礼的人的数量一定比欧洲人加在一起还多，可是这样的解释仍然不能教我完全释怀，因为我们的人口基数实在是太庞大了。不管怎么说，这样的传说告诉我们，不管我们自以为有多么悠久的历史、灿烂的文化，我们的人民是多么的勤劳朴实，我们待人是多么的热情好客，可我们不能总是自己关在自家屋里扮演慈禧太后，在想象中让四方宾客来朝拜我们啊。在我们走出去的时候，不仅要用我们的眼光来看看别人，也要用别人的眼光来看看我们自己，这样或许我们能获得一份清醒。

泄　　气

我活在一个有着长寿传统的家族里，我对祖上的感激是无以言表的，我对自己的长寿是充满着期待的，我对自己曾有很美好的设计：还有那么多美好的地方我还没有去过，我现在拼命工作，期望自己退休后能云游四方。然而，现在我又有了新的想法，如果有可能，我得赶快把自己没有走过的地方尽快走一走，我担心，也许我的愿望随着时间的推移要落空了。青天白日，我不是诅咒自己。活在当下，我真的不敢有更多的期待。

据美国心理学家马斯洛说：人的追求从低到高有五大层次，最基本的是生存、安全的需要，高级的则有受尊重、自我实现、自我超越等等。马斯洛如果是中国人，我猜想他现在未必有纸上谈兵、坐而论道的闲情逸致，理论得从现实中来啊。问问当下的中国人，有几人敢奢谈什么自我超越之类，自己不被超越恐怕就该磕头相庆了。

我觉得自己现在正活在一个危险的国度，这里虽然没有塔利班、本·拉登，却有唯利是图坏了良心的恶商。我们有楼歪歪、楼倒倒；你正在走路，桥就塌了，路就陷了；你刚走上电梯，电梯就成变形金刚张开大口要你的命了；你吃火锅，里面有苏丹红；你涮羊肉，你涮的很可能是老鼠肉；你喝奶，连三聚氰胺一起喝吧；你吃肉，连瘦肉精一起吃吧；你喝饮料，连防腐剂一起消化吧；你输血，做好得艾滋、性病的准备吧；你打针吃药，你也做好去西天取经的预案吧……活在这样的国度，我还想什么长寿、百年大计，我是真的泄气。

我不是动物，是个人。身体之外，还有心。可是，活在这里，不仅身体遭罪，心也受煎熬。在特大交通事故的现场，“表哥”杨达才在笑？你猜猜，他在笑什么呢？难不成那腕上的名表就是在现场刚收到的“孝敬”？昨天还是打黑英雄，今天就成了叛国者，面对如此的天翻地覆，我们小民该扼腕叹息还是普天同庆？刚刚奠基的雄伟大桥无巧不成书地就遇上了一场洪水，昨天还雄起着的大桥一下就耷拉了，真的很不给力啊。可是当我看到事后的调查报告时，就是我这样不懂桥梁工程的小民也大跌眼镜，我们那么多的“专家”就要出来讲话啦。听中国的专家们说话，你会时常产生疑惑，这些“专家”是来自科学院还是政治学院？

当年，鲁迅感慨：在中国，就连坐牢也比别国的艰难！今天，我倒愿意鲁迅当年感慨的仍是事实，把那些坏了良心的家伙送进监牢吧。让他们把牢坐得比别国的艰难吧。实在不是我们这些小民心狠啊。朱大可先生在微博中感慨：“那种无处不在、无孔不入、自上而下、势不可挡的恶，超越希望神学、公平政治学、善伦理学和优雅美学，支配了十四亿人，并且每天都用毒物、灾祸、暴力和死亡，创造各种荒诞的奇迹。当代荷马们有福了，你们目击了人类现代史上第一个炼狱国家的狂欢与哭泣。”读着这样的文字，神鬼也当哭吧？

天爷！别以德治国了。求求你，来点严刑峻法吧。看看你治下的臣民，他们的人性修为并不高妙，你就别期待他们得道成仙了。我诅咒，上不了天堂的，你就送他们下地狱吧！天爷！如果你还无动于衷，我连你也诅咒！

“中国加油!”和“四川雄起!”

这是2008年中国汶川“5·12”大地震后留给我印象最深的两句口号，它甚至比那些灾难的画面给我的印象还要深刻，至今想起仍不能释怀。

作为一个中国人，我得说这是两句好话。既然是好话，我们就应该举手赞成。可是，我又有不同看法。语言本身没什么好坏，它只是交流的工具。但话语好与不好则要看它诞生在怎样具体的语境中。这就是我有不同意见的依据所在。四川地震不久，我就听见四面八方的人都在喊：“中国加油!”“四川雄起!”这两句口号的意思我很明白，但我以为它们更应该产生在类似于足球场之类的地方。众所周知，喊口号是为了表达意志，激发感情，也是自我宣泄，还是表达相互认同。而第一条“表达意志”的意思在口号的追求中是最弱的。有点智力的人都明白，把任何一件事情干成，光喊口号一定是不成的。喊口号的最主要目的是给自己鼓鼓劲，或宣泄一下自己，就像建筑工人在打夯时喊喊号子可以缓解一下疲劳，分散一下自己的烦躁情绪，顺便也规范一下大家的工作节奏一样。而在竞技场上它常是鼓励而不是督促。总之，我的意思是，在生活中，我不反对喊口号，它有那么多好处，不是吗？但我反对乱喊口号。如果口号本身不错，但喊错了地方，就是资源浪费。不仅如此，有时还会造成副作用，那岂不是罪莫大焉。

当年汶川地震，看见震后灾区人民的悲惨境况，人同此心，我很难过。作为一个有些酸气的文人，我还有些诸如“大自然太强悍了，人是多么脆弱渺小”等不足为外人道的感叹。但我做了最简单的事：捐款，在心中为灾区人民默默祈祷。如果还有力所能及的事需要我，我也乐意去做。但绝不是和几千人站在广场上一起喊口号。不管喊什么口号，我都拒绝。

我自认为是个羞怯的人，我脸皮薄，站在那里没有太阳晒，脸也会红。

到底哪里错？我认为错不在那两句口号，而是我们喊的时间地点不对。我不知道，站在几千里外的广场上，挺直腰板，声嘶力竭地喊口号，除了制造噪音外，真的还有什么深刻的含义吗？请你们想想，在几千里外的灾区，有多少人还埋在废墟里，有多少人还挣扎在生死线上，有多少人正泪流满面……请你们想想！假如这些声音真的传到那些正被压在废墟下的人们的耳里，你来体会体会他们的心理感受将是怎样的？口号可以传达出“全国人民的心和你们在一起”的意思，可毕竟，我们的身体没有和他们在一起啊。而且，我认为有更好的方法来传达这个意思。我们就不能更诚恳些吗？我们就不能换位思考，为他人设身处地想想吗？灾难对人的伤害往往是身心两个方面的。我相信，和山呼海啸的叫喊相比，哀思、祈祷及默默地工作更能安慰在世的生者与逝去的亡灵。

我不反对仪式，我只是希望它是诚恳的自然的合乎具体情境的。与其喊大而无当的空洞口号，不如把这喊口号所费的力气用在切实的工作上去，真正地直接或间接地帮助灾区人民。别让这种习惯喊口号的习性植入我们的生活了吧，我不想像米兰·昆德拉那样说：五一广场上盛大的游行和聚会是人间最大的“媚俗”。我更不想看见的是，在华丽的衣饰背后藏着的其实是麻木、无诚、腐朽的灵魂。

日本的灾难也是人类的灾难

我这代人，对于日本，大概都有一种可称之为排日的情结，这当然首先是因为自近代以来中日间的交恶史，而且，很不幸，在这段历史中，我们扮演的总是屈辱的角色。可在我自己的成长中，我发现后来的我在某些方面很难和我的同胞找到共识，我的这种状况，我猜测在中国也许并没有太大的普遍性。前几年日本发生强震，我不止一次地听到我周围的人带着刻毒的快意说："使劲震，震死他们！把整个日本岛震沉没才好！"这中间居然还有我的同行，通常被称为高级知识分子的人。一位博士在酒席间神情激动，慷慨陈词近乎谩骂，用了很多泼妇骂街式的词汇，诸如杂种等，呼吁要取消日本人的"人籍"。我的心灵无法和这样的声音产生共鸣。我大概能触摸这位言语者的心理，从年龄上说，他并不是过去屈辱历史的经历者，唯一可能的解释是，他的判断是来自于书本的历史记录。但他的表达带有很大的非理性因素。从常识上说，日本的历史和我们的历史及其他民族的历史一样，都是很难用一种颜色来形容的。在今天的世界，人们要站在人类的立场上看问题，而不是被狭隘的民族主义、国家主义所蛊惑。我们首先是人，然后才是中国人、英国人、阿富汗人。正是"人"这个概念把这个星球上不同肤色的人紧紧连在一起。

而在面对过去历史的问题上，我认为有一个问题在我们这从来没有得到严肃认真的思考，即人们对一个国家的看法其实常常是对此时这个国家政府的看法，而这个国家最广大的民众，其实另外一个国家的民众并不了解。虽然我们后来也说过，要把日本法西斯政府和热爱和平的日本人民区分开来，诚然如此，但是这样的陈述到底在多大的层面上得到过回应呢？一般的民众并没有耐心、理智以及相应的全面信息来判断家国大事，他们还有那么多琐屑的人生烦恼分散着他们的精力。

作为一个中国人，我仇恨曾经的日本法西斯，特别要记住他们曾经带给我们的苦难和耻辱。这个认识还应上升到更高的层面，我仇恨一切的法西斯，要永远记住他们曾给人类带来的苦难和耻辱。遗忘就是背叛。还有一个相应的认识也应被强调，热爱和平的日本人民也是本国法西斯的受害者，即便我们是受难者，我们也应理性地分清他们之间本质的不同，而不是不分青红皂白一视同仁。

当我从媒体上看见日本地震灾难的实景画面时，我的整个身体都绷紧了。我的恐惧和悲悯并不仅仅施予此时此刻的日本人，我是为整个人类的处境而感到悲哀。我看见人类的可怜无助脆弱渺小，当然我也看见勇敢坚强不屈的抗争，但从中我升华不出伟大，我看见的是深处的无奈。日本的灾难也是人类的灾难。

我遇见的一个日本人

前年年底，我去海南参加一个学术会议，遇见一位研究中国当代文学、从日本来中国西北大学访学的学者盐旗慎一郎。他算得上瘦骨嶙峋，而且极其瘦小，面黄肌瘦得像个病中人，拄着一根黑色小拐杖，走起路来有点东倒西歪，好像一阵小风就能把他吹跑似的，想起当年的“东亚病夫”之名，我心里哑然失笑。盐旗很谦和，话语很少，极安静，眼神温和。在做主题发言时，他的语速很慢，声音也很轻，看得出他的羞涩。在餐厅就餐，他的细长白皙但有些干枯的手指捏着中国筷，在一堆菜肴面前踌躇不前，好像很难抉择。他吃得很少，细嚼慢咽，极其斯文，但也看得出他的肠胃功能确实很弱。后来去三亚看海，盐旗穿着一件刚从商店里买来的带有鲜明海南风情的“椰子装”，丝绸质地，大红底色上印着绿色的椰子林，特像当地黑瘦矮小的海南人。只是他的黑色边框眼镜、黑色小拐杖让他多了一些斯文气。三亚极其灼热的阳光把人们驱散到了海水里或椰子林下。盐旗却立在海边，手搭凉棚，眼望远方，看不出他在想什么。

晚上我们到了博鳌的香水湾酒店，酒店的外面就是海。晚餐后，天黑下来，我们去听海。我和同事迈下台阶，借着昏暗不明的月色，踩着细白柔软的海沙走向海边。海风把我们吹得鼓鼓的，还发出猎猎的声响。夜色昏暗，看不了多远，海岸线就显得更长了，只见眼前一波一波的白浪涌来，发出巨大的潮声，空气中有一丝淡淡的咸味。我们脱了鞋，把脚深深地插入海沙里，麻酥酥的，有点凉。

夜已深了，我们还不想回去，就在沙滩上漫步，和盐旗在一片稀疏的椰子林下不期而遇了。大家便在一起闲聊。盐旗仍是温和安静的，我的好奇心大增，却又因为语言、语境、各自的习性不同，一时不知从何问起。漫谈也就了无中心。他说自己的生活并不很富足，但能选择自己乐意的生活方式，还是觉得很自在。盐旗对中国人的印象是一般的国民很关心政治，有非常强的民族归属意识。日本的民众与知识分子在这方面就不一定能用较为统一的概念来描述。日本人有自己鲜明的民族特性，他们有很强烈的危机、灾难意识，这当然和他们的地理环境有关。他们骨子里很敏感，耻辱感很容易被诱发。磨难培养了日本人的毅力，他们很少当众流泪，认为这不仅是向别人示弱，也是对别人的一种侵扰。日本人有很强的自律性，高仓健塑造的荧幕形象便是一个突出的象征：外表庄严，内心炙热。凭直觉判断，盐旗是个典型的日本人。

说到中日邦交问题，盐旗还是一如既往的淡然。盐旗认为，政府的存在并不一定能促进国与国之间民众的了解；文化的交往多半要依赖于各自的知识分子；两个政客间的交往一定不如两个知识分子间的交往来得亲切自然诚恳，并带有个性色彩，更少偏见。

也许是因为性格，也许是因为还陌生，盐旗一直是淡淡的，对我们亲和而有距离。我和盐旗只是偶然相遇，擦肩而过，但是这个温和的有些谦卑的日本人不经意间修改了我对日本人的印象，当然过去我脑中的那些印象没有一个是从直接经验中得来的。作为一个书生，盐旗沉溺于经籍之中，心无旁骛，热爱思考，这正是书生的本色。我祝他在中国生活得平安美好。

不喜欢处处标语口号的世界

作为中国人，我有很多自豪的地方。关于这方面，同胞说过很多，我再啰唆，就显得很小家子气。所以，我想说说在我们的世界里我不喜欢的地方。这方面也很多，而且，我觉得说说它比我们去说自豪的话语更有迫切的需要。没有人会喜欢不好的世界。当然我知道，“好与不好”的标准时常会因人而异，即便不同，大家也可以把自己的观点拿出来辩论，求同存异。

我不喜欢的一个方面是我们的国度到处充满了标语口号。标语口号的类型众多，或出于宣传，或出于告知，或出于警示，如此等等，不一而足。标语口号在生活中是有作用的，它当然有存在的理由。但我仍然要说，我不喜欢一个到处都是标语口号的世界。我所不喜欢的是这世界后面所折射出来的一种社会大众心理。这种社会心理的主要内涵是：大家要做一件事情，首先不是想着如何脚踏实地地把事情计划好、做好，而是要造出声势，弄成一种仪式，也就是做表面文章。既然是做表面文章，大家都心照不宣，上下左右内外通力合作，其乐融融。只要不是涉及自己切身的利益，很多人很多时做事的原则就是：上有政策，下有对策。其实大家都清楚，这就是江湖上流行的说法：看透别说透，大家还是好朋友。所以，在我们这个到处充满标语口号的国度，我所看见的往往是表面上雷声大，其实骨子里雨点小的状况。

本来我们的世界可以够清洁、有秩序，但却因为我们的懒惰、粗俗、撒野、审美素质低下，我们的世界被弄得破烂不堪，这其中铺天盖地的标语口号即是罪魁祸首之一。本来挺现代唯美的大厦，偏偏被彩旗、条幅等各式各样广告包裹得严严实实；本来洁白的墙壁就像一张素净白皙的面庞，如果你没有美术天赋，就让它空着吧，可是恶俗的宣传画，装模作样的格言警句偏要充斥其上；还有很多莫名其妙的雕塑既不人文，也不自然。我们的世界充满了有声的无声的喧哗与骚动，我们的心灵渐渐地也不能安静，试看看，在世界的任何一个角落，在公共空间，还有哪里能比我们中国更加嘈杂、无序？就连中国的电影也比别人的吵闹。活在这样的世界是要折寿的。

中国人自造了标语口号的生活传统，这样的生活戕害着淳朴的心灵，令我们的生活变得矫情、虚空。还有一种特殊的标语口号化生活，那就是签名活动。人类是群居动物，声气相通应是人性之常，相互交流理念，表明立场本来是稀松平常的事。我一向有自己的信仰和立场，也愿意和别人交流分享，但我对各种签名活动莫名产生不适之感，因为它好像是为了表态而表态。试想，把我放在那样的大庭广众之下，羞涩之感就会油然而生。人类只有在极少的时空里才需要在公众场合慷慨陈词大声疾呼。心灵的塑造并不需要外在的高音量大嗓门，也无须硬造出庄严仪式，恰恰相反，他需要的是“润物细无声”的方式。

许多年前的这个事

很多年前的旧事了。20 世纪 80 年代，时任美国总统的里根来中国进行国事访问，除了重大国事的商讨，还有走走看看的安排，其中就有去八达岭看中国长城。里根来时正值中国北方严冬时节，“燕山雪花大如席”绝非虚言，也真是无巧不成书，在参观长城的前一夜，这“大如席”的雪花不期而至了。钓鱼台国宾馆里的里根根据美国式的思维做好了改变行程的准备。可令他意想不到的是，中方安排行程依旧。原来，北京市人民政府发动人民群众抢在里根出行前生生地扫出了一条通衢大道，由市区直达八达岭长城脚下。不知道这是多少“人民”在风雪夜鏖战的成果，也不知道当时里根们除了感慨感动还说过什么没有。

两国外交，以礼相待，热情诚恳自属情理当中，但凡事也还有度的考量。就像在常见的商业合同里人们常看见的：如出现不可意料之情形，再由双方协商解决。按常情，上述案例如果中方另行安排，美方不大可能提出异议，更不用说抗议，否则那就不是友好访问，而是醉翁之意不在酒了。可是中方的解决之道类似民间的“宁愿吃亏，也不愿伤感情”的江湖侠义，感情上确有动人之处，简直就是我国“德义仁厚”之伟大民族传统的现代发扬。但这里仍有两笔账值得计算：一笔经济账，一笔感情账。前一笔一目了然，几乎不用计算，它很类似于 1000 多年前的情景：“一骑红尘妃子笑，无人知是荔枝来。”我只是怀疑美国的里根未必有中国妃子的心思与自得，不过是我们的自作多情罢了。后一笔感情账算起来不仅复杂，而且伤神。在“市区至八达岭的通衢大道”这个句子里，我看见漫天风雪中无数的人群在挥动铁锹，通宵达旦，很震撼，却不感动，虽然我早已热泪盈眶，可那只是因为悲愤难当。我看不见感情被尊重，权利受保护。

之所以旧事重提，是想说，不管是从社会学还是心理学原理来论，我们都不该再做这样看起来智商情商都不高的事了。

平常、正常的生活

我很早就知道一些人被称为圣人，也知道这天底下不知有多少人渴望成为圣人。我对圣人有些隔膜，尤其不喜欢这个称谓：我反对一切等级性的表达。“圣人不死，大盗不止。”这话我喜欢。圣人与大盗有时就是亲兄弟，称谓有所不同而已。

圣人之所以为圣人，当然是因为他们说的话或做的事是普通人所不能及的。“神圣”这个词我喜欢，一切让我敬畏的存在就具有神圣的性质。而让我敬畏的存在一定是震撼了我的心灵的，它或者让我的心灵战栗，或者狂喜，或者臣服。但很显然，如果用我的标准来看，不少现役的圣人是我不以为然的。

作为一个凡人，我只有一些平常的意愿。我不能想象一个满大街跑满圣人的世界会是怎样的？这话的意思就是，我反对将圣人们的标准作为生活的基本标尺。如果这样，我相信它的后果只会造成一个虚假的世界。圣人的调门往往是高的，比如“富贵不能淫、贫贱不能移、威武不能屈”之类，实在地说，这话和我的生命体验隔膜，这是一些很难做到的事。圣人为何要提倡很难做到的事呢？事情也许是这样的：圣人以他的慧眼看见我们凡夫俗子不易看见的有关我们自身缺陷的真相，他是从对立面提出问题来警醒我们，可是，这个“我们”应包括圣人在内。对这样优良的动机我从没想过找出理由去反对。认识上，我举双手双脚认同，但我认为这是一个相当理想的认知。我是一个真实主义者，我相信圣人对人性的认识和我一样有很真切的体会，真实存在着的人的状况往往和我们的理想相反。所以，“不能”只是警醒，不是标准。如果把圣人的话语按标准去推行，我敢说，只会有两个后果：一行不通，二带来更多的虚伪。所以，我希望圣人能说一些更实在、平常、正常的话。我是个有信仰的人，我渴望自己能生活在一个有序、公平、自然、实在的世界，描述如何能到达这个世界的一切话语我都绝对赞成。但是，我不想被忽悠，显得自己很弱智。

我觉得我们的生活缺少的正是平常、正常。而这确实和各式各样的圣人存在不无关系。本来，我们把“圣人”这样的称号送给一些人，是为了表达我们的感激，感谢他们把我们这些凡夫俗子从黑暗迷茫中引领出来。反过来看，圣人的责任是很大的，圣人应该慎言，才不会辜负我们这些小民的信赖。从逻辑关系看，“圣人”是含在“人”里面的，他是代人立言，他不该超拔于人之上，他应该有“仁心”，也即平常心。但几千年来的实际情形并不如此。比如，有圣人教导我们说“发乎情，止乎礼义”，咬咬牙，也算还能承受；可又有圣人说“存天理，灭人欲”，你叫我辈凡夫俗子做何感想？把我辈灭了，就算天理昭彰，显示给谁看？我打心眼里不乐意把这样说话的人称为圣人。

不管人是进化而来的，还是上帝造出来的，反正现代的人类已有足够的智力把自己看清，诚恳的人不必跟着所谓的圣人哼着高调，自欺欺人，把自己弄得剑拔弩张，不得安宁。听听梁漱溟先生的忠告吧：有话好好说，有饭好好吃，有觉好好睡，有路好好走，是为敬。我倒乐意把梁先生称为圣人。了解人类历史波折的人都会明白：一个平常、正常的世界得来并不容易，还需要你我共同努力。

他人的国

说起瑞典，我脑海里立即闪现出波罗的海的湛蓝与绿茵场上的金黄；作为一个业余乒乓球选手，我还会想起瓦尔德内尔；而作为一个准车迷，我也当然会记起了不起的VOLVO；聊起电影则又会想起大美人英格丽·褒曼。还有呢？可能不登大雅之堂了吧。我曾在一本谈论文化的书里看见一个论断：为何瑞典的性犯罪率全球最低？因为他们是地球上性观念及行为最为开放包容的国度。还有更让人瞠目结舌的呢，2008年奥运会，瑞典奥委会发布条例，禁止其参赛运动员在奥运前一个月进出红灯区，换言之，在那之前则不管。这样的事用中国的逻辑推理当然是行不通的。

你见过这星球上有哪一个国家9点上班，10点半休息喝咖啡，中餐吃两小时，下午3点又休息喝咖啡，就这样，仍然可以排在全球最有竞争力国家的前五名吗？有，那就是瑞典。

这个国家人口仅占全球0.2%，却创造了全球2%的贸易额，控制着全球9%的跨国公司。而这一切都源于他们选择了正确的方向：追求智慧。瑞典是地球上头脑风暴刮得最猛烈的国度之一。瑞典大力投资科技研发，视科技进步为立国之本。他们已有过32个诺贝尔奖得主，分别是拉链、利乐包、鼠标等的发明者，而人类的生活今天已离不开他们的发明。

除了高附加值的消费产品，瑞典“国家品牌”的文化价值达4640亿美元，是全球最受喜爱的国家。拥有如此“柔性实力”是因为他们有着合理的社会体制，具体体现为国家的三大政策。

一是没有人挨饿的“罗宾汉”社会。瑞典有着全球最重的赋税，一半的GDP来自税收，累进税率可达84%；另外，还收电视税、垃圾税、赛车税等，可谓税收多如牛毛，但是，税收并不是政府敛财养一帮贪官污吏的工具，而是调节社会财富、平衡社会矛盾的有效杠杆。高赋税，均分配，造就了一个人人平等的“罗宾汉”社会。中国儒家忧虑的“不患不公，患不均”可能引发的躁动不安的社会心理在现代瑞典早已得到了有效地疏导。

二是政治的透明。法国前总统席哈克生气又无奈，他写给瑞典总理的私人抱怨信，第二天就出现在斯德哥尔摩的报纸新闻中。并不是瑞典总理不懂得保护好友的隐私，而是瑞典的法律规定：总理的所有文件，包括菜单、信件、刷卡记录等都必须完全公开。只有在真正法治的国家才会有政治的真透明；而在人治的国度，大人物的生活则常是“侯门一入深似海”，平时神秘，大典时神圣、庄严。

三是政府塑造了清廉朴实的自我形象。瑞典人认为炫耀财富者“品味很低”。瑞典新贵爱脚踏车胜过爱法拉利，连国会议员的配车都是公用脚踏车。

如此清廉的政府对待自己的子民却很大方，政府每年为每人付出相当于几十万人民币的福利金，瑞典人可以当随性自由快乐的游民。瑞典人还是地球上最爱请病假的民族，不上班仍可以拿75%的工资；而390天的育婴假，也可以拿80%的薪水。这样的娇宠也带来意料不到的负面影响，失业率16%，150万劳动人口不愿意就业，使瑞典从全球第4富国退到了如今的第16位。

没有教师节的国

教师节过了，我记起一件往事。那年9月，我应邀去日本做学术交流。有一天，无意间瞥见桌上的日历，念起不久就是教师节了，心中不由有一丝好奇，便随口问对桌的香子老师，日本的教师节是几月几日，如何庆祝？香子一脸疑惑："日本没有教师节。"

下班后，我在香子的引领下回住处，要坐地铁。当时正值下班高峰，地铁里人满为患，我们只好挤进去牢牢抓住头顶的"吊环"。一老者站了起来，示意我坐下，我顿时面红耳赤，自己年轻力壮，怎能劳烦老人让座？谦让许久，老人还是鞠躬："请坐，请坐。"情急之下，蠢笨生涩的我怕老人误会，也怕围观，就不自在地恭敬不如从命了，脊背大汗。出了地铁，我问香子，那位老人为什么偏偏给我让座。香子微笑，一指我胸襟上的校徽，说："他看见你是教师，所以给你让座。"当然，这并不是日本法律的规定。

我要去买点日用品，香子告诉我附近有一家"教师商店"，所有商品教师都可以享受不同程度的折扣。"只有教师才能有这种待遇吗?"香子颔首，说："日本民众最尊敬的人就是教师，商贩们把教师光顾自己的店铺看作是一种荣耀。"我不禁感慨。

查看资料得知，日本教师工资制度是教育财政制度中最重要的部分。在教育财政预算中，教师工资所占的比例最大，大约占到80%。日本政府尤其鼓励高学历毕业生到中小学任教。早在1985年日本政府就规定，大专毕业生去幼儿园任教，起始月薪162100日元；去小学和初中任教，月薪164700日元；去高中任教，月薪164500日元；去大学任教，月薪153500日元。而如果是高学历去基础学校任教，其月薪是去高等学校任教的几倍甚至十几倍。日本政府这样的价值取向让我沉吟良久，由此实在可以悟得人家为何比我们先进的一些缘由。还有，日本的教师待遇在全国任何学校都是一样的，城市与乡村，最南与最北都没有差别。所有的教师都是政府公务员待遇，中小学教师不评职称，一旦当上教师，就是终身制。教师之间工资的差别，只存在于工作年限之间。日本中小学教师没有级别，只有资格新老之别。日本的教师与学生都不评任何先进与等级，一视同仁。当然了，正因此，日本中小学教师入门的门槛很高。公立的中小学教师，需要取得相应的教师资格证，并参加由自治体组织的考试，考试竞争异常激烈，无论是哪个地区录取比例都超过 10 比 1。这和德国很相似，在德国，要做一名教师，不是有相应的学历就可以的，而是要通过教育学、心理学以及职业道德水平测试，再经过实习合格，才能取得从事教育工作的资格。在大学教书，还必须有个人的学术专著出版。在第二次世界大战前后，日本中学教师不合格率很高，甚至比旧中国还要糟，但是经过几十年的努力，现在已经完全改观。20 世纪 90 年代，日本人事院统计，日本中小学教师中，大学毕业的占 94%；高中教师中，大学毕业的占 88.6%，硕士、博士毕业的占 10%。中小学师资队伍素质的提高，有力地保证了日本教育赢在起跑线上。

日本不仅地铁上有教师专座，大街上有教师商店，教师买火车票也不用排队，领取政府配给的物品时还是教师优先……日本已不需要再有专门的“教师节”。

有关师生关系

从前做过学生，现又在学校服务多年，对于师生关系还可以说上几句。在学校念书时，读到“师道之不存已久矣”这一句感叹，我心中好生诧异。它与我的心理体验极不相符。很小我就知道，我们中国人心中有“天、地、君、亲、师”，也知道“一日为师，终身为父”的古训。中国又是一个提倡道德伦理最有力的国度，何至于要发出这样的感叹。我做学生时，对老师充满了敬畏，犯了错误更是增添恐惧，可以说对老师极其恭敬。但问题也许就在这里，做学生时，对师长毕恭毕敬，好像很少体会老师的可亲，爱相形就更陌生，虽然，爱这个字眼也常出现在表达对老师感恩的作文里。中国古典经籍里常有忠义孝悌的故事，听老师家长说起，不由得升起一种威武庄严之感。当我今天有了思想能力的时候，回望这一些旧时光，立即意识到在我经历的教育中很显然爱的元素是相对贫乏的。中国人的关系很多是以理智而不是情感作为纽带的。情感教育的缺失，不仅仅是师生关系，中国人许多的人际关系都有了一些不自然的地方。

我至今还记得我的中学英语老师李明志。当年学生考上大学，家长一般要请老师吃饭，所费不菲。请不请，不好论定好坏，要看具体情形。李明志老师不出席任何家宴，而是把我们所有考上大学的五个人请到自家吃饭。李老师是上海人，圣约翰大学毕业，字好，善画，弹一手不错的钢琴。年轻时因“言论反动”，被打成右派，发配边疆，后“解放”来到我们小镇教书。这是在我做学生的时代体会不多的师生之情，平常，味永。

今日，我已为人师多年。自从教的那一天起，我心中一直就有凛凛之感。我特别害怕别人当面说“人类灵魂的工程师”之类的话语。我一直摆不正他人自以为理所当然的师生关系：我看见太多的老师在学生面前自信、威严，天下舍我其谁的气势溢于言表。我则下意识地把学生当作和我一样的人看待。不少人说我不像一个老师。我确实不知老师该是怎样子的。我认定，让我做学生一定比老师做得好。我没有主见、能力、气度、城府？也许吧。有时学生在课堂上不像话，我也只是和颜批评，很少声色俱厉。我不点名，偶尔应应景，其实从不记录在案。不听我的课，期末交上一篇好文章还是得好分数。因为我身处的是大学，学生是成人，我信任他们有一定的认知判断能力。我还相信，外部的强制命令不如内心的自我反省。我相信，学生是人，他就会有属于人的“实在”：有是非观、会自我反思、求真向善爱美。我真诚地对学生说：“我不乐意批评你们。我知道自己也不是完人。我有何资格批评你们?”这确实是我的逻辑。学生说我温和、宽容，是实情。虽然我内心也有自己岿然不动的原则信仰。当我遭遇和我的原则信仰冲突的人、事时，我会坦然陈述自己的见解，也会和他人据理力争，但绝不摆出舍我其谁的架势，把自己的见解强加于人。我表白，他人却可以做自己的抉择。我相信，为人师，如果能以自己的诚恳促学生时常反省自己，总比狐假虎威居高临下地审判效果更好。尊重他人，循循善诱，春风化雨，润物无声，我这样想，虽然实际我并没做得很好。

再谈师生关系

我在高校从教多年，除了教书，没承担过其他事务性的工作，因而和学生交往不多。除了课堂上的交流外，偶尔会有一些讲座类型的辅导，再有就是私交了。我这种情形在高校应属平常，和社会上的人际关系在类型上一样，既有公共层面的，也有私人层面的。私人层面的交往就不一定是单一的师生交往的范畴，而是两个成人间的交往。所以，它可以不在本题所议之列。

我自己在学生时代体会的师生关系，概而言之，就是大人和小孩的关系。一个指导，一个被指导，亲近但不亲密，理性多于感情。作为学生，一般情形下，我对老师敬畏；对于自己喜欢的老师，私心里会有亲近依赖之意。

不管在怎样的人际关系里，感情的深浅是关系实质的最重要元素。美好的人际关系一定有爱在其中。和谐优美的感情氛围比具体的教条论说更为我们所需要，所谓言传身教是为教者在用自己整个生命把那些纸上的教条演化成鲜活可感的思想情感来熏陶被教者。当然，敬、爱是要从双方的心底生出才自然的。总体来说，我觉得现在的师生关系较为寡淡。要改变这种情形，学校和老师先要做出努力。在观念上要确立以学生为主体的理念，不能以学生为对手。我这样说，有人会不同意：哪里有以学生为对手的事？从文件条例上看当然没有。可是在具体的事务中又比比皆是，简单、粗暴、霸气、没有耐心。总之，如果有真的爱心，这种情形就不会发生。每年学生毕业，都会发生学生毁坏公共财产的事情，不少学生对自己的母校时有恶评，恐怕不能以有些学生素质太差为由，况且，他们是谁培养出来的呢。

中国旧大学就有许多好传统，其中之一就是对学生的态度总是把保护放在第一，开导是在保护的前提下进行的。旧时大学里的校长、教授大多数都是有真学问的知识分子，不仅如此，还有真性情，对学生如对自家孩子，视如己出。举个例子吧，20 世纪 40 年代末，北平国民党特务系统负责人中有人曾是清华毕业的，有一次要来学校逮捕学生，他就先秘密送了一份名单给清华，所涉有几十之多。学校为此立即召开校务会，校长梅贻琦先生极力主张立即通知黑名单上的学生马上离校。当时的大学校长在政见上并不完全一致，但在对待学生上，无论是一般的罢课还是大规模的学潮，也无论学生是出于何种动机，有何背景，大学校长总是以保护学生为自己的第一要务，总是先救了学生再言其他。

当然，话也得从另一面说，作为老师，我虽不希望自己的学生像古时的学生，对教师执礼甚恭，但我也不希望学生在自己面前趾高气扬、目中无人，视我为无物。时下这样一个时代，人们越加现实、功利，校园里的年轻人也未能完全免俗，偶尔听见一些学生间的话语，觉得比我这个教书匠还要世故；也多次听年轻同事说起学生与自己当面冲撞，甚至恶语相向之事；还有的当面谦恭，背后说起我们这些教书的不仅直呼其名，乱起绰号，还要品头论足，而且常是不思而言，只顾宣泄一己私感。想想自己做学生的时候，真是时代不同了。可我想这大概还是少数者吧。

我期待的大学

我在本地的大学供职多年，从我的心理体会来说，我对供我衣食的这块地方充满了依恋的情感，这其中还包含着感激。因为它给了我想要的书香生活。我是外乡人，以我自己的习性，我并不完全适应这一方水土，更多的时光我是生活在学校的围墙内的。所以，我虽然对我的大学充满感情，但也正因此，我不免又对它求全责备。

我一直以为学校应该是一片净土，我如此说，并不是说大学应该与世隔绝，相反，我赞成推倒大学的围墙，使它融入它存在的世界。但是，学校仍然应该是一片净土，特别是大学，融入社会，并不是要取消大学的个性、品格。

我是个理想主义者。我对大学的期待先从它的容貌开始，它的建筑最好很艺术很文化，钟楼上爬满绿色的爬墙虎，古老的图书馆排满装帧精美的图书，校园内应该绿草如茵，绿树成行，如果有古树参天、河流湖泊那就更好了。在这样的天地中，人的精神会得到更好的滋润、涵养。可是，我知道这不仅需要钱，而且需要时空的机遇。所以，我只把它当作幻想，并不当真。

但我如下的期待却是虔诚的：我期待大学真正地“大”起来，大学里的人，要有大的胸襟气魄，不要太小家子气；有大的精神气象，追求高尚的生活，而不只是叽叽喳喳，家长里短；有清明的气质，而不是庸俗难看的嘴脸。知识分子应该是人类中真实的精英。不要误解，我不排斥物质的生活，世俗的生命娱乐。我知道梁启超爱打麻将到痴迷的程度，但我更知道他主要还是作家、思想家、革命家。胡适也喝过花酒，打过臭牌，搞过婚外恋，但我更知道他是了不起的民主斗士、现代文化的先驱、优秀的大学校长。徐志摩有过不少风花雪月，但他并不是浮儿浪子，而是爱情至上主义者、唯美的生命行吟诗人、坚定的不可教训的个人主义者。郁达夫名士风流，至情至性，言语行为常有不合常情处，但胸无渣滓，磊落光明，大节处铮铮铁骨。陈独秀更是了不起的一代英豪，虽然私德趣味癖好常受人诟病，但瑕不掩瑜，早期他是新文化运动的真正统帅，晚期则是直面灵魂的真正思想者。蔡元培这位中国现代大学真正的缔造者当年引领北大的时代，今天是多么让人怀想。“兼容并包”“学术自由”让蔡元培的北大成为真正的文化圣殿。如果说我们前人的心中曾有过一幅幅清晰的“现代大学”的美丽蓝图，那我则要说，还是蔡元培陈独秀们所描绘的最让我这个后来者倾心。

我期待大学不要有太多的臃肿无用的行政机构、太多的嘴脸难看的官僚、太多的压抑自由精神的繁文缛节，除了必要的生活、管理单位，机构越简单越好。大学追求的该是学术、思想、科学、自由的空气、民主的氛围，在大学要让学生不仅获得基本的谋生技能，还要让他们明白什么才是真正的人的生活。

我期待大学是教授治校，而不是官僚治校，就是说管理者他虽有官员的身份，但他具有知识分子的立场。大学里有官员，不能有官场；有部门，不能有衙门。它不能像世俗社会中的官场那样乌烟瘴气。

我期待大学是自由、民主、独立、博爱这些现代精神真正成长的地方。我希望它是培养真正人的地方，而不是培养庸人、市侩、奴才的所在。

何为大学的“大”?

自从成为一名读书“郎”，就与大学结下了不解之缘，大学就像一粒生命的种子在自己的生活中生根、发芽、开花、结果。记得是在高中的时候，开始了对大学的仰望。对于当时的我来说，大学那时对于我，就是古希腊奥林匹斯山上的神殿。当然，那时的崇拜并不纯粹是心灵的信仰，它伴随的是一张清晰的生活蓝图。我还清晰记得在高考动员会上，那个朴实的校长所做的动员报告：“小子们、姑娘们：高考对于你们来说就是一道人生的分水岭，将来你们是穿草鞋还是皮鞋，就是这一仗见分晓，这叫‘毕其功于一役’。开足你们的马力，向前冲吧！”这样的话语可能许多人，特别是城里的听了都不信，可是，我信。后来，坊间流传的“千军万马过独木桥”“黑色的七月”“晴朗的九月”等正好从正反两面为校长的话语做了绝妙的注脚。

我是个幸运者，后来上了大学；现在，又在学校教书。随着岁月流逝、阅历增长、角色变化，我对大学的感受与认识已不同以往。从理论上说，大学是个好地方，从我自己的经历看，我很感谢大学给我带来的美好体验。但站在一个理性的观察者的位置上，现在我对大学又有了一些不同的想法。这想法可以用问题的方式提出：何为大学的“大”？

没上大学时，我想象的大学首先是外貌上的“大”，在具体的细节上，我还想象了有高大的罗马立柱支撑起来的花岗岩宏伟建筑，大片的绿草地，喷泉、广场，人造的湖泊、河流边绿树成荫。后来进了大学，才知道即便是中国的一流大学也未必能如此。现在我的想法当然远远离开了这些方面。大学是知识分子聚集的地方，说它是人类文化的集散地并不为过。大学的“大”，首先就应该是“文化之大”，要让各种风格、流派、个性、学术、思想，在这里争奇斗艳，各逞其能。此也是当年蔡元培先生提倡北大“兼容并包”的奥义所在。大学的“大”还应是“气魄胸襟之大”，自私、独裁、自卑者定会专制，无私、民主、自信者会行自由。大学既然是人类文明之象征所在，就得有独立自由之精神，在独立自由的天空下，人类的心灵才能充满活力、创造力。像狄更斯描述的匹克威克俱乐部那样，大学的讲台应像公共讲坛一样，各种思想、学术、流派在这里风云际会。旧时的大学在这方面做得就比较好，大学里的教授和学生有演讲的自由；没有统编教材，教授有授课的自由。这才是大学的海纳百川的胸襟、气魄。然而，今天的中国大学很多让我的期待落了空。

据说，钱学森辞世前，留下了百年一问：现代中国为何没有大师诞生？其实，这里疑问的因子是少的，喟叹的成分更大。大学本来就是出大师的地方，可是看看今天中国大学的状况，原因似乎不言自明。

附录

燕京大学远，思想今何在

——陈远《燕京大学：1919—1952》读后

陈怀瑜

诺奖得主科斯说：中国缺乏思想的市场。

“为有源头活水来”的思想市场，离不开一国之大学——我们今日思想之匮乏，源于缺乏更多有思想的大学。

历史并非从来即如此。就像大学之于中国，亦不过百年历史。当西方文明产物的大学，矗碑耸塔于古老东方文明时，国人无法否认，这是中华文化真正步入现代文明的开端。

思想开放、灵魂自由的血脉，因文明的碰撞与融合，让中华文化从沉渣泛起中吐故纳新，重焕生机——新文化运动、封建帝王退位、民国建立、击溃外敌、人民共和、改革开放……这些不可逆的轨迹中，大学教育、思想及文化的人文支撑作用显而易见——没有文化传承和教育递进的国度，无以立国；没有思想灵魂的大学，同样无以支撑精神丰满、永以为继的古老国度。

“因真理、得自由、以服务”——这样的大学校训，虽随着一所中国著名大学的消散而成为记忆的断碑，但却重新成了当下人们津津乐道的一段短暂却难以湮灭的历史。它就是立于1919年，散于1952年的“燕京大学”。多年来，对业已消逝于中国教育史、文化史长河中的燕京大学抱以深情关注的青年学者陈远，近日以文字的形式，在《燕京大学：1919—1952》这本书中，让我们于断残的燕大史碑上，重温了一段中西文化汇聚、激荡于一所大学历史的泛浪之花与消亡之沫。

燕京大学其立学之初，便很快与北大、清华比肩，被誉为“中国教会大学之首”“世界一流大学”。皆因其不仅将西方现代大学理论带入中国，在教育方法、课程设置、教学制度、人才培养等诸多方面，让中华文化、传统教育从私塾、学堂、书院中突围而出，与现代教育思想进行了对接与嫁接；也将现代思想与中华文化有机融汇，使其很快根植于古老的中华大地，得以在东方获得认可，并茁壮成长。

在其存续的短短30余年间，只需看看这些燕大校友的名字吧：冰心、费孝通、周汝昌、埃德加·斯诺、雷洁琼、吴文藻、冯友兰、张东荪、钱穆、顾颉刚、周作人、郑振铎……在今人一再感慨“大师远去，大师何在”时，回望走出“燕大”的大师们，想来燕大之“校训”仍会言犹在耳吧。

此书以燕京大学独特的产生、发展与消亡的历史特点——中西文化冲突与激荡的矛盾、融汇和断割——为线索，结合翔实的对燕京校友的访谈，将这所闻名于世的大学的萌发、沉没——中国大学思想浮沉史的一个标本和断碑，立体、突出地耸立于读者面前。

这其中，作者着墨最多的是司徒雷登。他是燕大的创立者、延续者，也是断送者——历史虽不以其个人的意志为转移，但政治的巨轮选择了以他为碾压的标本和符号，燕大其兴系之，其亡涉之，悲乎个人之于历史的作用：既曾之大，亦曾之小。

“因自由，得真理，以服务”的大学校训，不会随着燕大埋葬于历史的迷雾而消失，历史之碑无论断折于半途，还是得以永续于未来，都会被具有反思精神的人们和国度时时重拾于历史记忆的天空。解决历史的痼疾与现实的症结，有时并不在眼前自我虚幻的高大，反而就在遗忘于昔日历史断碑之沉之重中。那契合于自由和真理齿缝的思想，永不会过时——燕大的过往、思想及校训，分明仍在历史之河中闪烁着真理的浪花。我们看到了吗？

体罚的代价

——不容回避的问题

近年，常带即将毕业的同学去中学实习。在实习学校常看见老师体罚学生，其下手之重，训斥音量之高，不说骇人听闻，至少让人心惊胆战。我看着因发怒而脸变形的师，因恐惧而噤若寒蝉的生，心里很不是滋味。

以前我是学生，现在我是教书先生。我知道《教育法》里的条例，也识得“教书育人”这几个字。可是，我知道，体罚学生在中小学甚至幼儿园都很普遍。老师体罚学生有很多理由：学生太调皮不听话；学生人数多，精力不够；有些学生屡教不改；棒打出孝子；我也是人，不是机器，也有脾气、烦恼、不顺、怨恨；我住房小、工资低、孩子烦、夫妻关系不好，也没人体谅我；等等。按照这种思路，其实也可以举出许多不体罚学生的理由。为免他人说我唱高调，我就不举了。但我还是要明确地说：我反对体罚学生。

我也曾在中学待过一年。家访，上课，开班会，做心理辅导，参与学生的集体活动，研究教育问题，忙得不亦乐乎。师生关系纯洁美好。但我在那一年，却体罚过一个学生——用书敲了他的头。我至今还记得那学生的名字。事后我就后悔了。我当初没向那学生道歉，为的是让自己铭记在心。体罚让我付出的代价之一就是我一直心存愧疚，一想起自己恼羞成怒的丑行就深感汗颜。

我做学生的时候，没受过老师身体上的体罚，但有过一次被老师当堂羞辱的经历，可算作特别情形的“体罚”。至今我都很难形容那次经历给我带来的深深的耻辱感。现在每次回乡，还能看见那老师，多年以后，当年深深的耻辱感早已淡漠无影，我早已不记恨老师，但也不系念。老师批评学生的不当行为当属寻常，但绝不可以言语侮辱学生人格心理。孩子纯洁而脆弱，少年时代留下的印记不仅当时会影响他，而且会伴随他终生。有些事情可能改变的是他的一生。我反对体罚学生，就和自己当年经历的耻辱有关。推己及人，为人师者不可不慎。

为教者体罚学生，显现得并不是体罚者的强大，正如世间的一切暴力一样，它表征的恰是施暴者的恐惧与无能，没有自信掌控局面，最后才会以暴力来维持。就像人们说的，只有无能者、独裁者才会以暴力作为统治的根基，而一旦以暴力来维持，这统治离崩溃也就不远了。人间世界充满了征服与被征服，征服欲也可说是人的本性之一，通过征服来表现自己伟岸的存在。最高级的征服是心灵征服，最低级的征服即是暴力征服。老师教育学生，其实也是一个智力、心力角力的过程，老师以自己的学识、智慧、才情、人格魅力来培养、影响、濡染学生，赢得学生的心悦诚服。老师也是人，人的能力、魅力有大小强弱之分，老师要征服学生，培养的应是自己的内功，而不是自己的武功。

在暴力的淫威面前不管是眼泪、屈服，还是倔强、反抗，施暴者都没有光荣。淫威不仅给他人带来伤害，也破碎了你自己美好的人性。它只能给你带来短暂的恶毒的快意，而它将永远地污染你的身心，你的心很难能再体会宁静、柔美、温暖等这些美好的事物。也请再思索一下耶稣的话：当别人打你的左脸时，把右脸也伸过去给他打。耶稣的意思不是提倡懦弱，而是要用悲悯来让他人的人性苏醒。

教师节刚过，写下这么一篇文字，就算对自己的一种特别纪念吧！

一个平民眼中的体育

盛夏体育季已近尾声，酷热也难挡体育给予人们的欢乐。运动中的生命最美，德国的莱辛曾说：生命的美即“化静为动，化美为媚”；体育不仅养育身体，而且滋润心灵。

从学理言，体育是竞技游戏，在竞技中游戏，在游戏中竞技。游戏是最高的生命境界，它是审美的，只有在游戏中人类心灵才得以最极致自由地挥洒，它将越来越成为人类生活追求的不朽主题。竞技则是人生命的大飞扬，在理性的规则下，人的感性生命得到极度地释放，还没有任何一项人类活动像体育一样把人的理性和感性结合得如此和谐完美。

从形态上看，体育追求的是更高更快更强，它展现的是速度、力量、技巧、勇气、优美，人们从中体会的是生命的紧张、对抗，及征服对方、超越自我的激情。

然而从实际上看，我上面所说的不免又像书生的纸上谈兵。在现代，体育与商业已须臾不可分离，它早已不像古希腊时那样纯净、优雅。

而且，在我们这地儿，体育又不仅是商业化问题，还有体育文化问题。中国体育总有一种官方带动民间的追求，就是在体育里寻找民族精神。中国的体育很沉重，很难从中找到生命轻舞飞扬的感觉。早在20世纪80年代，我们有女排的“拼搏”精神，郎平的“铁榔头”精神；后来我们有“铿锵玫瑰”的女足精神……不管什么精神，其核心如一：为国争光。

人有荣誉感是好的，它是追求的动力。但人的心灵生活应该自然。记得20世纪80年代，听说美国的科考队要来长江漂流，中国人急了，在自己的母亲河上怎么能让洋人第一个逞强露脸？于是，中国社科院及洛阳民间漂流队立即组织了两支队伍，赶在美国人之前下水。结果，准备不足和盲目冒进，造成了人员伤亡的悲剧。这不是争光，而是要脸；这不是竞技，而是赌命。

中国体育里的“为国争光”精神被过度阐释了，它成了一种要向别人证明自己的宏大庄严的仪式。弄得好，是英雄；弄得糟，就是待罪的羔羊。搞体育搞得像坐过山车，有时冲上眩晕的巅峰，有时落入失重的谷底，如此刺激，终要崩溃的。

美国人漂流长江理念和我们不同，是向极限挑战，是追求自我超越，寻求的是内心的满足，不是唯第一为上。即便是死，死的也不一样。而每次看大型运动会，我都有一个感觉：中国人看的不是优美、健美的体育，而是金牌榜。一讲起中国体育，就是讲运动健将为国争光夺牌的历史。西方的运动员有很多是非职业化的运动员，不参加竞技时，他们可能是医生、律师、教师等等，中国则不同，许多人从小就职业化了，有人把这称为国家体制的优越。但我经常也听到另一面：世界冠军失业了，到天桥过道去卖艺，到澡堂给别人搓背，等等。这话可能有些过分：我们培养的是竞技机器，而不是全面完整的人。但这也是事实：退役后，一些人就成了“废品”。

作为一介平民，我希望人们能以平常心来看世界，体育就是现代人类玩的一种游戏。其中当然难免情感、倾向的投入，但我希望投入的是正常、合情理的情感。我得立即声明，我是个爱国者，中国人胜利，我也欢呼雀跃；中国人失利，我也跟着捶胸顿足。但我绝不把自己弄到精神自虐的程度。游戏就是游戏，思想情感心理认知体验最好就在它的圈子里进行。

中国，请安静一点吧！

——我们为何没有大师？

据说，这是钱学森的临终世纪之问。说心里话，我很怀疑：这该是钱学森的叹息才合情理。从理智上想，此问题早该问；可从情感上说，还问什么问。没有大师，是事实。为何没有？当然没有。有了倒奇怪。我相信钱学森自己一定有答案，虽然我无法猜测钱氏思想的动机和方向。钱学森这样的科学泰斗，在20世纪“大跃进”时代也写文章论证粮食亩产一万多斤是可能的。连自己都这样了，还问什么问？我读过一本苏联小说《大师与玛格丽特》，瞧瞧人家的大师吧，你就明白了何为大师，我们为何没有大师。

要有大师，先要有大人，大大的“人”。就是苏东坡早就说过的那个“群居不依，独立无惧”的“人”。就是马克思呼吁的“伟人之所以在我们看起来伟大，是因为我们跪着，让我们站起来吧”的那个人。也是鲁迅早在《关于知识阶级》里就已经阐述过的那个人：不畏权势，不屈物欲。

可是，看看我们周围的世界吧！顾城绝望地说：“我到处看见的只是生活，我看不见一个真正的生命。”然后，自杀了。海子渴望“面朝大海，春暖花开”而不得，然后卧轨了。更早的时候，老舍在太平湖边徘徊了整整一天，思谋“是生还是死”，对于他来说，这不是书斋里的问题，而是生命行动的抉择。“那一天等不到了”的论断把他推向死地。大师或准大师们都走了，剩下的呢？爱默生说：“我放眼人类的历史，我看不见一个完整的人，我只看见一只胳膊，一条腿，一个胃。”他叹息：“人本来应该是自己独立完整的一个宇宙。”有时我想，假如爱默生来到了中国，他又会说出怎样的话语？

有时我又想，大不大师的也无所谓。我们虽没有大师，伪大师倒真多。当年，鲁迅被奉为青年导师，鲁迅倒不大受用。后来他老人家便有一篇《导师》出炉，彻底揭了“导师”们的底。他说，中国的大街上算命者多也，号称知天知地知鬼神，貌似一切尽在其掐算之中，只可惜不知他是否为自己早已做了掐算，只配在街头打卦算命。鲁迅说，如果那些“导师们”早已看见未来，他早就自奔前程，还有闲心为你指点迷津？真那样，这世界也太好啦。只是可配？我看还是鲁迅的“呸”更对。

有时我还想，中国人就是这样的奇怪，好面子全世界第一，只要外面光，管它里面脏不脏。一个好面子的民族，整天忙于经营自己的脸面，说谎话、大话、空话、假话，怎还有闲心、闲意、闲志去关心真正的问题，去做真正要做该做的事情？放眼全球，你能找到一个民族如我们这样：嘴特别忙，手脚却如此闲的？我给你举两个表征：一是你可以计算一下现在中国的胖子是不是世界第一；二是你看中国电影，世界上有哪一个国家的电影如我们这样从头到尾地“吵”，那样地吵啊！有了这样的背景，以至于我看西方的电影时，常错觉地以为回到了默片时代呢。难怪，汽车造的最好的是德国；占领道德最高领地的貌似是中国。人家喜欢用手，我们喜欢用嘴。

从文化上来说，一个整天在屏幕、在书本、在论坛上吵闹谁对谁错、谁道德谁不道德的民族，永远不可能诞生文化上的巨人。中国，你安静一点吧。大师，是在孤独、沉思默想中降临于世的。

经典的人性关怀

当年梁实秋与鲁迅论战，关于文学提出两个基本点：天才论、人性论。不算独创，前者与古时的“诗有别才”相类，后者也不过是现代西方诸多文艺人性论的翻版。

鲁迅一直是我敬畏的人，但说起他与梁的论战，除了佩服他辩难的技巧，凌厉的文字，讽刺挖苦人的天才外，我的文学观倒更认同被他骂得体无完肤的梁绅士。毕竟，梁实秋强调的人性是人之为人的根本。谈人及人所从事的活动特别是艺术活动不谈人的基本属性恐怕会言不及义。那时鲁迅为了和创造社论战，学了一点马克思的皮毛，顺便也用在了梁绅士身上，大谈文学的阶级性，痛斥梁的人性论之虚妄。举例说，挖煤工人是不会爱林妹妹的，爱情也有阶级性；岂止，连淌汗都有，说，劳工淌的是臭汗，小姐淌的是香汗；等等。这些论据实在不足以驳倒梁实秋，鲁迅的手段不过用人性的“第二性征”偷换了“第一性征”罢了：挖煤工不爱林妹妹不是人性的“不会”而是理性的“不能”；人一运动就要淌汗，这是普遍人性，香和臭乃境遇使然。同样生老病死的人性哀愁与外在的阶级地位何干？

冯唐说：“无论从质量还是数量上讲，中文小说和西文小说整体上都不在一个重量级。”原因呢？我们没有创造出更具有人性关怀的经典。当年鲁迅不也主张“要少读或不读中国书”，中国书多“活的僵尸”，而西方人即使“颓唐”，也是“活人的颓唐”？鲁迅关注的中心显然首先是生命的价值、尊严本身。他最憎恶的就是中国人的“瞒和骗”“无诚”“卑怯”。这样的生命状况使中国人的生活从里到外不温不火，要死不活，不敢直面。我们的文学连最基本的“真”的追求都做不到，何谈善和美。济慈说：美即是真，真才是美。

中文写作一定要重新梳理自己的基本观念。比如，要明白，“呈现”比“判断”重要，“过程”比“结果”重要，“形象”比“理念”重要，“趣味”比“思想”重要，“才情”比“技巧”重要。统领这一切的是写作，要把自己的焦距对准对生命真相的追踪。

法国马尔罗《他人的血》取材于“中国革命”，可是和中国革命时代的那些只会在纸上做概念推演的僵尸般的作品比，《他人的血》好像是为中国作家做示范似的。小说一开篇，写革命者“小陈”为了夺取一份军火合同潜入军火商的卧室去刺杀军火商人。马尔罗没有写小陈革命的坚定性，而是写他在面临真实的刺杀时所产生的恍惚。对于西方文学来说，这是再自然不过的人性的真实再现，作家就是要抓住这“千钧一发”的时刻来描画人性所经历的劫难；而中国那些革命作家在这里总是轻巧地滑过，仿佛我们的灵魂真的坚如钢铁，从不会痉挛战栗。这样不同的文学会锻造出怎样不同的灵魂？狄更斯的《双城记》、雨果的《九三年》、加缪的《正义者》都是描写大时代的作品，这些伟大的灵魂都以非凡的勇气与智慧直面了在时代大风暴中人性的沉浮，如果剔去这些人性的风景画，那么时代的面影就会变得模糊不清。而我们在阳翰生的《地泉》、周而复的《上海的早晨》、周立波的《暴风骤雨》里看到的那些号称记录大时代具有史诗品格的内容其实不过记录了他们主观意识下的虚构景观，不是呈现了历史，恰恰是背离。

第五辑　句子

恋人絮语

我怕，怕把我该做的都做完了，我也完了。我更怕，怕在幸福中等待，等待，白发披落一地的时候，还没有真正地生活过。

——孙奕《没有结尾的故事》

这就是真正的可怕之处。活着，但还没有真正地生活过。

那就从我们开始吧！

我们还没开始吗？那你说如何开始？

……

我就知道是这样。总是这样。人们总是在道路旁磨蹭，不愿意上路。

为什么没有真正的生活？

一位老师给自己的学生出了一道作文题《记一场足球比赛》。最短的一篇文字是这样的："下雨，比赛延期。"这就是真相，症结所在。总是下雨，总是延期，以后就麻木到习以为常了，在习以为常中遗忘，不再记得还有一场足球比赛。

真他妈混账！

你真正地生活过吗？

是的。我的心上刻有许多痕迹可以作为证明。当然，大多数的日子也还是流水无痕。现在的痕迹将来也还是湮没于虚空之中。你呢？

没有。我心如止水，心明如镜。没有过感动、恐惧、欢喜、绝望。我无动于衷。这个狗日的在喧哗与骚动中死寂着的世界。

想哭吗？

曾经想过。可现在没有了眼泪。你看不见我的哭。我没了哭的欲望。我内心满怀着怨毒、蔑视、诅咒。

柔情呢？爱呢？

……

柔情呢？爱呢？你要否定它们的存在了？没了它们，我们还能好好地活吗？

它们……还在。在深处，在你我心的深处。我多想也把它们呼唤出来。

我渴望生活。

我也是。

可我不知道怎样开始。

我知道，但又怀疑自己的知道。况且，你周围还有那么多非人的东西碍你的眼，让你憋闷、生气。冷不丁它们还会咬上你一口。身处这样的境地，你不发疯就够幸运。你疲于奔命，却离你想要的生活越来越远。

你想哭吗？

不。这个世界不配我的哭泣。我不能以这样的姿态面对它。我把哭留给我深爱的人。

你想反抗吗？

不。我们也不需要这样的姿态。除非是我深爱的人需要我的拯救。你不觉得这世上有太多的虚假的英雄、太多的危言耸听、太多的自我标榜了吗？让英雄们去反抗吧。我只想记住我自己的渴望。

可有人视你为反叛者呢。

啊哈！——这世界脆弱到实在叫人没法佩服。啊呸！

我们是恋人吗？

当然。我们不仅相互依恋，更重要的是我们是爱恋生活、生命的人。在这个冰凉的世界上，只有恋人间的相互依偎，才能让我们体味到些许的人性的温暖；只有恋人间的喃喃絮语才是这世上最温暖最富有人性的声音。

我要做你的恋人。

不，不仅如此。我们要做生命的恋人。

我 与 海

关于海，我的经历如下。先是我认识了“海”这个字，字旁边还有一幅画。后来在电影里看见了动的海，再后来读了不少关于海的书，如海明威的《老人与海》，麦尔维尔的《鲸鱼》，杰克·伦敦的《海狼》《马丁·伊顿》，笛福的《鲁滨孙漂流记》等等，等到2003年我在天津大港第一次看见海的时候，我才知道，先前的那些海都不是我的海。

那次在天津，我只是在出海口望了一望海，一片汪洋的远方是弧形的海天相接的一条线。我被吓住了。对于我而言，海比宇宙还要大。宇宙的大是抽象的，海的大就在我的眼前铺开着。巨大的船在海中真的只是一叶扁舟。在那扁舟上的我呢，确实如一粒微尘。在这种不对称的对比面前，我体会的只有震撼。我的胸腔里有轰鸣声，我的脑壳里是空白，我只有噤声，我只有无言。我的情感在激荡，然而无名，因为我的理性喑哑了，无能解释。我浑然愣然，我自己的元神跳在空中看见自己一副泥塑木雕样。我突然明白，在远古，宗教是怎样诞生的了。在巨大的存在面前，理性还没生长，宗教的情感就已苏醒。

去年底，我去了海南，我看见了琼州海峡的海、博鳌的海、香水湾的海、亚龙湾的海。灼热的阳光、细白的沙滩、绿色的椰子林、清亮的或绿或蓝的海水、惊心动魄的滚滚巨浪、令人眼花缭乱的热带植被带给我眼睛耳朵鼻子手脚许多惊喜。可是我分明感觉到缺了一些什么。我向自己的内心深处发问，我立即醒悟了，我还从没像现在这样意识到我心灵的存在。我心念念不忘的是海。对的，是海。不是沙滩、椰子林、海水，不是它们，而是海本身，这个巨大无边的存在。我说不清面对海自己是怎样，该怎样，能怎样。我心心念念的海，当我真的面对它时，我有的只是无言。很显然，面对着海，我不需要知识、理性，他们此时也没用，虽然在人造的海洋馆里，讲解员讲解的知识也曾给我以很大的满足。可是在这里，我发现我并不需要它们。我终于明白，面对大海，我所有的只是类似于宗教体验时的情感，我需要的只是敞开自己，让海把我填满。

朝向大海，我没有朝外喷发的激情，我太渺小了，我触摸到的是自己的恐惧、敬畏、虔诚。年轻的时候，我多梦。在我过去的梦中，最神奇的一个就和海有关，它让我同时体会了最恐怖和最美丽。在那个梦中，我立在一个仅可容下双脚的白色圆盘上，支撑圆盘的是一根细细的白色圆柱体，它向透明的却深不见底的蔚蓝色的海水下伸去。我的周围是无边无际如镜面一样光洁的蔚蓝色的海面，我晕眩了，心跳得像山谷里的火车的轰鸣。时间久了，天地开始旋转，我就要从圆盘上向蔚蓝色的深渊栽下去了，那是多么美丽又叫人恐惧的深渊啊！为了平衡，我本能地迈出一只脚，我觉得我就要被淹没了，我仿佛听见自己绝望的呼喊消散在无垠的太空，我就要在恐怖中死去了。可是非常神奇的是，我迈出去的脚下出现了一只圆盘，当我还是为了平衡跨出另一只脚时，脚下又出现了圆盘。我开始控制不住地捯脚，后来在恐惧中不知道我已开始了飞跑，一只只圆盘出现在脚下，我死命地狂奔，可是脚下还是深渊，周围还是无边的水。天地寂静，海天一色蔚蓝，我眼中看见极美，内心却在体会极度恐惧，身体又在狂奔。我在梦中看着自己，画面极端清晰，而这太像一个隐喻了。时间久了，身体的疲惫终于让心灵开始放弃，我听见自己的叹息，却没有悲伤。我慢慢地静下来，恐惧消失了。我闭上了眼睛不再看脚下，我看见自己的奔跑像放慢镜头，后来我是在陶醉和疲惫中醒来的。

这个梦后，我很少做梦了，而且偶尔的梦，过后也很难完整回忆。

最美的世界

儿子大学放假，回家来了。儿子已是一个高大帅气的小伙儿。晚上和儿子躺在他的铺上聊天，突然觉得很失落。儿子成人了，父子间的聊天一下变成了两个男人的生活思想交流。我很不习惯，潜意识有些不甘心。儿子卧室的桌子上放着儿子小时候的一组照片，这是他妈妈几天前的杰作，知道儿子要回来了，把他小时候的一些老照片拿去翻拍放大了。我最近也老看儿子的照片，好像能把过去的岁月偷回来似的。我这时对着桌上的照片说了一句：儿子，我怎么在你身上再也找不到你小时候的影子了呢？儿子诧异我这样问，一转念就明白了。他翻起身神色凝重地用手捏了一下我的肩膀。我知道儿子懂了，这小子。

和儿子小时候待在一起的岁月，是我生命中最快乐的时光。儿子出生的时候，身体很弱，让家人吃了不少苦。可这些苦是不能和他带给我们的甜相比的。不管是当时还是现在以及将来，因为儿子的降临，我永远都充满了对造化的感激。

小时候的儿子秀美、乖巧、可爱、干净，是个人见人爱的小宝贝。皮肤细白娇嫩，眼大，瞳仁几乎全黑，睫毛浓密弯长，毛茸茸的，和画上的洋娃娃一样。4 个月的时候已经白白胖胖了，粉雕玉琢的一般，笑起来嘴角有两个深深的小酒窝。慢慢地扶着会走了，看着他扎撒着小手带着一丝害怕又分明涌着渴望地奔向你的怀抱时，你还能不觉得你是一个最幸福的爸爸吗？孩子是以他的弱小呼唤着你对他的爱，唤醒的是我们人性中最美好的存在。

我在儿子的身上看见了最美好的世界。他们的皮肤是最干净的，他们小小的心灵是最洁净的。他们的口不吐谎言，他们的眼神纯真，他们的生命随着自然的节奏起伏，他们的世界最单纯。大人应该向孩子学习。学习的方法就是时常回到自己的童年。没有一点童心的成人一定是可憎的。多和孩子待一待吧，那不是生命的浪费，恰恰相反，那是对你生命真正的涵养。

至今我还记得我们父子间的一些对话，有的美妙，有的新奇，有的触到了我最柔软的深处。两岁的时候，我带儿子去看金鱼，半天，儿子问："爸爸，金鱼怎么老在水里洗澡?""水里就是他的家啊。""那晚上他也睡在水里？不冷吗？妈妈陪着他吗?"3岁的时候，儿子问我："爸爸，你和妈妈结婚的时候我在哪呢?""你说呢?""我记得，我在妈妈的后面替她捧着裙子呢。"他居然说记得？儿子重新剪辑了时空。背儿子上楼，我问："儿子，爸爸背你上楼，将来爸爸老了，你背爸爸吗?""背啊！我还替你扛哭丧棒!"那时儿子3岁多，我不知他从哪儿知道了"哭丧棒"。儿子病了，我心疼地搂着他，低声地喊着："儿子，儿子。"儿子用静静的眼神注视着我，伸出他白嫩的小手摸我的脸，轻轻地温柔地回应："爸爸，爸爸!"

孩子是最伟大的人，也许会有不少人认为这样的话是故弄玄虚，这也难怪，我们的文化本来就是成人的文化，向来不以孩子为本位，在我们眼中，孩子只是没有长成的小人儿，他需要大人的呵护、教育，这当然也有些道理。但这得分两面说，作为一个小生灵，孩子的身体是需要在保护下成长的，教给他生存的技能也是必须的；但说到人的性灵健康与美，成人就未必有资格自傲了。张爱玲说：许多时候，大人是没有勇气注视孩子的眼睛的。一个人的一生，想想还是童年时的最美好，只是这道理常被我们因为对蝇营狗苟的欲望追逐所遗忘，好像非得到我们快要退出人生的时候才明了似的。正因为此，一个词诞生了，返老还童。老人最像孩子，我们应该读懂这生命轮回里的启示。

对　话

我好看吗?

好看!

那我是戴眼镜好看还是不戴好看?

都好看!

那哪一个更好看?

都——好——看——啊！小妖！味道不同，我形容不出啊，可她们就在我心里。

那你喜欢吗？想要吗?

别问啦！你怎么这么会妖啊！我的灵魂要出窍啦。

他们都说我好看吗？——哎！我怎么好看？你说给我听，好吗?

他们？他们是谁?

别打岔！和你不相干。不值得你问。——说给我听好吗？说嘛，说嘛！求你了!

你怎么这么自恋啊!

我是女人啊。女人都这样。

胡说！什么女人！真讨厌！你是女孩！我可不想你变成女人。

可我终究有一天会变成女人的。会是你把我变成的吗？会是你吗？会是你吗?

……

你知道女人，哦不，女孩女孩，你知道女孩最大的心愿是什么吗?

当然是有人爱她啦。

不完全对。最好是她爱的人爱她，最最好的是他爱她比她爱他更爱她。

你这么多“他、她”，都把我搞糊涂了。

装糊涂！坏！不理你了！——是不是？是不是装？

……

除了爱，你知道女孩还喜欢什么吗？

是夸她漂亮呗。这么低智商的问题还值得问？难怪有人说：“头发长，见识短。”

不许歧视女性。我就是头发长，见识短。我不短，如何显得你长？不知道我们女性在成全你们吗？居然还得意，哼！——哎，你告诉我我怎么好看嘛？我要你说嘛！

你不说过“他们都说了”？

不要他们说。要你说，就要你说。

我说不好。反正就是好看。

罗伊！我生气了，生你气了。谁不知道你平时夸人跟口吐莲花似的，连那字都香气扑鼻。

对啊。可那是有口无心。你不明白吗？有口无心自然会口若悬河。对你，反正我不是那种状态。

这还差不多。

……

你真的不说给我听？

在我的词典里，漂亮和美还不完全是一回事。你在我心里是美的，而美是无法形容的。你就在那里，在我的心里。你非要我说，我只有如此说：你的眼睛是美的；你的鼻子是美的；你的嘴唇是美的；你的牙齿是美的；你的额角是美的；你的头发是美的；你的手指是美的；你的皮肤是美的；你的手臂是美的；你的乳房是美的；你的一切都是美的。我这样说，你喜欢听吗？

喜欢！坏人！

那下面我们做什么？

亲我！快点快点快点快点快点……亲我！坏人啊！

曼莉可爱在哪里

曼莉是天下一切可爱女孩的名字，曼莉的可爱就是女孩子的可爱。

曼莉坐在那，静静地。白炽灯光下一头乌发闪闪烁烁地披下来，瀑布里的白皙秀美端凝的脸，眼观鼻，鼻观口，口观心。眉：细，密，长，斜斜地插下来；眼：大，黑，美，瞳仁里星光点点，眼神沉静，如在自己的梦中；鼻：直，翘，鼻翼薄而收拢，装嗔时，小鼻一哼，眉眼随动，满脸风情；嘴：口子小，轻轻抿着，唇润泽光艳，曲线优美。

曼莉声线慵懒，带有夏日午后小憩似醒未醒时的况味。节奏缓，声调低，漫不经心，小女孩般的稚气，无造作之态。

曼莉喜欢孩子，她自己就是。让她来相见，她说："好啊！可是我没空啊！"问她怎么没空。她说："我在和小孩玩啊！——还没玩完呢！"又问她玩什么。她答："就是玩啊！"

曼莉很乖。喜欢你，就会顺着你。你说什么，她就回答："好！"她说"好"的时候，不仅她的声音还有她的姿态都在告诉你，她对你不仅十分信赖，而且情意绵绵。张爱玲的《红玫瑰与白玫瑰》里写到佟振宝在英国的初恋，有一句："振宝呆了，他没想到玫瑰已经是这样，自己对她可以要怎样便怎样。"曼莉身上的柔情似水也会让你心颤。可是，不喜欢你，你说什么，曼莉也不作声，大大的黑眼睛对着你，你说下去，说下去，你慢慢地就自己停下来了。

曼莉恋爱，满眼里只有自己的恋人，一心一意地恋着，和小时候玩过家家一样认真。一起出去应酬，曼莉每次问得最多的问题总是："那我们会有单独在一起的时间吗？"吃什么，在哪吃，和谁吃她并不关心，就是要和你黏在一起。一有背着人的机会，两个人唧唧又慌慌，心领着恋爱的甜蜜与美好。曼莉在卿卿我我中所表现出的狂热和哀怨常常交织在一起，和人前端凝的曼莉简直判若两人。

曼莉想出去吃饭，吃酸菜鱼。问她："带钱了没?""没。""那怎么吃?""你不有吗!"脱口就出，真是心无挂碍，自然的如羚羊挂角，让你看得见她内心的清澈澄明。过几天又想去吃砂锅鱼头。告诉她："我今天身上忘带钱了。""我有啊!"一如前面自然。在商场里逛，曼莉看上一件物品，价格不菲。问她："要好多钱呢。有吗?"曼莉还在低头看着，觉得有些诧异，"你不有吗?"曼莉信赖你呢。曼莉并不贪财，真要买时，曼莉又说："这么贵呢，你真乐意买给我?"黑黑的大眼睛看着你，看到你的深处去，有时会说："还是算了吧。"有时会欢喜雀跃："好啊，好啊！买给我。"

曼莉闹饥荒了。"能给我一点钱吗?"拿给她，她说："这么多！——不要这么多。"要她收着，她欢喜地像个孩子，"这下我成了最有钱的了。"也不知她和谁比。

曼莉喜欢笑。笑起来很疯，简直肆无忌惮，全身都在摇曳，有时如风摆杨柳，有时如花枝乱颤。曼莉的笑声如孩子，前面很纯净，脆生生的，如诗人所形容，"像倒了一座玻璃宝塔"；后面好像是用力太久了，有些气量不足，声音显出憨来，但还是毫无杂质，听得你心地透明，满怀柔软。

曼莉会慢慢长大，长大的曼莉会是怎样？想想就会伤感，大概会像於梨华《又见棕榈又见棕榈》里的那样吧，作家说，长大往往以失掉天真为代价。

老魏哥哥

我不知魏哥何名，麻将桌上认识，后来一闲谈我们居然是老乡，都是滁州人。我对语言极不敏感，知魏哥是老乡后，果然就听出他口中的乡音了。魏哥长得高大但不威猛，黑，精瘦，背微驼，走路时手一甩一甩的，腿一摆一摆的，支着松散的架子。魏哥是一闲官，自说快退休了，仕途之念已绝久也，闲云野鹤，身上的官架官气即便以前有，现在确已荡然无存。我们相处得很闲适。

魏哥老婆孩子俱在老家，自己一人赋闲职，逍遥自在。上午在办公室“应个卯”，一杯清茶，一张靠椅，一包香烟，一边吞云吐雾，一边手磨美玉。有朋自旁边来，就自由闲话，东一句，西一句；多一句，少一句。无人打扰，就茶、烟、玉，你来他往，静室中，魏哥仿佛一入定老僧，万千奔涌来，千万流泻去，了无痕迹。

魏哥在某局直属分局做局长，应酬场上却很难看见他的身影，常有相邀，多婉言相辞。一不能饮酒，二不喜应酬说无聊话，宁愿牺牲美食，也省了自己的烦心，别人的不自在。只有偶尔三两相熟的朋友吃闲饭，魏哥会自自在在地坐在其间，别人饮酒，他以白开水相对。连茶也不饮，自解因有肾结石。可是我在他的办公室看他饮茶，而且品种多样，也许是嫌酒店待客之茶不入法眼吧。

魏哥有三好：烟、麻将、和田玉，样样沉溺痴迷。上午办公室消磨，下午小睡之后，如无个别情形，又得相熟相知相喜之人，凑够四人，一场围城之战必然上演。打麻将魏哥抽烟更猛，支支相连，室内如有助趣之人，那整个室内就如佛家香烟之道场了，云雾缭绕，烟香细细。手中除了烟卷，必有美玉在握，眼观牌路，手却轻重缓急如琢如磨，有时还在脸颊鼻凹间相蹭。魏哥全身美玉壁挂，随便拿出一件，价值不菲。说他玉痴，一点不过，他有不少寻玉段子在朋友间流转，有的源自夫子自道，有的来自友人口口相传。说起玉来，两眼生光，一套一套，如数家珍，虽不一定道行高深，但其废寝忘食之态足以感人。

魏哥牌品好，输赢皆一笑了之，以我等庸俗小民之心揣度，难不成魏哥身怀巨富，这等小钱自不在话下？魏哥十打九输，我从没见他沮丧抱怨，真的是风吹杨柳，流水无痕。我曾观魏哥打牌，牌技好坏还真难评说，打了几十年的牌，悟也该悟出些弯弯绕绕。但恐怕也是牌如其人，牌打得硬，不知权变，因而输赢全凭运气，如遇几个比他年轻灵活反应快的如狼似虎之坏蛋，焉有不输之理？除非他偶有神助。以此观之，在官场上魏哥大概也是随性而行之人，官运不亨通，人缘应该不错。

跳出牌局，我心生对魏哥的敬佩与仰慕。一个人的真潇洒真自在在自己的内心，心有戚戚，却又能无挂无碍，拿得起，也放得下，大肚能容，开口一笑，天地人情，歌哭悲笑，好好体味着，铭记着，既执着如怨鬼，又空空如行者，能入能出。不慷慨激昂，自我标榜；也不忧心忡忡，自怜自叹。自然造化如彼，作为造化之物，自然守着造化所赋之性而已。孔夫子的话不是挺自然的吗？“吾未见好德如好色者也。”“一个人应该用一生去明白欲望就是虚幻呢，还是用一生来追求一个又一个欲望的满足？”这是一个很好的哲学问题，我总觉得面对魏哥时，这个问题在非知非觉中已被魏哥不知不觉地化解。

与“自己”相处

——女孩、简·爱、戴厚英

女孩从外系来听我的课，又倾心于写作，与我有了较多“交集”。短信、电邮、偶尔通话，不顺畅，或停顿，或急迫，或结巴，在如此情景与节奏中，紧张与窘迫不久就会传染我，使得思绪散架，而且，累。话题倒散漫，甚至私人，我体会到信任。她有纯净好听并且温柔的音色，如果不是上述情形，我们谈话该是多美的享受！

她的文字质感饱满，有些张爱玲的意思，而且博览群书，这词用在如此年轻的女孩身上，没丝毫夸张。从她自述的文字，我看见她的生活；偶尔的，在好奇心的驱使下我会陷入对她的猜想，我不知道坐在教室里的哪个是她。

她有很多藏书，我想到的每一本她似乎都有，我不免时常向她借书。借书还书，我们却没有一次当面交换。开始我没注意，后来明明很方便就可给我，她仍然坚持不谋面。我觉得不自然，她给我很多不是理由的理由。我似乎有些了然。她描述自己：一米六五高；头发直、长；微丰满；白；不好看；不会打扮；没气质。我的心里升起怜悯还有一些无用的感慨。我也不再坚持。她敏感、倨傲。希望她不自闭。

很多年前，一位漂亮女孩当面说：“一个女孩最大的资本就是她的美貌。”很有些道理，只是太绝对。早年读《简·爱》。简·爱没有漂亮的容颜，也没有富贵的嫁妆，却凭着自己的优雅、自尊的风度，有智慧的大脑，懂悲悯的心胸赢得了傲慢的罗切斯特的爱。在现实世界里，我也遇见了真实的读本。当代女作家戴厚英女士也是一个容貌平常的女子，当我还是一个学生的时候，在一次笔会上我有幸与她相见。她确实貌不惊人，可是等到她一开口说话，一切都变了，她的风度那样优雅、谈吐那样不俗、音色那样纯净、思维那样敏捷、思想那样高贵，短短一刹那，她凭着自己无与伦比的魅力一下子就创造出一个属于她的世界，台下的我已经忘记了她矮小的身材、黑黑的皮肤、一点也说不上漂亮的面孔、灰色的穿着。这是至今唯一一个在现实中让我忘记她的容颜觉得她魅力无穷的不美的女人。不，她有另一种美。我能明白为何她能征服诗人闻捷，获得他的爱情。

任何一个人都是带着自己的皮囊在这世上行走。皮囊确有美丑之分，人者也有幸与不幸之别。丑陋与不幸者也许心含悲酸，但人生戏幕已然拉开，你只好咬牙接受。但大可欣慰的是，人生是一个广大的世界，并非一个肉体的躯壳就能决定一生的成败。有美的身体，顶多只能说给你增加了一个成功的条件；反之，不美也只是多了一个障碍而已。勇气与智慧才是我们获得成功最重要的筹码。希腊人说"认识你自己"，我想，人首先该认知的就是自己的皮囊，不管如何，"我"唯有坦然接受，然后再思谋如何使它更健康、更充满活力、更美丽。一个日本人说："一个四十岁的男人应该对自己的容貌负责。"其实这是每个人的责任，还有权利。学会与自己的身体相处，正是检验你自身智慧的有效途径。

参考书目

[1] 乔治·巴塔耶．色情史．商务印书馆，2003
[2] 罗兰·巴特．恋人絮语——一个解构主义的文本．上海人民出版社，2004
[3] 今有道信．关于爱．生活·读书·新知三联书店，1987
[4] 罗洛·梅．爱与意志．国际文化出版公司，1987
[5] 露丝·本尼迪克特．文化模式．华夏出版社，1987
[6] 威廉·巴雷特．非理性的人——存在主义哲学研究．商务印书馆，1995
[7] 弗雷泽．金枝．中国民间文艺出版社，1987
[8] 莫里斯．裸猿．文汇出版社，2003
[9] 王晓明主编．二十世纪中国文学史论．东方出版中心，1998
[10] 陈平原．文学史的形成与建构．广西教育出版社，1999
[11] 傅国涌．1949：中国知识分子的私人记录．长江文艺出版社，2005
[12] 刘禾．跨语际实践——文学，民族文化与被译介的现代性．生活·读书·新知三联书店，2002
[13] 李银河．虐恋亚文化．今日中国出版社，1998
[14] 潘光旦．性心理学．生活·读书·新知三联书店，1987
[15] 蓝棣之．现代文学经典：症候式分析．清华大学出版社，1998
[16] 林幸谦．荒野中的女体——张爱玲女性主义批评．广西师范大学出版社，2003
[17] 李杨．现代性视野中的曹禺．人民文学出版社，2004
[18] 宋剑华．生命阅读与神话解构——20 世纪中国文学经典文本的重新

释义．广东人民出版社，2010

[19] 梁漱溟．人心与人生．学林出版社，1984

[20] 严家炎主编．20 世纪中国文学研究丛书（多卷本）．安徽教育出版社，2000

后　　记

这本小书是在流水一般的日常人生里锱铢累积而成，又是在吃饭、娱乐、上课、写作的断续间，反复几次，慢慢编完了。看着眼前小小的这一册，自己都有点讶然和哑然，它居然就在这了——可它就仿佛是从“虚无”中诞生的呢！“从头说起”，一直是我厘清思路的主张，对这一册，却真是再无从说起了，这倒令我不期然地又记起巴尔扎克的那句话：“偶然是最伟大的小说家。”而很多很多年前“我的必然论”其实早就已经是巴尔扎克的偶然论了，不再迷信必然，使我幸运地体验了不少可能性的世界。

自尝试书写文字以来，慢慢地形成了一个经年不变的认识，在一个人的文字里是比在其他方面更可以看见这个人的性情的。自己也不例外。这册小书对我来讲便是一个印证，是习性的印证：我不是一个勤勉之人，如果一件事情太过长久，且没有压力，一般对我来说，几乎不可能完成，鄙人不仅不勤勉，耐心、耐力也不足，不能守恒，一件开始有兴趣的事，我做着做着可能就觉得索然无味了。要不是对朋友有承诺，学生对我有期待，课题对我有压力，我很难想象自己会怎样了结如今眼前已成事实但倒回去想其实很可能莫须有的这件事——我的笔居然写出了这样一本书。

这册小书又是趣味的印证。圣贤书说：“性相近，习相远。”“性”自然是“人之性”，同多异少；“习”则是“个人之习”，就千差万别了。无聊时，也有偶翻自己过去文字的行为，常常被惊得一愣一愣的，我打量这些文字，向自己发问：这是我的孩子吗？逻辑上应该是的。只是现在的“我”不是以前的“我”了吧？可真的如此？更加严谨的表达应该是：哪一个过去的“我”不是现在的“我”了呢？稍加沉吟，其实答案很快出来了，所谓对自己过去文字的惊异多在不满先前文字的稚嫩、思想的肤浅，可是在情感趣味上我立即便能辨出我自己的标记。就像我在生活方面的某一趣味，从我爱的女人到我欣赏的美人孙俪乃至我曾为我的儿子恋爱提出参考意见，这其中便有我不变的一条性情趣味线。而这册小书，无疑地，最具我个人色彩的地方仍是弥散在书中的我的性情趣味。2003 年，有朋友读到我的《熟悉的名字，陌生的人》时，对我感慨：读了你的书，觉得书中的那个人有了一种熟悉的陌生感。当然，尘世之中的你我都戴着面具呢。

这册小书还是风格的印证。在前言中我说这本小书仿佛诞生于“虚无”，如果没有“国家特色专业建设”项目，如果没有《阜阳城市周报》之《经典欣赏与争鸣》，特别是如果没有阜阳师范学院文学院胡习之院长对“国家特色专业建设”项目的重启，会有这本小书的存在吗？也许不会，至少不会有如此形式的一本书。但话说回来，在形式之外，于我，或迟或早，会有这样的一本小书的，我指的是它的风格。在对“风格”的阐释上，我最喜欢布封的“风格即人”以及詹姆斯的“所谓风格就是你自己说话的腔调”的说法，而所谓的“腔调”不仅是“怎么说”，“思维路径”的辨识也是重要的风向标，它指向思想者世界的最核心地带。《让思想贴近地面飞行》阐释的是我对思想的基本性的看法；《宗教的生活》《伦理的生活》《美学的生活》可以说是我个人的“老三篇”——我的生命哲学俱在其中；而《写给“小妖精”的书》《冯唐这个“老流氓”》《柔石的可能性》里所论及的话题本身已昭示了我的心魂指向，它们是我别样的灵魂自传，生命激情燃烧后遗下的残骸，这薄薄的一册就是它的一部分。亦惊亦喜亦叹！

正因了这惊、喜、叹，我要向我生命中赐我以机会的贵人们鸣谢：文学院院长胡习之教授既是我的领导，也是恩师和兄长，他刚来文学院履新就重启文学院搁置经年的国家级项目“汉语言文学‘国家特色专业建设’”，我的这本小著才能应运而生。《阜阳城市周报》主编李生正是我的兄弟，他放手让我主持《经典欣赏与争鸣》栏目，使我得以在最愉悦的心情下展开我的工作，我也才能取得这微不足道的成绩。我更要向我的责任编辑合工大出版社朱移山副社长表达我最诚挚的谢意！认识朱兄以来，在内心我一直敬他、爱他，甚至崇拜。他的风趣幽默中所展现出来的那种清朗、洒脱、有时有些张狂的生命风致让我这个从无偶像崇拜情结的人都不由地心生膜拜。今次为了在下区区之作，他又一次仗义执言的真性情触动了我内心的柔软处。一个“谢”字实在不足以表达我心情的十之一。最后我要向供我衣食的阜阳师范学院致敬，这里不仅是我今生安身立命的场所，而且她也是“我所以为我”最具威权的塑造者，从1983年自己还是一个青涩少年来到这里至今，可以说我一生的黄金时代都留在了这里，酸甜苦辣，悲欣交集，我唯有承受与感激。而在这本小书出版之际，供我衣食的她又一次以她的慷慨给了我快乐与幸福的体验，我也唯有铭记。

余不一一。

2014年著者在卧牛岭记

图书在版编目（CIP）数据

立在经典岸边/张晓东著．—合肥：合肥工业大学出版社，2015.8
ISBN 978-7-5650-2344-6

Ⅰ．①立…　Ⅱ．①张…　Ⅲ．①中国文学—当代文学—作品综合集　Ⅳ．①I217.2

中国版本图书馆CIP数据核字（2015）第185076号

立在经典岸边

张晓东　著　　　　责任编辑　朱移山

出　版	合肥工业大学出版社	版　次	2015年8月第1版
地　址	合肥市屯溪路193号	印　次	2015年8月第1次印刷
邮　编	230009	开　本	710毫米×1010毫米　1/16
电　话	人文编辑部：0551-62903205	印　张	17.75
	市场营销部：0551-62903198	字　数	306千字
网　址	www.hfutpress.com.cn	发　行	全国新华书店
E-mail	hfutpress@163.com	印　刷	安徽昶颉包装印务有限责任公司

ISBN 978-7-5650-2344-6　　　　定价：38.00元

如果有影响阅读的印装质量问题，请与出版社发行部联系调换。